HEYNE BÜCHER

SCIENCE FICTION

Herausgegeben
von Wolfgang Jeschke

DONALD R. BENSEN

ZWISCHENHALT

Science Fiction-Roman

Deutsche Erstveröffentlichung

WILHELM HEYNE VERLAG
MÜNCHEN

HEYNE-BUCH Nr. 06/4052
im Wilhelm Heyne Verlag, München

Titel der amerikanischen Originalausgabe
AND HAVING WRIT ...
Deutsche Übersetzung von Irene Holicki
Das Umschlagbild schuf Walter K. Bulander
Die Illustrationen zeichnete Mark van Oppen

Redaktion: Wolfgang Jeschke

Printed in Germany 1984
Umschlaggestaltung: Atelier Ingrid Schütz, München
Satz: Schaber, Wels/Österreich
Druck und Bindung: Elsnerdruck, Berlin

ISBN 3-453-30995-2

*The moving finger writes; and having writ,**
Moves on: nor all your Piety nor Wit
Shall lure it back to cancel half a line ...

(Der Finger schreibt, und dies getan, die schreibend Hand
Schon weiter eilt, und nicht dein Glaube noch Verstand
Sie einzuhalten zwingen kann, damit sie wende
und ein Wort nur tilge ...)

OMAR HAYYAM

* Auf diese halbe Verszeile eines Vierzeilers von Omar Hayyam (persischer Dichter, gest. um 1120) bezieht sich der Originaltitel

Für Nick

EINS

Durch den hinteren Ausguck konnte ich sehen, wie Teile der WANDERER, hell strahlend wie eine Sonne, sich ablösten und hinter uns herschwebten, fast nicht erkennbar in einer Fackel brennender Gase – wir bohrten einen Feuertunnel durch die Atmosphäre dieses Planeten und speisten ihn mit der Substanz dieses Schiffes.

Dark drückte und hämmerte mit aller Kraft an den Schaltern und Tasten herum, die man gewöhnlich nur leicht zu berühren brauchte, damit die WANDERER reibungslos reagierte, sei es im Tiefraum, im Pararaum oder in irgendeiner bekannten oder berechenbaren Atmosphäre, das heißt, in jeder Atmosphäre, in die sie mit gebührendem Respekt vor den Gesetzen der Physik eintrat. Durch irgendeine obskure Störung waren wir im falschen Winkel und mit der falschen Geschwindigkeit hereingekommen, und das sauerstoffreiche Zeug draußen fraß unser Schiff auf, während wir mit Meteorgeschwindigkeit hindurchrasten.

»Die Steuerung reagiert nicht!« brüllte Dark. »Durchgeschmort, vielleicht weggebrannt!« Diese brennenden Teile mußten ja irgendwoher kommen, warum nicht von den Steuerflächen und den Raketenmotoren? Sehr wahrscheinlich würde der Rumpf selbst so lange halten, bis wir auf der Oberfläche auftrafen und eine wirklich aufsehenerregende Umwandlung von Masse – unserer und der des Schiffes – in Energie auslösten. Aber Dark hatte entweder die Hoffnung nicht aufgegeben oder – was wahrscheinlicher war – tat seine Pflicht, so lange er konnte. Man wird nicht Pilot eines Forschungsschiffs, wenn man kein Typ ist, der bei der Stange bleibt.

Dasselbe gilt für Chronisten. Obwohl mir wahrscheinlich nur noch weniger als dreihundert Herzschläge (ein verständlicherweise beschleunigter Pulsschlag mit eingerechnet) vor unserem gewaltsamen Zusammentreffen mit diesem Planeten blieben, den wir hatten erforschen und katalogisieren wollen, beobachtete ich immer noch aufmerksam, gerade so, als wollte ich jetzt einen skizzenhaften Bericht und später eine endgültige Version anfertigen. Wenigstens hatte ich etwas zu tun. Ari saß einfach da und sah friedlich drein, vielleicht hatte er auch abgeschaltet. Drohende Vergasung oder Verbrennung ist für viele Leute durchaus von Bedeutung, aber sie liefert nur sehr wenig Material, das einen Metahistoriker interessieren könnte.

Im Gegensatz dazu war Valmis merklich nervös, er spielte mit einer kleinen, schwarzen Schachtel herum, die er auf seinem Schoß hielt. Wenn überhaupt, wäre dies der Zeitpunkt für ihn, sich mit der Unendlichkeit zu integrieren, sich in einen Zusammenhang zu stellen, in dem die Vernichtung der WANDERER und ihrer Besatzung nicht mehr als eine unbedeutende Umgruppierung von Strömungen war. Valmis' Funktion bei Forschungsreisen ist es, das ›gesamte geistige und physikalische Muster einer Welt zu erfassen‹, auf allen möglichen Ebenen von der Einzelheit bis zur Grobstruktur. Ich verstehe diesen Ansatz theoretisch, und es ist auch schon vorgekommen, daß die Arbeit eines Integrators das fruchtbarste Ergebnis einer bestimmten Forschungsreise brachte, aber für mich ist sie zu geheimnisvoll und empfindlich, um mich dabei wohlzufühlen. Ich kann mir vorstellen, daß mein eigenes Spezialgebiet sich zu sehr mit dem Endlichen beschäftigt, als daß ich für das Unendliche viel taugen könnte.

»Wir nähern uns der Oberfläche!« schrie Dark. »Jeden Augenblick jetzt!« Es schien ihn fast zu freuen, daß er mit ziemlicher Genauigkeit den Zeitpunkt unseres Todes vorhersagen konnte.

Valmis öffnete mit einem Scharren die Schachtel und zog einen sonderbaren, leuchtenden Gegenstand heraus. Er war aus einigen sehr sonderbaren Formen zusammengesetzt – eine Spirale konnte ich erkennen, aber andere Teile davon schienen mir auf eine Weise, die ich nicht ganz erfaßte, nicht zu stimmen. Ein Amulett für Integratoren oder eine Meditationshilfe? Dafür war es doch sicher ein bißchen zu spät.

Er machte einen tiefen Atemzug und stach mit dem Zeigefinger darauf ein. Ich war neugierig, was ihm das wohl nützen würde, aber in diesem Augenblick wurde die WANDERER von einem Ruck erschüttert, so etwas wie einem Zukken, bei dem ich das Gefühl hatte, als würde ich von innen nach außen und wieder zurückgestülpt, und da wußte ich, daß wir aufgeschlagen waren.

Dann begriff ich, daß das nicht sein konnte, wenn ich fähig war, diesen Gedanken zu denken – die WANDERER war immer noch in der Luft und in Bewegung.

»Die Steuerung reagiert wieder!« schrie Dark. »Wir halten jetzt die Höhe und verlieren an Geschwindigkeit!«

Ich blickte wieder aus der Sichtluke. Der Schein hinter uns war am Erlöschen, und keine bedrohlichen Trümmer von der Außenseite der WANDERER wirbelten mehr in unserem Luftstrom herum. Anscheinend sollten wir doch kein Loch in die Kruste des Planeten sprengen – er hatte Glück gehabt, und wir auch.

Ich schaute durch die untere Öffnung. Wir waren jetzt höher über der Oberfläche, bewegten uns immer noch verzweifelt schnell, aber nicht schnell genug, um zu verglühen. Ich sah nichts als Vegetation, anscheinend große Bäume, unter uns vorbeiflitzen.

»Willst du versuchen, hier zu landen?« fragte ich Dark. »Sieht recht unwirtlich aus.«

»Wir werden da landen, wo die WANDERER will«, sagte er. »Ich kann wieder ein bißchen steuern, aber nicht voll – es reicht nicht, um mir einen bestimmten Platz auszusuchen. Und keine Verbindung zu den Triebwerken oder zur Antischwerkraft – vielleicht kriegen wir ein letztes Aufflackern von Schub, aber mehr nicht. Wir sind jetzt ein ballistisches Problem – wir bewegen uns auf einer Flugbahn und bremsen dabei ab. Wir werden ziemlich genau da auf die Oberfläche treffen, wo die Flugbahn sie schneidet, vielleicht mit einer kleinen Korrektur in letzter Minute.«

»Wie hast du überhaupt die Steuerung zurückbekommen?«

»Keine Ahnung – ich hätte gedacht, alle Außenteile wären weggeschmolzen oder durchgeschmort, aber etwas muß doch noch übriggeblieben sein, und vielleicht hat auf den letzten Drücker noch ein Servo eingegriffen. Jedenfalls hat uns das gerettet.«

Ich schaute auf die endlose Fläche von Bäumen unter uns hinunter. »Hat es uns nicht nur davor bewahrt, in einem Augenblick zu verdampfen, um uns das Gefühl, beim Aufprall innerhalb der WANDERER zermalmt zu werden, voll auskosten zu lassen?«

Dark zuckte die Achseln. »Wenn der Rumpf nicht zu sehr gelitten hat, hält er das vielleicht aus. Aber vor uns ist Wasser – von Ozeangröße, das haben wir bei der ersten Umkreisung gesehen. Und da werden wir runterkommen.«

Ich wandte mich wieder den anderen zu. Ari wirkte immer noch gelassen, nur schwach interessiert an dem, was vorging. Valmis schien seltsamerweise noch erregter als zuvor und rang die Hände. Ich konnte sehen, daß die schwarze Schachtel leer war, sah aber den seltsamen Gegenstand nicht, den er herausgenommen hatte. Sein Gesicht wirkte gequält.

Ich setzte mich neben ihn. »Tja, es sieht so aus, als könntest du auf diesem Planeten doch noch ein wenig integrieren«, sagte ich. »Vor einer Weile hätte ich das noch nicht geglaubt, aber anscheinend haben wir überlebt.«

Er sah mich mit wildem Blick an. »Wirklich? Haben wir das wirklich? Ja und nein, Chronist, ja und nein. Schreibe das auf, schreibe das auf ...«

»Reiß dich zusammen, Mann!« sagte ich scharf. »Du sagst alles zweimal.«

Er lächelte auf eine Weise, die mir überhaupt nicht gefiel, und sagte: »Das ist mir nicht aufgefallen. Aber vielleicht kann ich nicht anders.«

© MARVANO 81

Ich wollte ihn fragen, was er damit meinte, entschied mich dann aber dagegen. Es war mir klar, daß man in seinem gegenwärtigen Zustand nicht vernünftig mit ihm reden konnte. Von Integratoren wird erwartet, daß sie fast übernatürlich stabil und gleichzeitig bis ins letzte empfindsam sind; sie müssen zwangsläufig immer wieder einmal aus dem Gleichgewicht geraten, und wenn man gerade knapp an der Atomisierung vorbeigegangen ist, kann das genauso dazu führen wie alles andere.

Unter uns war jetzt nichts als graues Wasser. Ich ging nach vorne zu Dark. »Sind wir irgendwie besser dran, wenn wir hier runterkommen, anstatt an Land? Es bringt nicht viel, wenn wir so lange herumschwimmen, bis wir untergehen.«

Er schüttelte den Kopf. »Gegenüber von hier befindet sich noch eine Landmasse – daran erinnere ich mich aus der Orbitalaufnahme. Anzeichen für Besiedelung. Ich werde die noch verbliebene Energie aufsparen und uns absetzen, sobald wir in Sichtweite davon sind. Auf diese Weise haben wir eine Chance, Hilfe von den Eingeborenen zu erhalten oder selbst einen Weg zu finden, wie wir an Land kommen.«

Tatsächlich – die Aussicht, von diesem Planeten getötet zu werden, hatte mich einen Augenblick lang vergessen lassen, was wir schon über ihn erfahren hatten: Verteilung der Kontinente, Schwerkraft, Atmosphäre und so weiter. Ich hatte alle Informationen ordentlich in meinem Gedächtnis abgelegt, bis zu dem Punkt, als wir in die Atmosphäre eintraten, um zu landen, und das tödliche Herumstoßen begann. Lichter auf der Nachtseite, Anzeichen für Industrie – Kohlenwasserstoffe in den Atmosphärespektren – kein Hinweis auf Atomkraft oder Weltraumfahrt: wahrscheinlich irgendwo auf dem Niveau kultureller Entwicklung, das die Forschungsreisenden Ebene Vier nennen.

Die Eingeborenen müßten eigentlich fähig sein, uns heil an Land zu bringen, vorausgesetzt, sie bemerkten uns. Aber angesichts des Zustandes, in dem sich die WANDERER befand, sah es so aus, als sei das auch die einzige Hilfe, auf die wir rechnen konnten. Eine Technologie auf Ebene Vier ist im allgemeinen rein mechanisch/chemisch, und das Schiff würde, nachdem es sich durch die Atmosphäre gebrannt hatte, sicher eine Instandsetzung auf Ebene Sieben benötigen – wozu fortgeschrittene Metallurgie und Elektronik und verfeinertes spaltbares Material gehörten.

Ich schaute wieder auf den Ozean hinab, der unter uns vorbeiglitt. Allmählich schien es wahrscheinlich, daß dieser Planet unsere ständige Heimat werden würde, also konnte ich mich auch langsam mit ihm vertraut machen. Aber eine von oben gesehene Wasserfläche unterscheidet sich nicht besonders stark von einer anderen.

Dark hatte in der gleichen Richtung überlegt. »Nach dem zu urteilen, was wir gesehen haben, zweifle ich daran, daß wir eine Werft finden können, die mit der WANDERER etwas anfangen kann. Aber es gibt anscheinend eine gewisse Industrie. Möglicherweise sind sie gerade so weit, daß wir ihnen die Techniken geben können, und nach einiger Zeit werden sie sich dann genügend entwickeln, daß sie das Schiff reparieren und wir uns davonmachen können.«

Ich war erschüttert. Zuerst schien unser Integrator zusammengebrochen zu sein; jetzt schlug der Kapitän vor, einen der strengsten Grundsätze der Forschungsreisenden zu verletzen. »Wir können doch unmöglich soweit in die Kultur des Planeten eingreifen – das ist doch das allererste ...«

»Das ganze Erforschen hat wenig Sinn«, sagte Dark entschieden, »wenn du nicht zurückkommst, um deinen Bericht abzuliefern. Wenn es uns nicht gelingt, die Eingeborenen zu beschleunigen, damit wir von hier wegkommen, sind die Vorschriften bedeutungslos; wenn wir es schaffen, können wir uns um die Erklärungen später kümmern – oder die Strafen auf uns nehmen, wenn es dazu kommt.«

Valmis erwachte aus seiner glasäugigen Lethargie und blickte auf: »Macht euch darüber keine Gedanken«, sagte er bitter. Ich wartete, ob er den Satz wiederholen würde, aber diese Angewohnheit hatte er anscheinend überwunden.

»Wir haben in diese Welt schon eingegriffen – und in alles andere. Was haben wir nur getan?!«

»Was soll das heißen?« fragte Dark. »Ich habe nichts anderes getan als mich bemüht, diesen Schiffsrumpf daran zu hindern, ein Loch in den Planeten zu sprengen – das wäre nun wirklich ein Eingriff gewesen, wenn du so willst.«

»Ja«, sagte Valmis. »Wir waren kurz vor dem Aufschlag, nicht wahr? Ganz kurz davor – es gab keinen Ausweg, richtig?«

»Nun, wir sind aber nicht aufgeschlagen.« Ich deutete auf die unter uns befindliche Wasserfläche.

»Doch, das sind wir schon«, sagte Valmis.

»Willst du behaupten, daß wir uns jetzt in sowas wie einem Leben nach dem Tode befinden?« fragte Dark verächtlich. »Mir kommt es aber ziemlich real vor.«

»Nicht *nach* – in einem *anderen* Leben«, sagte Valmis. Wir sahen ihn alle drei an, Ari hatte sich offenbar entschlossen, sich wieder einzuschalten, nachdem es jetzt etwas zu streiten gab – obwohl ich nicht begriff, was das sein sollte.

Valmis' Erklärung brachte uns nicht viel. Erst kam etwas über das Wesen der Unendlichkeit, die Vorstellung, daß sie für Mögliches genauso gilt wie für Tatsächliches – in einem unendlichen Universum geschieht alles, was geschehen kann. Sonst wäre es nicht unendlich. Aber wenn jedesmal, sobald etwas geschieht, etwas anderes, oder viel anderes, nicht geschieht, ist das ein Widerspruch gegen die Unendlichkeit. Daher muß angenommen werden, daß es andere, parallele Existenzebenen, -schichten oder wie immer man sagen will, gibt, in denen sich alles ereignet, was in der ›Realität‹ nicht geschieht. Ob diese anderen Ebenen nun wirklich oder nur möglich waren, darüber führten Valmis und seine Mitintegratoren, die sich anscheinend als einzige viel mit dieser Vorstellung beschäftigten, noch philosophische Debatten.

Jedenfalls folgt, wo eine Theorie ist, gewöhnlich die Instrumentierung dazu nach; und ein Integrator mit einigen Grundkenntnissen in Paraphysik hatte etwas entwickelt, was er einen ›Wahrscheinlichkeitsversetzer‹ nannte, ein Gerät, das teils in der ›Realität‹, teils in einer Variante des Pararaums existierte, die an eine dieser Alternativebenen unmittelbar angrenzte. Wenn dieses Gerät in einem Augenblick aktiviert wurde, in dem für das Eintreten eines Ereignisses ein hoher Grad von Wahrscheinlichkeit bestand, versetzte es den Benützer auf eine alternative Ebene, in der das hochwahrscheinliche Ereignis *nicht* stattfand, die aber – zumindest theoretisch – bis auf dieses eine Geschehnis der ›Realität‹ aufs Haar glich.

Das war offensichtlich ein wirksamer Schutz gegen eine Katastrophe – und Valmis war intellektuell so neugierig auf den Versetzer gewesen, daß er ihn heimlich an Bord geschmuggelt und auf die WANDERER eingestellt hatte.

»Willst du mir erzählen?« fragte Dark, »daß uns dein Maschinchen davor bewahrt hat, da hinten zu zerschellen?« Er wirkte so wütend, wie man es von einem Raumschiffkapitän erwarten kann, der glaubt, daß seine Geschicklichkeit und seine Nervenkraft die Vernichtung abgewendet haben, und dem man sagt, daß alles nur irgendeinem Glücksbringer zu verdanken war.

»Ja und nein«, sagte Valmis und kehrte wieder zu seinem orakelhaften Getue zurück. »Es war so und auch wieder nicht.«

Ich sah, daß Dark gereizt war – genau wie ich – wegen dieser Ja-Nein-Geschichte, aber Ari schien es zu interessieren. »Faszinierend«, meinte er. »Du willst also sagen, daß die WANDERER und wir selbst im ›wirklichen‹ Universum jetzt eine sich auflösende Wolke wirrer Atome sind, und daß wir uns daher in einem anderen Kontinuum befinden, obwohl wir, in gewissem Sinne, vernichtet wurden?«

»Genau«, antwortete Valmis, sichtlich erleichtert, einen verständnisvollen Zuhörer gefunden zu haben.

»Aber dann«, fuhr Ari genüßlich fort, »muß es doch in diesem Kontinuum schon eine WANDERER gegeben haben, voll bemannt mit Dark, Valmis, Ari und Raf. Haben wir die versetzt?«

Valmis versuchte klarzustellen, daß wir ebenso ›die‹ waren wie die Unglücklichen auf der zerstörten WANDERER, und er und Ari rückten der Logik der Situation in einem ziemlich komplexen Streitgespräch zuleibe.

»Nach einiger Zeit erwischt es sie alle«, sagte Dark leise zu mir. »Dieses universelle Bewußtsein. Valmis hatte sich darauf eingestellt, in die Luft zu gehen, und die Erkenntnis, daß das nicht geschehen ist, hat ihm den Geist verwirrt. Wir hatten etwas Glück, daß die Steuerung wieder gegriffen hat, und wir werden noch mehr brauchen, um in einem Stück runterzukommen, aber das ist auch alles.«

Ich mußte ihm recht geben. Diese Sache mit alternativen Ebenen lag weit außerhalb dessen, womit sich ein gewissenhafter Chronist befassen konnte, und ich vermute, daß ich wie die meisten Spezialisten eher dazu neige, außerhalb meines Spezialgebiets nicht an allzuviel zu glauben. Sinnvolle Wirklichkeit ist das, was ich wahrnehmen kann: und dazu bin ich auf einem Forschungsschiff. Andererseits, dieses komische Zucken, genau als Valmis sein Maschinchen betätigt hatte – das hatte ich bemerkt, aber ich hatte es der physikalischen Wirkung des Rucks zugeschrieben, mit dem die Steuerflächen ihre Arbeit wieder aufgenommen hatten ...

»Valmis, wo ist denn eigentlich dieser Versetzer jetzt?« fragte ich.

Er zeigte mir die leere, schwarze Schachtel neben sich. »Er ist verschwunden, als wir ... ah ... übergewechselt sind«, sagte er. »Er hat gleichzeitig in der wirklichen und in der potentiellen Realität existiert – und als diese potentielle Realität für uns die wirkliche wurde, mußte der Versetzer aufhören zu existieren, weil die dynamische Spannung zwischen dem Wirklichen und dem Potentiellen verschwunden war, daher ...«

Ich winkte ungeduldig ab. Wenn man ihn ließ, konnte er ewig so weitermachen. Wenn ein Mann sich beruflich mit der Unendlichkeit beschäftigt, so heißt das noch lange nicht, daß er unendlich lange darüber reden sollte. »Na, ist ja egal.

Wenn dieses Universum, wie du sagst, in jeder Hinsicht wie das unsere ist, bis auf die Tatsache, daß wir leben und nicht tot sind, müssen wir eben damit fertig werden, ganz gleich, wie es nun ist.«

Valmis sah mich eindringlich an. »Raf – rührt dich die Tatsache gar nicht, daß wir am Gewebe des Universums gerissen haben, daß wir in gewissem Sinne ein neues Universum geschaffen haben?«

»Das hast *du* gemacht«, sagte Dark. »Wenn es überhaupt passiert ist«, fügte er leiser hinzu.

Ari meldete sich zu Wort. »Wie Raf schon sagte, müssen wir überlegen, was wir damit anfangen sollen, daß wir hier sind oder was wir hier sind.«

»Das wollte ich schon sagen, als wir mit dem ganzen Gerede angefangen haben«, sagte Dark, »wir müssen die Eingeborenen hier, wenn das möglich ist, soweit aufwecken, daß sie die Reparaturen durchführen können, die die WANDERER brauchen wird. Und kümmert euch nicht um weiß der Himmel welche Vorschrift bezüglich des Eingreifens in fremde Kulturen.«

Bei einem Kapitän konnte ich diese Einstellung verstehen, seine Aufgabe ist es, sein Schiff dahin zu bringen, wo es hin soll, und wieder zurück, und jede Vorschrift, die dem entgegensteht, kann damit rechnen, mißachtet zu werden. Aber den Chronisten hämmert man die Nichteinmischungsvorschrift von Anfang ihrer Ausbildung an gründlich ein – außerdem, wenn sie von der Konstitution her dazu neigten, sich einzumischen, hätten sie von vornherein nicht den Wunsch, Chronisten zu werden. Integratoren bestehen, wenn auch aus anderen Gründen, genauso streng auf dieser Vorschrift; und ich wandte mich daher an Valmis um Unterstützung.

Der sagte: »Raf, ich habe in diese Welt – in das Universum – schon endgültig eingegriffen. Ich hatte mir das vorher nicht überlegt; in der Panik habe ich den Versetzer betätigt, aber zuvor hat diese Ebene nicht existiert. *Ich* habe sie ins Leben gerufen! Du siehst also wohl ein, daß ich mir keine allzugroßen Sorgen über jegliches weitere Eingreifen in diese Ebene oder einen Teil davon mache.«

Es war sinnlos, mit Valmis zu streiten – er hatte sich in die Vorstellung verrannt, daß er mit seinem verrückten Gerät etwas Kosmisches bewirkt hatte – na, und wenn schon. Ich wandte mich an Ari. »Du siehst doch sicher ein ...«

»Ich muß Valmis und Dark zustimmen«, sagte er. »Ob Valmis' Behauptung nun zutrifft oder nicht, die Wahrheit ist eindeutig, daß wir uns in einer Lage befinden, in der wir uns entscheiden müssen, ob wir einerseits an den Eingeborenen eines unbedeutenden – und vielleicht in gewissem Sinne sogar unwirklichen – Planeten Eingriffe vornehmen, oder uns andererseits hier niederlassen wollen – und wenn ich an die Versetzung von Wahrscheinlichkeiten und so weiter glauben muß, um mir wegen dieses Eingreifens keine Gedanken zu machen, dann werde ich genau daran glauben.«

Ich wußte recht gut, was, abgesehen vom Wunsch nach Selbsterhaltung, in seinen Gedanken vorging. Metahistoriker studieren den Verlauf der Geschichte auf einer Myriade von Planeten und kommen dabei so nahe an wissenschaftliche Methoden heran, wie mangels eines Verfahrens – des Experiments – nur möglich. Sie können alles, was geschehen ist, gut mit der metahistorischen Theorie vereinbaren, und erklären, was geschehen wird, auf eine Weise, die später immer als zutreffend ausgegeben werden kann, aber es ist ihnen verwehrt zu sagen: »Wenn ihr unter *diesen* Umständen *diese* Wirkung wollt, wird *jene* Handlung dazu führen«, und diesen Gedanken dann umzusetzen. So etwas zu tun, um eine wissenschaftliche (oder pseudowissenschaftliche) These zu beweisen, wäre ungeheuer gefühllos und natürlich auch eine direkte Verletzung der Nichteinmischungsvorschrift für Forschungsreisende. Aber Ari hatte nun ein starkes Motiv, um zu rechtfertigen, was er vielleicht tun würde, und Valmis' bizarres Gerede entlastete sein Gewissen soweit, daß es das zuließ.

»Und ich nehme an, *du* willst die besten Möglichkeiten für Eingriffe ausarbeiten?« fragte ich.

»Ich werde meine Erkenntnisse über die Tendenzen und Krisenpunkte auf diesem Planeten sicher zur Verfügung stellen, sobald ich sie gewonnen habe«, erwiderte Ari verbindlich. »Dabei müßte einiges interessante Material für deine Chronik sein.«

»Tendenzen hin oder her«, sagte Dark, »wir müssen diese Burschen zu kompetenten Metallurgen und Technikern machen – und ich habe auch schon Pläne, wie wir dabei vorgehen. Schnallt euch an, alle miteinander – vor uns ist Land! Wenn in den Steuerdüsen noch etwas Saft ist, drücke ich ihr jetzt die Nase runter und versuche sie abzubremsen, damit wir die Landung durchstehen.«

Ich sah eine Küstenlinie, im Hintergrund von Bergen begrenzt, sie fingen das Licht der Sonne des Planeten ein, die hinter uns stand. Als wir sanken, konnte ich sehen, wie uns der Schatten der WANDERER voranraste – zuerst glatt, dann mehr und mehr von den Wellen verzerrt, jetzt deutlich erkennbar, als wir uns der Oberfläche näherten. Ich sah auch kurz etwas, was Schiffe zu sein schienen – weit entfernt, aber offensichtlich mußten sie uns sehen können, wenn wir sie sahen. Wie immer unsere Begegnung mit ihnen ausfallen mochte – Rettung oder Angriff –, sie würde bald stattfinden.

Jetzt rasten wir herein, Küste und Schiffe waren nicht mehr zu sehen, nur noch der Himmel über uns und das Meer, das uns schon beinahe umgab. Die WANDERER erzitterte, weißer Schaum spritzte an den Sichtluken vorbei, dann wieder ein Augenblick klarer Sicht – anscheinend hatten wir den Kamm einer Woge getroffen – dann ein Schlag, der uns gegen die Haltegurte schleuderte, eine rollende Bewegung, bei der wir uns erst weit nach rechts neigten, dann nach links, ehe wir – wenn man so sagen kann – in einem spiraligen Schwanken zur Ruhe kamen, das mir besonders auf die Nerven fiel.

»Wir sind unten«, bemerkte Dark überflüssigerweise. »Sammelt alles ein, was ihr mitnehmen wollt – danach können wir nur noch warten.«

ZWEI

Unsere Spektraldaten des Planeten hatten gezeigt, daß die Atmosphäre atembar war, aber trotzdem war es eine Erleichterung, als Dark die Deckenluke aufsprengte und wir die Luft prüften, die hereinströmte – scharf, mit etwas hohem Sauerstoffgehalt, aber durchaus zuträglich für unsere Systeme und angenehm nach der sterilen, klimatisierten Atmosphäre der Wanderer. Wir würden uns keine Sorgen wegen Filtern zu machen brauchen. Manche Planeten, die technisch gesehen menschliches Leben aufnehmen können, haben richtig schmutzige Luft – sie hält einen am Leben, aber man gewöhnt sich an, flach zu atmen, und es fällt einem schwer, die Eingeborenen zu respektieren, die anscheinend mit dem Zeug ganz zufrieden sind.

Eine Atmosphäre dieser Art ließ auf trinkbares Wasser schließen. Was Nahrungsmittel anging, würden wir uns auf unser Glück verlassen müssen, wenn unser Vorrat an Konzentraten zu Ende ging, obwohl die Erfahrung der Forschungsreisenden zeigt, daß ein Ort, wo Menschen atmen können, gewöhnlich auch etwas bietet, was sie essen können. Außerdem waren wir, als wir dem Dienst beitraten, mit einer Vielzahl von Implantaten chirurgisch modifiziert worden, daher war die normale Bandbreite dessen, was für uns ungefährlich und nahrhaft war, erweitert – im Notfall gehörte sogar Holz dazu. Aber wir achteten alle darauf, unsere Overalls mit so vielen Konzentratpackungen vollzustopfen wie nur möglich.

Für mich war das wichtigste Gepäckstück der Kommunikator, der, nachdem er ein fremdes Sprachmuster, sei es nun mündlich, gestisch oder eine Kombination von beiden für kurze Zeit abgetastet hat, einen ausgebildeten Chronisten ziemlich weitgehend zum Gebrauch dieser Sprache befähigt und dieses Können in einem etwas längeren Zeitraum noch bis zur Perfektion verfeinern kann. Mein eigener Beitrag zum Kommunikator ist etwas, worauf ich besonders stolz bin: die Moduskontrollen. Wenn ein Chronist sicher ist, welchen allgemeinen Sinn eine Sprechsequenz hat – ob Angst, eine Frage, Zorn oder was immer übermittelt werden sollen –, drückte er den passenden Modusschalter, und der in den Kommunikator eingebaute Computer wird, indem er sich auf diesem Sinn angemessene Ausdrücke beschränkt, befähigt, die für die Aneignung eines genauen und relevanten Vokabulars notwendige Zeit zu verkürzen. All das setzt voraus, daß man einen Eingeborenen findet, der nicht zu verängstigt ist, um sich hinzusetzen und eine Weile zu sprechen; Wesen ohne Technologie – Ebene Drei und tiefer – haben oft den Eindruck, daß der Kommunikator einen Teil ihrer Lebenskraft aufsaugt, daher sind die ersten Themen, die man gut beherrscht, eher Ängstlichkeit und Abscheu als etwas wirklich Nützliches.

Jeder Forschungsreisende hat natürlich seine eigenen Belastungen, aber ich war immer der Meinung, daß der Chronist, auch wenn man ihn als das für die Aufnahme- und Vermessungsarbeit unwichtigste Besatzungsmitglied ansieht, mehr zu erdulden hat als die meisten anderen, denn er muß sich eigentlich in einen Eingeborenen verwandeln, muß lernen, so zu sprechen und auch so zu denken wie sie. Die meisten von uns sind nach mehr als einem Dutzend Reisen für die Forschung eigentlich nicht mehr zu gebrauchen; es ist Zeit, den Dienst zu verlassen, wenn man merkt, daß man sich immer weniger sicher ist, wer man selbst ist, nachdem man so viele andere Menschen war. Und die gelegentliche, wenn auch seltene Begegnung mit einer nichthumanoiden, intelligenten Rasse beschleunigt diesen Vorgang noch. Ich kannte einmal einen Chronisten, der eine vergleichsweise kurze Rundreise auf einem Planeten machte, auf dem Wesen lebten, die sich mit anmutigem Schwenken einer Tentakelsträhne verständigten und dazu ein summendes Geräusch ausstießen, das Gefühle, Betonung und – falls notwendig – gesellschaftliche Stellung ausdrückte. Nette Leute, wenn man sie näher kennenlernte, beteuerte er, aber danach war es immer etwas schwierig, sich mit ihm zu unterhalten, da er die Neigung, zu brummen und seine Finger zu krümmen nicht unterdrücken konnte.

Sobald ich mich des Kommunikators, seines Energiepacks und des Zubehörkoffers versichert hatte, lud ich Nahrungsmittelkonzentrate ein, dann, so aufbruchbereit wie ich nur sein konnte, sah ich nach den anderen.

Dark hatte den persönlichen Werkzeugkoffer des Kapitäns dabei, der einen Vorrat an Medikamenten, Instrumenten und Maschinen enthält, die für kleinere Reparaturen und Regulierungen nützlich sind. Er hatte auch die Verantwortung für den schlanken Zylinder mit der Ausrüstung, an die wir lieber nicht dachten – die Stasisgeräte. Dafür ist ein Kapitän zuständig, eine Tatsache, für die alle anderen Forschungsreisenden dankbar sind.

Ari wiegte seine metahistorischen Mikrobänder, die Analysen der Vergangenheiten, Gegenwarten und Zukünfte aller möglichen Welten und Sonnensysteme enthielten, und den Handbetrachter, mit dem er sie abtastete. Ich wußte, daß er, als ältestes Mitglied, auch einen Vorrat der Gegenmittel gegen Alter und Streß dabeihatte, die der Dienst für die Älteren bereitstellt.

Valmis hatte nichts bei sich als Nahrungsmittelkonzentrate – Integratoren tragen alle ihre Gerätschaften im Kopf (und in den Köpfen und Geräten der Metahistoriker und Chronisten, die sie schamlos ausbeuten, falls sie etwas Konkretes brauchen, um es in ihre Muster einzuflechten!). Die einzige Ausnahme war sein sogenannter Versetzer, und der hatte sich anscheinend selbst in die Luft gejagt, als er ihn ausprobierte. Nun, wenn uns übrigen die Konzentrate knapp wurden, konnte man Valmis als wandelnden Vorratsbehälter betrachten.

Dark hatte als einziger freie Sicht auf unsere Umgebung, da der Pilotensitz höher war als die übrige Kabine, und auch weiter vorne; die anderen Sichtöffnungen waren meistens von Wasser bedeckt, gelegentlich erhaschte man einen Blick auf Himmel und Gischt, wenn man durch ein Wellental fuhr. Er beugte sich herab und sagte: »Besuch – ganz nahe.«

Er kletterte mittschiffs, schob die Deckenluke ganz auf und stieg hinaus. Wir folgten ihm und balancierten vorsichtig auf dem Rumpf der WANDERER, die in den Wellen schlingerte.

Dark warf einen düsteren Blick auf das herankommende Schiff der Eingeborenen. »Wenigstens hat es keine Ruder«, sagte er.

Mir schien, daß ein rudergetriebenes Schiff einen besseren Bauplan gebraucht hätte als das, das sich uns jetzt näherte. Seine Erbauer hatten dafür gesorgt, daß es schwamm und ein Antriebsaggregat tragen konnte, aber viel weiter hatten sie anscheinend nicht gedacht.

»Mit Kohlenwasserstoffen betrieben«, sagte Dark – überflüssigerweise, da der Wind eine Wolke schwarzen Rauchs vor dem Schiff hertrieb, die uns kurzzeitig einhüllte und deren Gestank unverkennbar war.

Ein Ruf kam vom Deck des plumpen Schiffs, während es sich uns näherte; die Gestalten, die darauf Spalier standen, waren dem Aussehen nach einigermaßen humanoid, aber soweit ich erkennen konnte, ziemlich klein und gedrungen.

Bald lag es längsseits und brachte seinen eigenen Gestank mit – der, wie ich hoffte, nur eine Folge schlechter Haushaltsführung und nicht für die Eingeborenen charakteristisch war. Leinen schlängelten sich vom Deck zu uns herunter, das jetzt ungefähr eine Körperlänge über unseren Köpfen war. Dark kletterte flott als erster hinauf, Hand über Hand, dann beugte er sich über die Reling, um Ari zu helfen, der körperlich immer das am wenigsten geschickte Besatzungsmitglied gewesen war. Als nächster stieg Valmis hinauf, dann folgte ich.

Ich hätte mir einen dramatischeren Verlauf des ersten Zusammentreffens zwischen zwei intelligenten Rassen wünschen können. Wir bemühen uns gewöhnlich, die Sache eindrucksvoll zu gestalten, nach sorgfältiger Vorbereitung und mit einer Zeremonie, die eindeutig aber taktvoll vermittelt, daß das Forschungsteam gleichermaßen mächtig und wohlwollend ist. Ein lebenswichtiger Teil dafür ist die planende Vorarbeit des Chronisten vor dem eigentlichen Kontakt, so daß die ersten Worte der Forschungsreisenden schon in der Landessprache gesprochen werden, eine Taktik, die einen sehr starken psychologischen Effekt hat.

In der gegebenen Situation hatte es für mich wohl kaum einen Sinn, etwas zu sagen; wir standen in zwei Gruppen da, Forschungsreisende und Eingeborene, und musterten uns einen Augenblick lang – ich selbst hatte plötzlich mit Übelkeit zu kämpfen, die durch die Schiffsbewegung hervorgerufen wurde, welche noch ausgeprägter war als auf der WANDERER –, ehe einer der Eingeborenen das Wort ergriff. Seine Stimme klang laut und fest. Ich hielt das, was er sagte, für eine rituelle Begrüßung, angemessen für eine Begegnung, die ihm unheimlich vorgekommen sein muß, etwa in der Art von ›Gruß und Frieden, ihr Fremden, welches sind eure Absichten?‹ – möglicherweise unter Hinzufügung eines schmeichelnden Adjektivs, um uns versöhnlich zu stimmen.

Ich hatte den Kommunikator sofort eingeschaltet, als ich an Bord des Schiffes kam, und die Worte der Eingeborenen wurden auf der Stelle gespeichert, aber ich wußte, daß wir eine beträchtliche Menge stetiger, zielgerichteter Unterhaltung brauchen würden, ehe er eine nennenswerte Vorstellung dessen vermitteln konnte, was gesagt wurde.

»Wir begrüßen euch ebenfalls«, sagte ich. »Unser Raumschiff wurde beschädigt, und wir waren gezwungen, hier zu landen; wir danken euch, daß ihr uns an Bord eures Schiffes genommen habt.« Nicht, daß er mich verstand, aber unter derartigen Umständen ist es am besten, wenn man sagt, was man auch sagen würde, wenn eine Verständigung möglich wäre – dann sind wenigstens Verhalten und Tonfall angemessen.

Er wandte sich einigen anderen Einheimischen zu und fragte sie etwas. »Ha«, sagte Ari. »Die einzige Frage, die er logischerweise stellen kann, ist, ob uns jemand von denen verstanden hat. Daraus können wir schließen, daß einige dieser Leute schon Besuchern von anderen Planeten begegnet sind und ihre Sprache gelernt haben ...«

»Es wäre auch möglich«, sagte ich, »daß sie nichts wissen und sich nicht vorstellen können, daß man auch noch von anderswoher kommen kann als von hier, und daß sie uns als eine Art Exoten aus einem anderen Teil dieses ihres eigenen Planeten betrachten.«

»Und es könnte sein«, sagte Dark, der immer zu einer mißtrauischen Einstellung gegenüber Eingeborenen und ihren Gewohnheiten neigte, »daß er fragt, ob man uns wohl den Meeresgöttern opfern sollte.«

Denn jetzt kamen zwei der eingeborenen Seeleute auf uns zu. Wir erstarrten, aber sie strichen an uns vorbei zum Geländer.

»He!« schrie Dark, als sie an den Tauen zur WANDERER hinunterrutschten. »Kapitän – nett von Ihnen, daß Sie uns aufgelesen haben, aber diese Burschen können da nicht runter!«

»Keine Sorge, Dark«, beruhigte ich ihn. »Ein schneller Blick in die Runde wird ihnen sagen, daß wir aus einer Kultur stammen, die sich von allem, was es auf diesem Planeten gibt, stark unterscheidet, und dann können wir auf einer vernünftigen Basis anfangen, einen Kontakt herzustellen. Es ist ja nicht so, als läge da drin etwas lose herum, was sie stehlen könnten.«

Dark warf mir einen zornigen Blick zu. »Wegen des Stehlens mache ich mir keine Sorgen, aber sie könnten ...«

Eine Dampfwolke stieg hinter der unter Wasser liegenden Heckdüse der WANDERER auf; das Schiff hob die Hälfte des Rumpfs, mit der Nase voran, über die Oberfläche, dann krachte es mit einem explosionsartigen Knall herunter und verursachte eine Woge, die das einheimische Schiff so stark krängen ließ, daß ich einen Augenblick lang über das fast senkrecht stehende Deck auf das Meer hinunterschaute, als stünde ich oben auf einer Mauer. Dann schaukelte es natürlich fast ebensoweit in die andere Richtung zurück. Als wir sicher waren, daß das Schiff nicht kentern würde und ich mich umdrehte, um nach der WANDERER zu sehen, war von ihr nichts mehr übrig als ein brodelnder Fleck auf der Oberfläche, wo der Rest ihrer Luft von dem fremden Meer verdrängt wurde.

»... an den Kontrollen herumspielen«, vollendete Dark. »Anscheinend gerade noch ein Puster Energie übrig. Tölpel von Eingeborenen!« Er versank in eisiges, düsteres Schweigen.

Der Kapitän des Schiffs brüllte, und ich tastete nach dem Zornmodusknopf auf dem Kommunikator. Zwei Köpfe schossen in dem aufgewühlten Wasser hoch, das Gebrüll des Kapitäns bekam einen anderen Klang; Seeleute beeilten sich, ihren Kameraden Leinen zuzuwerfen und sie schnell an Bord zu holen.

Die triefend nassen Männer sprachen aufgeregt auf ihren Kapitän ein, der uns zornige Blicke zuwarf und sie in die primitive Kajüte in der Mitte des Schiffes führte. Offenbar hatten sie Gelegenheit gehabt, einige Einzelheiten der Innenausstattung der WANDERER aufzunehmen, die mit den üblichen Verhältnissen auf diesem Planeten nicht übereinstimmten. Die anderen Besatzungsmitglieder wichen ängstlich zurück und ließen uns auf dem Vorderdeck allein. Das Schiff wendete und begann durch die Wogen zu pflügen.

Valmis sagte: »Das wird ein seltsames, aber lohnendes Erlebnis werden, einmalig in der Geschichte der Forschungsreisen. Wir werden das erste Team von Forschungsreisenden sein, das wirklich *Teil* einer Welt ist, sich bei der Erforschung nur auf die vorhandenen Mittel und unsere menschlichen Eigenschaften verlassen kann – ein ganz neuer Einblick ...«

»Du brauchst einen ganz neuen Kopf«, sagte Dark. »Das Erlebnis besteht darin, daß die WANDERER auf dem Grund des Meeres liegt und wir Gefangene eines Haufens nervöser Eingeborener sind, die nicht das geringste Interesse daran haben, sich erforschen zu lassen.«

Ich bin von Natur aus optimistisch, hatte aber das Gefühl, daß Dark die Situation nur zu exakt zusammengefaßt hatte.

DREI

Bald war eine Küste zu sehen, mit Bergen, die fast bis ans Meer heranreichten. Nach einiger Zeit konnten wir Gebäude erkennen, die dicht zusammengedrängt standen, einige waren groß und massig, die meisten ziemlich niedrig. Unser Fahrzeug hielt auf ein Durcheinander von Schiffen zu, einige größer, aber alle gleich primitiv gebaut, und legte sich längsseits einer Holzplattform, die von der Küste weit in den Hafen hinausragte.

Die Besatzung begann das Schiff mit Leinen an dieser Plattform zu befestigen, der Kapitän sprang hinaus und ging zu einem Schuppen an Land.

Ich hatte den letzten Teil der Reise dazu benützt, ein wenig zu planen. »Was wir jetzt tun müssen«, sagte ich, »ist, eine Person von einigem Einfluß finden, die wenigstens begreift, daß wir ungewöhnlich sind und sich genügend dafür interessiert, um bereit zu sein, sich mit uns zu verständigen. Sobald ich einmal die Sprache beherrsche, können wir erklären, in welch mißlicher Lage wir uns befinden und welches unser Auftrag ist, und darangehen, uns der Hilfe der Eingeborenen zu versichern.«

»Vielleicht sollten wir das möglichst schnell machen«, sagte Ari und nickte zu den verbliebenen Seeleuten hin. Diese – besonders die beiden, die mit so katastrophaler Wirkung an Bord der WANDERER gegangen waren – und die ich von ihren Kameraden aufgrund ihres immer noch durchnäßten Zustandes zu unterscheiden vermochte – sahen uns auf eine Weise an, die ich eindeutig als bedrohlich empfand. Ich fing ihre Mienen mit dem optischen Abtaster des Kommunikators ein, der auf den passenden Modus eingestellt war; das war vielleicht ein Fehler, denn als ich das Gerät auf sie richtete, schien das ihren Unmut noch zu steigern.

»Vielen Dank für Ihre Hilfe«, sagte ich. »Wir sind Ihnen für die Rettung zu Dank verpflichtet, aber jetzt müssen wir gehen, um uns um einiges zu kümmern.« Wieder verließ ich mich auf den Grundsatz, normal zu sprechen, um den richtigen Tonfall zu treffen.

Wir gingen an die Seite des Schiffes und schickten uns an hinunterzusteigen, aber sofort umringten uns die Eingeborenen. Sie ergriffen uns nicht richtig, machten es aber unmöglich, ohne Anwendung von Gewalt an ihnen vorbeizukommen, und das wäre unklug wie auch unhöflich gewesen.

»Ich kann mich nicht erinnern, daß einer von ihnen möglicherweise so etwas wie ›Laßt uns gehen‹ gesagt haben könnte, seit wir hier sind«, bemerkte Ari nachdenklich. »Es gab keine Situation, die das verlangt hätte. Wenn es eine gegeben hätte, könntest du diese Stelle vermutlich auf deiner Sprachaufzeichnung finden und sie ihnen vorspielen.«

Das stimmte, aber Ari hatte recht: nichts, was einer der Eingeborenen gesagt hatte, hätte auf unsere Situation gepaßt. Trotzdem ... ich ließ das Band zu dem zornigen Gebrüll des Kapitäns zurücklaufen, als die WANDERER ihren letzten Satz gemacht hatte und untergegangen war, wobei scheinbar zwei seiner Seeleute den Tod gefunden hatten, und drückte den Play-Knopf.

Beim Klang der Stimme ihres Chefs wichen die Eingeborenen zurück; wie ich es mir gedacht hatte, waren sie darauf trainiert, seinen Zorn zu respektieren. Einen Augenblick lang standen sie unentschlossen da, und wir sprangen über die Seite und auf die Plattform.

In flottem Tempo gingen wir auf die Küste zu, besonders schnell marschierten wir an dem Schuppen vorbei, wo der Kapitän, mit dem Rücken zu uns, mit einem zweiten Eingeborenen sprach, vermutlich erzählte er ihm von dem seltsamen Fang, den er auf See gemacht hatte.

Wir nahmen uns nicht die Zeit, auf das sonderbare Aussehen der Stadt zu achten, in der wir uns befanden, sondern eilten erst eine Straße entlang, dann eine zweite, und bogen willkürlich nach rechts oder links ab, bis wir ziemlich sicher waren, daß wir nicht vom Kapitän verfolgt wurden.

Vermutlich wurden wir das tatsächlich nicht – wenigstens war er nicht in der Menge zu sehen, die sich um uns sammelte, sobald wir stehenblieben. Die Leute schienen aus dem Boden geschossen zu sein, sie schnatterten und deuteten auf uns. Ich hatte gehofft, daß wir uns von den Eingeborenen vielleicht nicht so stark unterschieden, um ungebührliche Aufmerksamkeit zu erregen, aber das sollte wohl nicht sein. Wenigstens dreißig Individuen umringten uns; und obwohl sie nach Größe, Gestalt und Kleidung höchst unterschiedlich waren, hatten sie offensichtlich untereinander viel mehr gemeinsam als mit uns.

Sie gestikulierten und redeten weiter, während ihre Zahl anstieg, kamen aber nicht dicht an uns heran und machten auch keine Anstalten, uns zu berühren.

Da ich im Augenblick die Führung der Besatzung der WANDERER übernommen hatte, hatte ich das Gefühl, ich müsse irgend etwas Produktives unternehmen, aber mir fiel nichts ein.

»Sag ihnen, sie sollen uns zu ihrem Anführer bringen!« schlug Dark vor.

»Wie? Ich habe bisher noch für nichts Eingeborenenworte, außer dafür, was ein Schiffskapitän sagt, wenn er sieht, daß zwei Leute seiner Mannschaft von einem Seeungeheuer aus Metall auf den Meeresgrund gezogen werden.«

»Wir könnten es spielen«, sagte Valmis. Zu meiner Verärgerung, hauptsächlich, weil ich als erster daran hätte denken sollen, muß ich gestehen, daß meine Kollegen sofort einverstanden waren, und so gingen wir daran, eine kurze Pantomime auszuarbeiten, die unsere Wünsche übermitteln sollte.

Nach kurzer Beratung sammelten wir uns um Dark, der zuerst stirnrunzelnd mit verschränkten Armen dastand und dann brüske, befehlshaberische Gesten machte – bewegt euch, kniet nieder, kehrt und so weiter –, denen wir mit übertrieben dargestelltem Respekt gehorchten. Valmis, Ari und ich deuteten sodann auf Dark und verzögerten diese Geste einen Augenblick lang. Wenn die Eingeborenen daraus nicht ersahen, daß er unser Anführer war, war es wirklich hoffnungslos, irgend etwas von ihnen zu erwarten.

Sobald wir sicher waren, daß dieser Gedanke angekommen war, wenn das überhaupt möglich war, drehten wir uns alle um und deuteten auf die Menge, dabei machten wir eine Bewegung, als wollten wir etwas auf uns ziehen oder herholen, dann deuteten wir wieder auf Dark. Wenn das nicht bedeutete ›Bringt uns zu eurem Anführer‹ oder wenigstens ›Bringt euren Anführer her‹ – über diesen Punkt mochte man geteilter Meinung sein – weiß ich nicht, was es sonst hätte bedeuten können.

Der Menge schien das jedoch nicht so klar zu sein. Die Leute lachten, winkten, hüpften, taten aber nichts, was so aussah, als würde es dazu führen, daß ein Führer auftauchte.

Dann sah ich einen von ihnen etwas werfen; es klirrte, als es in meiner Nähe aufschlug, und rollte noch ein Stück, ehe es auf die Seite fiel: eine Scheibe aus Metall. Andere Eingeborene taten das gleiche, und ich fürchtete schon, wir würden irgendwie angegriffen, wenn auch recht harmlos, denn keine der Scheiben kam auch nur in unsere Nähe oder wurde irgendwie mit Kraft geworfen.

Ari hob zwei von ihnen auf und sagte: »Wahrscheinlich Exemplare kleiner Krediteinheiten – charakteristisch für Ebene Zwei bis Sechs. Seht ihr – mehrere sind identisch, also massenhaft produziert; wahrscheinlich ein Regierungsmonopol.«

»Könnten es nicht Amulette sein?« fragte Valmis. »Das wäre ein angemesseneres Opfer an Fremde aus einer anderen Welt – anscheinend sind die Bilder ihrer Gottheiten daraufgeprägt.«

»Ha!« sagte Dark. »Sie haben uns wegen eurer Scharade für wandernde Clowns gehalten – diese Eingeborenen besitzen die Unverschämtheit, uns Bezahlung zuzuwerfen, weil wir sie unterhalten haben! Ich muß allerdings sagen, daß ihr wirklich komisch ausgesehen habt, wie ihr so dagekniet und herumgehüpft seid. Ihr hebt diese Dinger besser auf; wir haben sonst anscheinend nichts, was jemand auf dieser Welt gerne haben möchte.«

In diesem Augenblick drängte sich ein Eingeborener durch die Menge, er teilte sie mit herrischen Schreien und hin und wieder mit einem Stoß des Stocks, den er bei sich hatte. Er war anders gekleidet als alle anderen und, der Untertänigkeit nach zu urteilen, die sie ihm bezeugten, während sie den Weg freimachten, war er sicher jemand von Einfluß.

Zwar war es nicht der Anführer, nach dem wir gesucht hatten, aber eigentlich müßte er in der Lage sein, uns mit diesem zusammenzubringen, oder mit sonst jemandem in hoher Position.

Er stand da, schaute uns streng an – allmählich wurden mir die Gesichtsausdrücke der Eingeborenen vertrauter, und der seine hatte viel Ähnlichkeit mit dem des Kapitäns – und sagte etwas in einer unverständlichen Sprache.

Jetzt mußte ich eine der Entscheidungen treffen, die den Chronisten manchmal aufgezwungen werden, und mit einem intuitiven Sprung auf die Verständigung mit einer fremden Rasse zugehen. Die erste Sequenz auf meinem Kommunikator waren die Eröffnungsworte des Kapitäns, als wir sein Schiff betraten – fast sicher, so hatte ich es damals empfunden, eine sorgfältig höflich formulierte Begrüßung und eine Erkundigung nach unseren Absichten. Wenn dem so war, müßte es als Begrüßung dieses Repräsentanten wenigstens ungefähr ausreichen. Ich spulte zurück zu diesem Teil der Aufnahme und drückte auf den Play-Knopf.

Die Worte des Kapitäns erdröhnten aus dem Gerät und erzielten eine sofortige, wenn auch unterschiedliche Wirkung. Einige Leute in der Menge lachten, andere öffneten den Mund und machten große Augen, wieder andere – Frauen vermutlich, nach gewissen Unterschieden in Kleidung und sichtbarem Körperbau zu schließen – drehten sich um und gingen weg. Der Mann mit dem Stock schnitt eine Grimasse – jetzt sah er dem Kapitän sehr ähnlich – und bedrohte mich mit dem Stock. Dann rief er etwas, andere erschienen, die genauso gekleidet waren wie er und auch Stöcke trugen. Auf sie sprach er laut ein, und sie umringten uns und drängten uns weg.

»Was hast du nur gemacht, Raf?« fragte Ari, als man uns die Straße hinunterführte. Ich erklärte es ihm.

»Nun, wenigstens«, sagte Dark mit merklicher Schärfe in der Stimme, »haben wir erfahren, daß rituelle Höflichkeit Fremden gegenüber in dieser Kultur keine konstante Vorschrift ist. Nützliches Wissen, Chronist, wenn auch schwer erworben.«

»Was glaubst du, Raf, was sagte der Kapitän wohl wirklich?« fragte Valmis.

Dark antwortete ihm. »Wahrscheinlich ›Von wo seid ihr denn runtergefallen, ihr häßlichen Ungeheuer, und was glaubt ihr eigentlich, was ihr da für ein Spielchen spielt?‹ Dazu noch einige hier übliche, beleidigende Flüche. Diese Seeleute wirkten ziemlich grob.«

Ich hatte den Verdacht, daß Darks Interpretation auf dem basierte, was seine eigenen Reaktionen hätten gewesen sein können – sehr geduldig war er noch nie –, mußte aber zugeben, daß die Wirkung meines Playbacks diese Deutung wahrscheinlich machte. Meine eigene Vermutung war, das fand ich immer noch, nur logisch gewesen, aber es stellte sich heraus, daß die Gewohnheiten dieser Eingeborenen sich nicht notwendigerweise an die Logik hielten.

Bald kamen wir zu einem großen, massiv gebauten Haus, und nach den anscheinend offiziellen Formalitäten – die zu unserer Bestürzung die Einziehung meines Kommunikators und der Geräte von Dark und Ari einschlossen – stieß man uns in einen kleinen Raum mit Gittern an Tür und Fenstern. Er war schwach erleuchtet, und zuerst bemerkten wir den Eingeborenen, der schon im Raum war, gar nicht; er lag auf einem Bord an der Wand, offenbar schlief er.

»Faszinierend«, sagte Ari. »Paßt absolut zu Ebene Vier

und darunter. Besondere Einrichtungen zur Aufbewahrung unerwünschter und gefährlicher Personen. Es ist eigentlich ein Rezept von eleganter Einfachheit, und sehr wirkungsvoll. Sie verbinden das Festhalten der Leute an einem Ort, wo sie das, wodurch sie unbeliebt wurden, nicht machen können, mit soviel Unannehmlichkeiten, daß andere, die vielleicht ähnliche Neigungen haben, abgeschreckt werden. Genial für eine primitive Kultur.«

»Welche Art von Unannehmlichkeiten?« fragte Dark und blickte sich voll Abscheu in der Kammer um. Der Eingeborene auf dem Bord hatte sich aufgesetzt und sah uns mit einem Ausdruck an, den ich noch nicht kannte, der aber, wenn ich mich noch auf die Logik verlassen konnte, sehr wahrscheinlich Angst war. In dem schwachen Licht des Raums verströmten unsere einteiligen Overalls ihr typisches Leuchten, und das, verbunden mit dem kleinen, aber deutlichen Unterschied in Größe und Proportionen, der uns von den Eingeborenen abhob, und unserer mühelosen Unterhaltung in einer Sprache, die ihnen unbekannt war, muß auf seinen einfachen Geist einen starken Eindruck gemacht haben.

Ari zuckte die Achseln. »Das ist verschieden. Manchmal nichts Spezielles – man wird einfach festgehalten. In anderen Kulturen können Strafen oder Folterungen angewendet werden« – wir blickten uns schnell nach etwas um, was man zu einem solchen Zwecke verwenden könnte, sahen aber nichts –, »oder so ein Ort dient vielleicht auch nur zur vorübergehenden Aufbewahrung, ehe etwas Eindeutigeres beschlossen wird. Ah!« Sein Gesicht leuchtete auf. »Es gab da vor mehreren Forschungsreisen einen höchst interessanten Bericht im ›Drifter‹. Ungefähr das gleiche System wie hier, mit der Funktion, jene Individuen zusammenzuhalten, die man auserwählt hatte, zur Nahrungsmittelversorgung beizutragen.«

Keiner von uns schien das genauer wissen zu wollen, aber ich war doch der Meinung, daß ich fragen sollte: »Meinst du Sklavenarbeit in der Landwirtschaft?«

»Nein, nein«, sagte Ari gutgelaunt. »Ein *direkter* Beitrag. Solche Personen wurden eingesperrt, gut ernährt, bei guter Gesundheit gehalten, und dann ... hm ... als Lebensmittel aufbereitet. Bei einer Gesellschaft, die so instabil ist, daß in ihr Konflikte und unerträgliches Verhalten möglich sind, ist das wirklich eine sparsame Möglichkeit, mit der Sache fertigzuwerden.«

»Von eleganter Einfachheit, könnte man sagen«, meinte Dark bedrückt.

»Genau.«

»Würdest du sagen«, fragte Dark, nachdem er Ari einen Augenblick lang mit schweigendem Abscheu angesehen hatte, »die Chance, daß *uns* das bevorsteht ist sehr groß?«

»O nein, nein, nein.« Ari war belustigt. »Das war eine Kultur auf Ebene Zwei! Weit hinter dieser hier zurück. Wenigstens bei menschlichen Rassen geht der Kannibalismus kaum jemals weiter als in die Mitte der Drei. Sobald sie einmal in irgendeinem Bereich in die Vier kommen, geht der primitive Gemeinschaftsgeist verloren, der für den rituellen Kannibalismus erforderlich ist.«

»Wie schade.« Ausnahmsweise einmal sprachen Dark und ich gleichzeitig und sagten auch noch dasselbe.

Der Eingeborene, der den Raum mit uns teilte, schien seine Angst jetzt verloren zu haben. Er gestikulierte und lachte uns an. Dann sagte er einiges in einem Tonfall, den ich für freundlich hielt, und ich beschloß, mir die Zeit ein wenig mit praktischer ›freihändiger‹ Verständigung zu vertreiben.

Man darf nicht glauben, daß wir Chronisten vollständig vom Kommunikator abhängig sind; ehe man uns gestattet, ihn zu verwenden, werden wir darin ausgebildet, ohne jegliche Hilfsmittel Kontakt herzustellen, und bekommen dabei den solidesten Anfangsunterricht in den Grundprinzipien vermittelt. Ich war in der Ausbildung besonders gut gewesen und freute mich sogar auf die Gelegenheit, meine alten Fähigkeiten aufzufrischen und meinen Kollegen den Unterschied zwischen meinem eigenen, gekonnten Ansatz und

ihren amateurhaften Bemühungen auf der Straße zu demonstrieren, an denen ich mich nur beteiligt hatte, weil mir momentan nichts anderes einfiel.

Ich zeigte auf mich und sagte: »Raf.« Er nickte mit dem Kopf auf und ab – ich interpretierte das als eine zustimmende Geste –, dann zeigte er auf mich und sagte: »Raf«, dann auf jeden der anderen, wobei er wieder »Raf, Raf, Raf«, sagte.

An diesem Punkt schob mich Dark mit der Schulter beiseite und stellte sich vor den Eingeborenen, der »Raf!« zu ihm sagte. Anscheinend fand er, daß es lustig klang.

»Was hast du vor?« fragte ich.

»Ich möchte herausfinden, was wir zu erwarten haben!« fauchte Dark. »Wenn es irgendeine Aussicht gibt, daß man uns essen will, möchte ich nicht davon überrascht werden.«

»Ich hätte gedacht, daß man gerade in so einem Fall lieber überrascht werden möchte«, sagte Ari. »Auf diese Weise wird es einem erspart, darüber nachzudenken – was vermutlich genauso schlimm ist, wie wenn es geschieht. Oder wenn es schon nicht so schlimm ist, dann dauert es wenigstens länger.«

Dark achtete nicht auf ihn, sondern deutete energisch auf sich und uns übrige, dann auf seinen Mund, den er dabei öffnete und schloß, als wolle er etwas kauen. Der Eingeborene sah ihn an, dann nickte er mit dem Kopf auf und ab, lächelte breit, hob seine Hände mit nach innen gekehrten Handflächen vor sich und brachte sie fast ganz zusammen.

»Was soll das bedeuten?« fragte Dark beunruhigt, ganz so, als hoffe er, nicht richtig verstanden zu haben.

»Unser Eingeborener hat gerade sehr geschickt die Zeichen für ›ja‹ und ›bald‹ gemacht«, antwortete ich.

»Sie werden uns essen!« heulte Dark auf. »Und vermutlich bedeutet das, daß man diesen Burschen unseretwegen noch eine Weile verschont – deshalb freut er sich so sehr darüber!«

Er sah den Eingeborenen finster an, und der wich vor ihm zurück.

»Es ist eine sonderbare Idee«, sagte Valmis. »Sie erwarten, indem sie sich die Substanz von Individuen zuführen, etwas von deren Eigenschaften in sich aufzunehmen; in begrenztem Maße eine auffallende Erkenntnis der Einheit aller Existenz.«

»Ich neige mehr dazu, es im Licht einer politischen und wirtschaftlichen Äußerung zu sehen«, sagte Ari mit dem lebhaften Interesse, das ihn immer überkam, wenn er Gelegenheit zu einem guten, theoretischen Streit sah. »Obwohl es natürlich bemerkenswert ist, so etwas in einer Kultur Ebene Vier vorzufinden. Ich fürchte, ich war vorhin in diesem Punkt ziemlich dogmatisch!« Er gluckste bedauernd, wie über einen guten Witz auf eigene Kosten. Darks Hand zuckte, machte den Eindruck, als wolle sie, unabhängig von ihrem Besitzer, Ari schlagen.

»Überleg doch: sie wissen doch kaum genug über uns, um zu entscheiden, ob sie unsere Eigenschaften überhaupt teilen wollen, also müssen wir Valmis' Ansicht verwerfen. Das bißchen, was wir von diesen Leuten und ihren Werken gesehen haben, bringt mich eher zu der Ansicht, daß sie mechanistische Pragmatiker sind – beachtet zum Beispiel, wie völlig ehrfurchtslos sie auf unser geheimnisvolles Erscheinen reagierten; daß sie keine rituellen Grußformeln haben – was Rafs unbesonnenes Experiment beweist! Wie kraß sie uns für Straßenmusikanten hielten. Ich würde sagen, es handelt sich um eine Kombination aus begrenzter Nahrungsmittelversorgung mit vielleicht zu rasch wachsender Bevölkerungszahl, und dabei muß, ganz gleich auf welcher Kulturebene, mit einem abweichenden – ich möchte sogar sagen: brutalen – Verhalten gerechnet werden.«

»Es freut mich, daß du es für abweichend hältst, wenn sie uns essen wollen«, sagte Dark. »Ich glaube, ich könnte es nicht ertragen zu denken, daß du das billigst.«

»Nein«, sagte Ari ganz ernsthaft. »Obwohl es meine Pflicht ist, die Dynamik jeder Kultur und ihre Beziehung zu den Grundlagen der Metahistorie zu verstehen, gebe ich zu, daß ich nicht *jede* Äußerung einer solchen Kultur objektiv betrachten kann. Obwohl ich bei der Beobachtung leidenschaftslos bleiben würde, würde ich mich doch verpflichtet fühlen, bei einem Abschlußbericht meine eigene Meinung hinzuzufügen ...«

Dark hieb seine Faust gegen die Steinmauer des Zimmers. »Abschlußbericht! Dein Abschlußbericht wird ein herzhafter Rülpser irgendeines Wilden sein, während er sich Teile von dir aus den Zähnen stochert!«

Ari muckte auf, und ich vermittelte. »Vielleicht könnte das Problem auch verständigungsmäßiger Natur sein, Dark. Offenbar verstand der Eingeborene die Begriffe ›essen‹ und ›wir‹, wie du sie vermittelt hast, und er hat uns recht klar die Antwort ›ja‹ und ›bald‹ darauf gegeben, aber in bezug auf die sinngemäße Verknüpfung war die ganze Sache doch recht skizzenhaft. So etwas solltest du wirklich mir überlassen; ich bin dafür ausgebildet.«

Dark knirschte mit den Zähnen. Ich redete weiter, wobei ich neben ihm durch die vergitterte Tür in den Korridor dahinter schaute, um meine Schlußfolgerung zu überprüfen. »Könnte er zum Beispiel nicht verstanden haben: ›Bekommen wir zu essen?‹ anstatt ›Sollen wir gegessen werden?‹ Wenn ja, wird nämlich die Antwort ›bald‹ zusammen mit einem Ausdruck der Freude logisch und freundlich und ist keineswegs ein Ausdruck herzloser Barbarei.«

»Ein bißchen weit hergeholt«, murrte Ari, der seine einmalige Entdeckung industrialisierter Kannibalen sichtlich ungern fahrenließ.

»Ich glaube nicht. Wenn ihr in den Gang hinausschaut, werdet ihr sehen, daß einer der Wärter Schüsseln bringt und sie in die Räume stellt – wenn nicht Essen darin ist, was dann?«

»Sie wollen uns doch nur zum Schlachten mästen«, sagte Dark, aber er schien doch erleichtert.

Einen Augenblick später war der Eingeborene an unserer Tür, öffnete sie und schob fünf Schüsseln herein, die mit einer unbekannten, aber stechend riechenden Masse gefüllt waren, dann schloß er die Tür mit einer geübten Reihe von Bewegungen wieder.

›Unser‹ Eingeborener nahm eine der Schüsseln, holte ein Werkzeug heraus, das in dem Zeug steckte, und begann zu essen, nachdem er auf uns und auf die verbleibenden Schüsseln gedeutet hatte.

Dark, Ari, Valmis und ich nahmen sie, fischten die Werkzeuge heraus und probierten das Essen. Nach einem Mundvoll stellten wir einmütig die Schüsseln nieder, und jeder öffnete eine Konzentrateinheit und aß sie. Ich bedeutete dem Eingeborenen, er könne unsere Schalen haben, aber er fand anscheinend seine eigene, nachdem die ersten Hungerkrämpfe beschwichtigt waren, ziemlich ungenießbar und nahm das Angebot nicht an.

»Nun«, meinte Dark nachdenklich. »Ich glaube, vor dem Gegessenwerden sind wir sicher. Was immer das für ein Zeug sein mag, es kann nicht dafür gedacht sein, irgend etwas zu mästen!«

VIER

Wir waren jetzt gut, wenn auch nicht wohlschmeckend ernährt, und da wir durch das kleine Fenster sehen konnten, daß wir uns inzwischen weit im Nachtzyklus des Planeten befanden, konnten wir anscheinend kaum etwas anderes tun, als uns zum Schlafen auf die Borde an der Wand niederzulassen. Ari wollte über unsere Zwangslage sprechen und darüber, was zu tun sei, aber nach den Ereignissen des Tages waren wir alle erschöpft.

»Ich glaube, wir werden genügend Zeit haben, uns etwas zu überlegen, während wir hier sind«, sagte Dark. »Irgendwie kann ich mir nicht vorstellen, daß morgen früh eine Abordnung hiesiger Würdenträger kommt, um uns abzuholen und sich zu erkundigen, was sie für uns tun kann.« Er nickte dem Eingeborenen zu, der, nachdem er mit seiner Mahlzeit fertig war, gegähnt hatte, sich in ein paar Tuchstücke einwickelte und eingeschlafen war. »Der Junge sieht nicht so aus, als erwarte er, daß in nächster Zeit etwas passiert.« Dark wirkte beinahe gewalttätig verdrießlich, und ich konnte spüren, daß vor allem er endlich den Tag hinter sich haben wollte, an dem er den Verlust seiner geliebten WANDERER hatte erleben müssen.

Als sich Valmis auf sein Bord legte, murmelte er: »Das wäre ziemlich unbequem, wenn es wirklich wäre.« Dark und ich wechselten Blicke. Es wäre schlimm, wenn Valmis zu einem Zeitpunkt einen Zusammenbruch hätte, zu dem unsere einzige Hoffnung darin bestand, so gut zu funktionieren wie nur je ein Forschungsteam. Ich schlief mit dem Entschluß ein, mich am nächsten Morgen als erstes wenigstens an meine eigene Aufgabe, die Verständigung, zu machen, auch wenn mir meine Ausrüstung fehlte.

Niemand in der Zelle war auch nur im mindesten gutgelaunt, als wir erwachten. Wir vier Forschungsreisenden erlebten den furchtbaren Augenblick, wenn man wieder zu Bewußtsein kommt und entdeckt, daß man auf einer fremden Welt ausgesetzt ist, nach einem tröstlichen Sekundenbruchteil, in dem wir uns in unserem Quartier auf der WANDERER glaubten; der Eingeborene, der kerzengerade auf seinem Bord saß, schaute uns entsetzt und ungläubig an, als hätte er uns noch nie gesehen. Er schüttelte mehrmals den Kopf, dann zuckte er schließlich die Achseln.

Getreu meinem Entschluß von gestern abend näherte ich mich ihm; obwohl er sich gegen die Wand drückte, floh er nicht wirklich vor mir. Ich überlegte, ob ich die anderen bitten sollte, mir zu helfen, eine Verständigung einzuleiten, erinnerte mich dann aber an die recht unbefriedigenden Ergebnisse unserer Vorstellung tags zuvor auf der Straße und beschloß, die Sache allein durchzuziehen.

Das wichtigste schien mir, ihm die Vorstellung zu vermitteln, daß wir nicht von seinem Planeten stammten. Alles, was wir vielleicht bei den Eingeborenen erreichen wollten, mußte von dieser Tatsache ausgehen. Ich hoffte auch, aus seiner Reaktion erkennen zu können, ob man uns als Angehörige einer anderen Welt eher respektvoll oder eher feindselig aufnehmen würde.

Ich hockte mich vor ihm auf den staubigen Boden und zeichnete mit meinem Zeigefinger einen Kreis, der seinen Planeten darstellen sollte. Dann deutete ich auf ihn und zeichnete schnell ein Strichmännchen, das auf dem Rand des Kreises stand: *Du* gehörst in *diese* Welt. Er sah erst die Zeichnung, dann mich verständnislos an. Ich studierte die Linien im Staub und mußte zugeben, daß sie aussahen wie das Bild eines Mannes, der wie ein Akrobat auf einem Ball balanciert.

Also wischte ich die Zeichnung weg und fing an einer freien Stelle von neuem an. Diesmal zeichnete ich einen größeren Kreis und darin eine unregelmäßige Linie, die der Küstenlinie ähnelte, wie ich sie aus der Luft in Erinnerung hatte, ich hatte ihr nicht allzuviel Aufmerksamkeit geschenkt, aber es gab ein paar deutliche Buchten und Vorgebirge, die ich aus meinem Gedächtnis ausgrub, und die dem Eingeborenen anscheinend bekannt vorkamen, denn er kniff die Augen zusammen und nickte langsam. Ungefähr an der Stelle, wo der Hafen lag, machte ich mit dem Daumen einen Fleck, deutete wieder auf den Eingeborenen und zeichnete neben den Fleck eine winzige Gestalt. Er nickte heftig.

Ich rückte auf dem Boden ein Stück weiter und zeichnete einen zweiten Kreis, dann deutete ich auf mich, Ari, Dark und Valmis und zeichnete vier rudimentäre Gestalten auf den Rand dieses Kreises: *Wir* gehören in *jene* Welt.

Der Eingeborene schaute auf den weiter entfernten Kreis, dann auf uns, nickte noch einmal und murmelte dann laut etwas vor sich hin.

Mit einiger Mühe stemmte er sich von seinem Bord ab und ging zu dem Kreis, der unsere Heimatwelt darstellte. Er beugte sich darüber, legte die Hand auf die gezeichneten Figuren, die uns repräsentierten, hob sie dann, ging hinüber zur Zeichnung seines Planeten und legte sie mit einem explosiven Geräusch darauf: Seid ihr von eurer Welt zur unseren gereist und hier abgestürzt?

Ich nickte, und er setzte sich wieder auf sein Bord und sah uns nachdenklich an. Ich überlegte schon, welche Information ich ihm als nächstes vermitteln wollte – die Notwendigkeit, irgendeine einflußreiche Persönlichkeit zu treffen –, als er zu meiner Überraschung aufsprang, zur Tür lief und hartnäckig zu schreien anfing.

Einen Augenblick später erschien einer der uniformierten Eingeborenen, und nach einem Austausch von Schreien wurde unser Mitbewohner weggeführt und ward nicht mehr gesehen.

»Worum ging es jetzt eigentlich?« fragte Dark.

»Sobald ich dem Eingeborenen begreiflich machen konnte, daß wir von einer anderen Welt kommen, fing er an, diesen Aufstand zu machen«, sagte ich verlegen. Ich konnte nicht verstehen, warum er sich so verhalten hatte, aber es war eine unerwartete und daher beunruhigende Reaktion.

»Kulturen der Ebene Vier sind selten darauf eingestellt, mühelos mit Fremdkontakten zurechtzukommen«, sagte Ari. »Die Industrialisierung fördert eine Weltsicht, die ein großes Vertrauen in Mechanik und einfache Physik setzt, daher wird alles Unbekannte aus Prinzip abgelehnt, und der Gedanke an Reisende durch den Weltraum muß zwangsläufig so ungewohnt sein wie nur etwas. Einige derartige Kulturen haben noch Merkmale der Ebene Drei – und tiefer natürlich –, was Aberglauben angeht, und behandeln fremde Besucher anfangs als übernatürliche Wesen, was oft belustigende Ergebnisse zeitigt.«

Dark fuhr auf. »Belustigend? Ich möchte wetten, daß der Bursche uns jetzt als Dämonen denunziert und vorschlägt, man möge uns verbrennen oder so etwas.«

»Das wäre wahrscheinlich nicht mehr als gerecht«, sagte Valmis.

Ich kam Darks heftiger Antwort zuvor, indem ich sagte: »Hör mal, Valmis, ich weiß, daß du ständig über diese Sache mit dem Vertauschen von Universen nachgrübelst, oder was du getan zu haben glaubst, und es tut mir leid, wenn dich das belastet. Aber es ist nun einmal geschehen, wir sind hier, und ich glaube nicht, daß es wichtig ist, ob dieses Universum nun tatsächlich ein alternatives ist, das du ins Leben gerufen hast, oder das wirkliche. Es scheint genauso zu funktionieren wie das, in dem wir gestern waren, und wir sind genauso schlecht dran, als wenn es wirklich wäre – wir müssen tun, was wir können, alle unsere Fähigkeiten aufs äußerste anspannen, um aus dieser Lage herauszukommen! Also hör auf mit dem Gerede über das Zerreißen des Kosmos und benimm dich wie ein Forschungsreisender!«

Ich glaube, Valmis war von Darks und Aris respektvoller Reaktion auf meine kurze Rede genauso beeindruckt wie durch die Worte selbst; keiner von ihnen war gewöhnt, daß ich auch nur im mindesten eindringlich sprach, da sich Chronisten im allgemeinen, so wichtig sie auch für den Erfolg jeder Mission sein mögen, als relativ passive Instrumente oder Maschinen in Menschengestalt betrachten, die

die Entscheidungen und die Handlungen den anderen überlassen. Das hier war jedoch eine neue und, soweit wir wußten, noch nie dagewesene Situation, auch abgesehen von Valmis' Vorstellungen, und da schien ein neuer Ansatz erforderlich.

»Nun gut«, sagte Dark, »fangen wir an. Was für einen Plan hattest du dir denn vorgestellt?«

Leider schien auch mein unchronistenhaftes Verhalten an unserer Situation, daß wir nämlich eingesperrt waren, nichts zu ändern.

Wir sprachen über mehrere mögliche Ansätze, wobei sogar Valmis seinen philosophischen Trübsinn und sein Schuldgefühl abschüttelte und sich beteiligte, aber nichts davon schien irgendwie produktiv zu sein. Ohne eine Verbesserung der Einstellung seitens der Eingeborenen oder, allermindestens, ohne Zugang zu meinem Kommunikator und die Möglichkeit, wenigstens anzufangen, Erklärungen abzugeben, schien es keinen Ausgangspunkt zu geben. Ich gestehe, daß ich einen gewissen Stolz verspürte, als meine Mitforschungsreisenden eindeutig anerkannten, daß mein Spezialgebiet der notwendige Ausgangspunkt für die Anwendung aller anderen Spezialkenntnisse war, aber diese Befriedigung wurde durch die Tatsache beträchtlich gemindert, daß ich unter den gegebenen Umständen in meinem Bereich nicht das Geringste unternehmen konnte, und was ich getan hatte, um dem Eingeborenen, der mit uns den Raum teilte, unsere Herkunft deutlich zu machen, schien recht zweideutig zu sein.

Wir hatten unseren Vorrat an Ideen ziemlich erschöpft, als eine Menge Eingeborener in unseren Korridor sprudelte und einer von ihnen die Tür aufsperrte und öffnete. Unser früherer Genosse war dabei, aber jetzt schien er nicht mehr unter Bewachung zu stehen und winkte uns drängend zu. Wir wurden umringt und den Korridor hinunter zu dem Raum geschoben, wo man uns unsere Ausrüstung weggenommen hatte, und zu meiner Überraschung gab man sie uns jetzt zurück. Unser eingeborener Freund, der jetzt aus mir unverständlichen Gründen eine gewisse Machtbefugnis zu haben schien, überwachte die Rückgabe.

Eine große Welle der Erleichterung und, wie ich gestehe, des Trostes überspülte mich, als ich die vertraute Form und das Gewicht des Kommunikators wieder spürte. Und ich wage zu behaupten, daß Ari und Dark bezüglich ihrer Ausrüstung die gleichen Empfindungen hatten. Ein Spezialist kann viel erreichen, wenn er sich allein auf seine Ausbildung verläßt, aber es ist nicht zu leugnen, daß die Geräte, die wir verwenden, unsere Fähigkeiten enorm verstärken.

Unser Eingeborener führte uns, ohne Begleitung, wie ich erleichtert feststellte, aus dem Gebäude und in ein Fahrzeug, das mit einem brüllenden Geräusch anfuhr, sobald wir eingestiegen waren. Ich achtete nicht allzusehr auf seine Beschaffenheit, da meine Interessen nicht in dieser Richtung lagen, außerdem war ich voll mit dem Kommunikator beschäftigt. Dark und Ari äußerten sich lauthals über das seltsame Aussehen der Stadt, durch die wir fuhren; Valmis sah sich alles mit distanzierter Miene an; und der Eingeborene, der jetzt faktisch die Verantwortung für uns zu haben schien, betrachtete uns etwas nachdenklich.

Ich spielte an den Frage/Information-Modusschaltern herum und deutete zuerst auf das vorbeiziehende Panorama, dann auf den Kommunikator, während ich den Eingeborenen bedeutungsvoll anschaute. Er schien eine Ahnung zu haben, wie das Gerät funktionierte, denn er beugte sich zu ihm hin und sprach hinein, lauter und langsamer, wie ich feststellte, als es sonst seine Gewohnheit war.

Ich drückte den Replay-Knopf, und seine Worte wurden wiederholt; er nickte, als wolle er zu erkennen geben, daß er begriff. Entweder war die Schallwiedergabe in dieser Kultur bekannt, oder er war bereit vorauszusetzen, daß Besucher aus einer anderen Welt wahrscheinlich ein solches Gerät hatten. Das war eine Erleichterung für mich, denn nach den Reaktionen der Schiffsbesatzung und der Leute auf der Straße war ich nicht sicher gewesen, ob man diese besondere Technologie hier nicht als Hexenwerk ansehen würde, eine Vorstellung, die Aris frühere Bemerkungen nur allzu einleuchtend hatten erscheinen lassen.

»Erklärst du ihm alles, Raf?« wollte Dark wissen. »Irgendwelche Aussichten, daß wir bei der Instandsetzung der WANDERER Hilfe bekommen können?«

»Ich fürchte, es wird noch einige Zeit dauern, bis ich dazu in der Lage bin. Zuerst müssen wir eine riesige Menge von Sprachinformationen speichern, dann muß der Computer sie sortieren und ...«

»Aber Leute wie du sollten doch eigentlich fähig sein, im örtlichen Kauderwelsch zu schwätzen, sobald sie auf Eingeborene treffen. Das ist doch eure Aufgabe, oder nicht?«

»Wenn«, sagte ich etwas bitter, »alles normal verläuft und uns eine ausreichend lange Beobachtungsperiode zur Verfügung steht, wie es in den Vorschriften niedergelegt ist, gibt es keine Probleme. Mit genügend Material kann der Kommunikator bis zum Zeitpunkt des Kontakts ein ausreichendes Vokabular aufbauen und die Sprache fließend beherrschen, sobald wir gezielt mit den Eingeborenen arbeiten können. Ich mache niemandem einen Vorwurf, versteh mich recht, Dark, aber wenn man uns mitten in einer fremden Kultur absetzt, durch ein sicher unvermeidliches, mechanisches Versagen, kannst du nicht die gleichen Ergebnisse erwarten, als wenn alles nach Plan gelaufen wäre.«

Ich war wirklich ziemlich verärgert – nicht so sehr wegen Darks Kritik, als wegen der Tatsache, daß unser Wortwechsel Zeit kostete, die ich lieber genützt hätte, um Informationen von unserem einheimischen Gastgeber zu sammeln.

»Ich weiß nicht, ob du das jetzt herausfinden kannst«, bemerkte Valmis, »aber es würde sich lohnen zu erfahren, was in letzter Zeit mit dieser Stadt passiert ist. Da ist überhaupt kein Muster erkennbar: es gibt kahle Stellen und neue Gebäude direkt neben den alten in einer Weise, die keinen Sinn ergibt. Wenn es geht, könntest du vielleicht versuchen, herauszufinden, ob hier vor kurzem ein Krieg oder eine andere Katastrophe stattgefunden hat.«

Ich war nicht begeistert davon, daß Valmis mir zu einem

Zeitpunkt noch mehr Arbeit aufhalsen wollte, zu dem ich unmöglich tun konnte, worum er mich bat, aber es heiterte mich etwas auf, daß er aus seiner Niedergeschlagenheit soweit herausfand, um praktisches Interesse an seiner Arbeit zu zeigen. Ein fähiger Integrator kann bei einer Forschungsreise ungeheuer nützlich sein, trotz der mystischen Neigungen, die die meisten haben, wenn er nämlich Anomalien ausfindig macht, die die anderen Spezialisten vielleicht übersehen. »Ich werde mich damit beschäftigen, sobald ich kann«, sagte ich, »aber wenn ich die Sprache einmal gespeichert und übersetzt habe, kann jeder von euch seine Fragen selbst stellen.«

In diesem Augenblick hielt das Fahrzeug vor einem eindrucksvollen, mehrstöckigen Gebäude, und unser eingeborener Führer drängte uns hinein und eine Treppe hinauf. Im großen Raum am Eingang blieb er stehen, um sich die Dienste eines zweiten, kleineren Eingeborenen zu sichern, der zu einer Gruppe von Herumstehenden gehörte, der trabte dann voran und öffnete uns eine Tür. Der Raum, in den man uns bat, war luxuriös möbliert und diente offensichtlich Wohnzwecken.

»Zehn zu eins, daß das so was wie ein Gasthaus ist, in dem er uns unterbringen will«, sagte Dark und schaute sich befriedigt um. »Sieht so aus, als wolle unser Freund uns anständig behandeln. Jetzt brauchst du dich nur noch mit deiner Maschine an die Arbeit zu machen, Raf, und ihn soweit ausbilden, daß er uns versteht.«

Ich seufzte; würde es jemals möglich sein, einem Forschungspiloten die Arbeit eines Chronisten begreiflich zu machen? »Es ist umgekehrt«, sagte ich geduldig. »Der Kommunikatior macht es *uns* möglich, *ihre* Sprache zu lernen. Was du vorschlägst, wäre nicht sinnvoll; sie stehen in der kulturellen Entwicklung auf einer früheren Stufe und wären nicht fähig, genügend Begriffe in unserer Sprache zu bilden, um sie verwenden zu können. Die Tatsache, daß wir diejenigen sind, die den ersten Kontakt herstellen, zeigt den Unterschied doch deutlich genug.«

Im Verlauf der darauffolgenden planetarischen Tage sorgte der Eingeborene, der die Verantwortung für uns übernommen zu haben schien, dafür, daß unsere Bedürfnisse im Ernährungsbereich befriedigt wurden, aber man machte uns klar, daß wir unser Quartier nicht verlassen durften. Er brachte eine Reihe von Artgenossen mit, die uns ansehen wollten, wie ich schließlich herausfand, handelte es sich um Wissenschaftler aus verschiedenen Bereichen. Diesen übermittelte ich, genau wie unserem Gastgeber, daß wir von einem anderen Planeten stammten als sie, aber es bestürzte mich, als sie anfingen, mich zu stupsen, an mir herumzustochern, zu sondieren und zu kratzen, offensichtlich in dem Bemühen zu erkennen, welche physikalischen Merkmale bewiesen, daß wir uns von ihrer Rasse unterschieden. Das gleiche taten sie auch mit den anderen, was meinen Gefährten zumindest die Langeweile vertrieb.

Nach einiger Zeit wurde klar, daß sie über diesen Punkt befriedigt waren, und sie gingen. Ein Teil ihrer Gespräche war den Datenspeichern meines Computers hinzugefügt worden, aber es reichte nicht aus, um mein Verständnis der hiesigen Sprache in einem brauchbaren Ausmaß zu fördern, wenigstens nicht so weit, daß ich fähig gewesen wäre, mit ihr umzugehen. Ich konnte jedoch zum Teil ziemlich gut verstehen, was man zu mir sagte, und das auch an meine Gefährten weitergeben.

Am fünften Tag konnte ich ihnen eine Nachricht bringen, die ihre Stimmung hob, die durch unsere erzwungene Abgeschiedenheit etwas gedrückt war: ein weiterer Eingeborener sollte zu uns stoßen und uns auf ausgedehnteren Kontakt mit den Bewohnern dieser Welt vorbereiten.

»Jetzt geht es endlich voran!« rief Dark. »Wen schicken sie uns? Einen ihrer Techniker? Vielleicht können wir allmählich herausfinden, welche Unterstützung sie uns bei der WANDERER gewähren können.«

»Ich glaube, das hiesige Gegenstück zu einem Metahistoriker, was immer das ist, wäre fruchtbarer«, bemerkte Ari.

»Nun ...«, sagte ich. »Es ist keines von beiden.«

»Noch ein Wissenschaftler? Von welcher Sorte?« wollte Ari wissen.

»Auch kein Wissenschaftler. Es ist ein ... ein Verfasser von Romanen.«

Einen Augenblick lang sahen sie mich erstaunt an. »Ich nehme doch nicht an«, fragte Dark bedrückt, »daß dein Kommunikatormaschinchen irgendwo einen Defekt hat?«

»Die versiegelte Einheit ist völlig ...«

»Ach, laß nur! Es paßt zum Rest dieses idiotischen Planeten – ich verstehe überhaupt nicht, was das alles bedeutet, und das ist nicht seltsamer als alles andere, was wir schon hinter uns haben. Glaubst du, dieser Planet könnte ein Abladeplatz für die Schwachsinnigen von anderen Welten sein? Das wäre eine Erklärung ...«

Ein Glucksen von Valmis unterbrach ihn. »Vielleicht haben die Leute hier ein intuitives Gefühl für Muster, verstehst du, vielleicht wissen sie, daß wir jetzt Fiktionen sind und sie ebenfalls ...«

»Hör auf damit!« sagte Dark hitzig. »Sonst will ich mal sehen, ob eine fiktive Faust dein fiktives Maul grün und blau zu schlagen in der Lage ist!«

Valmis sah ihn gelassen an. »Vermutlich hast du recht, Dark. Ob dieses Universum nun hier war, ehe ich den Versetzer betätigte, oder nicht, jetzt sind wir drin. Was geschehen ist, ist geschehen. Aber ich möchte wissen«, fügte er nach einer Pause hinzu, »ob all dies *jetzt* wirklich ist ... ob es etwas gibt, das wirklicher ist. Sind alle Wahrscheinlichkeiten nur die Summe unserer Übereinkünfte, sie zu erfassen?«

Ich habe noch keinen Integrator kennengelernt, der etwas einfach ausdrücken konnte, ohne unbeantwortbare und bedeutungslose Fragen aufzuwerfen. Vielleicht ist es ein unfreundlicher Gedanke, daß sie auf diese Weise die Vorstellung aufrechterhalten, daß sie notwendig sind.

FÜNF

So bizarr die Vorstellung war, als unser Freund sie erklärte, ich konnte einen Sinn in dem Plan erkennen, daß sich ein Romanschreiber mit uns beschäftigen sollte. Anscheinend hatte er sogar Romane verfaßt, die das Thema des Flugs durch den Weltraum vor das Auge der Öffentlichkeit gerückt hatten, und diese Romane waren anscheinend weithin populär. Wenn also die Nachricht von unserer Existenz öffentlich bekanntgemacht wurde, konnte es hilfreich sein, die Autorität dieser Person dazu zu benützen, da sich die Allgemeinheit über den Unterschied zwischen Dichtung und Wahrheit ohnehin nicht im klaren war.

Obwohl ich immer noch schwer dadurch behindert war, daß ich mich nicht verständlich machen konnte, und deshalb allmählich Befürchtungen hinsichtlich der Unversehrtheit meines Kommunikators hegte, da er mir die Sprache der Eingeborenen inzwischen so hätte einflößen müssen, daß ich sie perfekt hätte beherrschen sollen, bekam ich von unserem Eingeborenen doch eine Reihe von Informationen und konnte einige Dinge aufklären, die uns bislang unverständlich geblieben waren.

Anscheinend war er Angestellter einer Organisation, die Informationen sammelte – oder, genauer gesagt, er war jetzt *wieder* dort beschäftigt. Als wir ihn kennenlernten, war er von den Behörden für Vergehen eingesperrt worden, die er begangen hatte, als er seine Entlassung aus seiner Stellung feierte, aber als er in seiner Zelle bemerkt hatte, wie ungewöhnlich wir waren, hatte er sich mit seinem früheren Chef in Verbindung gesetzt und seine und unsere Freilassung erreicht.

Sein Chef rechnete damit, daß seine Organisation großen Nutzen daraus ziehen würde, wenn sie die Verbreitung der

Informationen über uns kontrollierte, und zu diesem Zweck hatte er sich bereiterklärt, für die Kosten unseres Unterhalts und die Feststellung, wie wir beschaffen waren, aufzukommen, sowie unseren Freund wieder einzustellen und ihm die Leitung dieser Operation zu übertragen. Ich bemerkte, daß man uns nicht um unser Einverständnis zu dieser Vereinbarung gebeten hatte, sah aber keine andere Möglichkeit für uns. Wenigstens tat sich etwas, und mehr schienen wir im Augenblick nicht erwarten zu können.

Wir mußten noch einige Tage warten, bis der Romanschreiber zu uns kam, da man ihn, unter beträchtlichem Kostenaufwand, von einem anderen Bereich des Planeten hergeholt hatte. Als er kam, erwies er sich als körperlich wenig eindrucksvolles Exemplar, aber überschäumend und neugierig im Wesen und höchst enttäuscht von meiner Unfähigkeit, ihm irgendwelche detaillierte Informationen zu bieten. Glücklicherweise faszinierte und lenkte ihn der Kommunikator ab, obwohl der seinen Zweck nicht ganz zufriedenstellend erfüllte.

Nachdem unser Kreis jetzt zur Zufriedenheit des Arbeitgebers unseres Begleiters vervollständigt war, kamen die Ereignisse schnell in Bewegung, und bald wurden wir samt unseren Habseligkeiten in eine Reihe schmaler Wagen verfrachtet, die uns mit hoher Geschwindigkeit von dem Seehafen wegbeförderten.

»Der Bursche, für den unser Freund arbeitet, hat offensichtlich eine Menge zu sagen«, erzählte ich meinen Gefährten. »Er hat es zuwege gebracht, daß wir den politischen Häuptling der Eingeborenen kennenlernen.«

»Des ganzen Planeten? Das ist eine gute Nachricht«, sagte Ari. »Nicht ganz. Das ist hier nach Sektionen aufgeteilt, soviel ich verstanden habe – hier ein Häuptling, dort ein anderer, Dutzende davon für den ganzen Planeten. Der Romanschreiber kommt selbst aus einer anderen dieser Sektionen.«

»Ein weiteres Merkmal für Ebene Vier, nicht wahr?« sagte Dark einigermaßen scharf. »Wenn dieser Bursche von

Häuptling die ganze Welt leiten würde, hätte es ja einen Sinn, mit ihm über Unterstützung zu sprechen, aber wenn er nur für einen läppischen kleinen Flecken Landes verantwortlich ist, der von Wilden bewohnt wird, was soll das Ganze denn?«

Dark hatte das Reich des Eingeborenenherrschers in seiner Größe unterschätzt. Wir brauchten sechs Tage Ortszeit, um es zu durchqueren, obwohl wir für eine Fahrt zu Lande eine ganz ordentliche Geschwindigkeit drauf hatten, weil der Sitz des Häuptlings von da aus gesehen, wo wir gelandet waren, auf der anderen Seite einer beträchtlichen Landmasse lag. Ich kümmerte mich nicht um die Einzelheiten unseres Beförderungsmittels, aber Ari war entzückt davon; er behauptete, man könne noch deutlich sehen, daß die ganze Methode aus einem früheren Zeitalter stamme, höchstwahrscheinlich aus Ebene Zwei oder Drei, wo Zugtiere noch die Antriebskraft gewesen waren.

»Du mußt dich in dieser Sprache vervollkommnen, Raf«, sagte er am zweiten Tag zu mir, »und sie an uns weitergeben. Ich kann es nicht erwarten, endlich alles über diesen Planeten herauszufinden. Er sieht wirklich faszinierend aus, ein Schulbuchbeispiel kultureller Progression mit fossilen Überresten der Vergangenheit, die nach den Grundsätzen der Metahistorie aufs schönste darin eingebettet sind. Sieh dir nur das hier an!«

Er deutete auf die Landschaft, die an uns vorbeirollte, und ich konnte eine Gruppe von Hütten aus irgendeinem Material sehen, die sich in die trostlose Landschaft duckten. »Gerade an der Grenze zwischen Ebene Eins und Zwei, würde ich sagen, und wir fahren in einem hochwertigen Verkehrsmittel der Ebene Vier daran vorbei. Die Theorie beschreibt das, aber ich habe es, soviel ich weiß, noch nie so deutlich verkörpert gesehen.«

Valmis meldete sich zu Wort, was er selten tat. »Raf, ich frage mich, was du ihnen über uns erzählen willst, sobald du einmal mit der Sprache umgehen kannst.«

»Wie meinst du das?« wollte Dark wissen.

»Nun, wenn wir entschlossen sind, hier einzugreifen, und ihnen eröffnen werden, daß wir die Naturwissenschaft und alles andere auf den Stand zu bringen gedenken, den wir brauchen, dann habe ich doch meine Zweifel, ob ihnen das gefallen wird. Nicht allzugut, würde ich meinen.«

Das war ein Gedanke, der mir, und, wie sich herausstellte, auch den anderen, noch gar nicht gekommen war. Bald wurde klar, daß es auch nicht viel Sinn hätte, den Eingeborenen zu erklären, daß wir Forschungsreisende seien, denn ohne die WANDERER konnten wir keine Forschungs- oder Vermessungsarbeit leisten, die sich lohnte, und hatten daher auch keine sichtbare Funktion; dem bißchen, was wir von diesem Planeten gesehen hatten, nach zu urteilen, sah er nicht so aus, als sei er Leuten gegenüber sehr gastfreundlich, die als nutzlos angesehen wurden.

Dark kam auf die Idee, wir sollten uns als Delegation des Galaktischen Imperiums vorstellen.

»Aber es gibt kein Galaktisches Imperium«, sagte Ari. »Es würde nicht funktionieren – die Galaxis ist zu groß. Nur die kleinsten Sonnensysteme haben Imperien, und die sind ziemlich wackelig.«

»Das brauchen aber die Eingeborenen doch nicht zu wissen, oder?« sagte Dark. »Wir müssen ihnen einfach eine eindrucksvolle Geschichte liefern, je marktschreierischer, desto besser, um sicherzustellen, daß sie uns anständig behandeln.«

Darauf einigten wir uns, und ich fing an, die Einzelheiten des Schwindels für den Tag aufzupolieren, an dem der Kommunikator vielleicht so gut funktionierte, daß ich ihn anwenden konnte.

Das war immer noch nicht geschehen, als wir uns dem Treffen mit dem Häuptling der Eingeborenen näherten. Wir fuhren in offenen Wagen auf sein Hauptquartier zu, nachdem wir das Beförderungsmittel verlassen hatten, das sechs Tage lang unsere Heimat gewesen war, und ich versuchte wieder einmal, den Kommunikator dazu zu bringen, mir unverzüglich Zugang zu dem einheimischen Vokabular zu geben, das in ihm gespeichert war und das er mir eigentlich zur Verfügung stellen sollte. Dark sah mir einen Augenblick lang zu, dann fragte er: »Was ist eigentlich nicht in Ordnung mit dem Ding?«

»Ich weiß es nicht. Es tut einfach nicht, was es tun sollte.«

»Tja, hast du ... laß mich doch mal nachsehen.« Nachdem er das Innere einen Augenblick lang untersucht hatte, blickte er zu mir auf. »Wie soll«, fragte er in sanftem Ton, »deiner Meinung nach ein Gerät funktionieren, wenn eine der beiden Energiezuleitungen locker ist?«

»Hm ... nicht sehr gut?«

»Ganz genau. Jetzt versuch's noch mal!«

Ich regulierte die Steuerung und stöpselte den Ohrhörer ein, dann drückte ich den Aktivierungsknopf.

Freudig erregt erlebte ich die vertraute Lawine von Empfindungen – an sich alles andere als angenehm, aber unter den gegebenen Umständen überwältigend willkommen, mit der eine fremde Sprache in ihrer Gesamtheit in meinem Geist eingeprägt wurde. In einem einzigen Augenblick war alles da: ich konnte allem, was ich sah, Namen geben, mit jedermann sprechen und mich ganz allgemein wieder wie ein zivilisiertes Wesen fühlen.

»Danke, Dark«, sagte ich in unserer eigenen Sprache. »Endlich hat es funktioniert. Das war Glück. Ich werde es so einstellen, daß es euch versorgt, wenn wir mit diesem Häuptling gesprochen haben, denn ich sehe, wir sind fast da, das muß sein Haus sein.«

Es war ein prunkvolles Gebäude aus Holz auf einem eingezäunten, freien Platz mitten in der Stadt, durch die man uns gefahren hatte. Man führte uns hinein und in einen Raum, in dem ein imposanter Eingeborener stand, bereit, uns zu begrüßen.

Er war eine eindrucksvolle Gestalt, kräftig, strahlte eine Aura von Fitneß aus – die, wie ich überrascht feststellte, durch ein Paar Linsen widerlegt wurde, die ihm auf der Nase saßen; es war wirklich seltsam, selbst für eine Kultur der Ebene Vier, daß man einen Herrscher wählte, der künstliche Hilfsmittel für seine Sehkraft brauchte! Selbst wenn die medizinische Korrektur eines solchen Zustandes teuer sein sollte, schien es mir, daß ein so mächtiger Häuptling, wie dieser Mann es angeblich war, sie von Rechts wegen hätte durchführen lassen müssen.

Er schien durch seine Schwäche jedoch nicht im geringsten beeinträchtigt und bleckte die Zähne, was ich inzwischen als Zeichen der Begrüßung wertete, die Geste war ein wenig verdeckt durch einen kräftigen Haarwuchs unter der Nase, eine hiesige Mode, die mir immer noch sehr ungewohnt war und ein wenig auf die Nerven fiel.

Ich warf stolzgeschwellt einen Blick auf meine Gefährten, Forschungsreisende wie Eingeborene – wie überrascht würden sie sein, wenn sie hörten, wie ich eine makellose Begrüßungsrede in der Sprache der Eingeborenen hielt, anstatt alles unserem Begleiter zu überlassen.

»Wir, die Vertreter des Galaktischen Imperiums, danken Ihnen, daß Sie uns so gnädig empfangen haben«, sagte ich. »Und wir bringen Ihnen unsererseits Grüße von jenseits der Sterne, Präsident Roosevelt.«

SECHS

Meine Erklärung, so schön sie auch formuliert war, wirkte elektrisierend. Meine Gefährten, bis auf Dark, der als einziger wußte, daß der Kommunikator endlich seine Pflicht erfüllt hatte, machten bestürzte Gesichter, als sie hörten, wie ich die Sprache der Eingeborenen verwendete; die beiden Eingeborenen, die uns begleitet hatten, sprangen auf, als hätte sie etwas gebissen. Nur der Präsident schien gefaßt und sagte: »Sehr freundlich von Ihnen.«

»Was ist das für eine Geschichte mit dem Galaktischen Imperium? Und sagen Sie, wieso sprechen Sie ganz plötzlich Englisch?« fragte unser einheimischer Mentor. »Wollen Sie uns auf den Arm nehmen?«

»Nein, Mr. Oxford«, erwiderte ich – es freute mich, daß ich endlich seinen Namen, Ted Oxford, verwenden konnte –, »nun funktioniert mein Kommunikator endlich, und ich habe mir Ihre Sprache voll angeeignet, während wir uns dem Weißen Haus näherten.«

»Nun, das hätten Sie mir und Wells auch sagen können«, murrte Oxford. »Mister, das war ein schlimmerer Schreck als damals im Bau, als ich aufwachte und euch Burschen zum erstenmal sah. Entschuldigen Sie, Herr Präsident – ich wollte Ihnen nicht auf diese Weise Überraschungen präsentieren.«

»Willie Hearst sagte nichts von einem Galaktischen Imperium, als er mich aus Kalifornien anrief«, sagte der Präsident. »Nur, daß diese Leute eindeutig von einem anderen Planeten stammten, und daß ich sie empfangen sollte, ehe er die Nachricht rausließ. Sieht so aus, als wäre seine Story größer, als er gedacht hatte. Sind Sie sicher, daß das nicht eine von Ihren Lügengeschichten ist, Mister Wells? Ich habe ihren Roman mit den Marsianern gelesen. Er ist Klasse, aber ich habe keine Lust, mir in meinem eigenen Büro Märchen auftischen zu lassen.«

Ich beruhigte mich mit dem Wissen, daß der Präsident, obwohl er die Situation im wesentlichen exakt wiedergab, keine Möglichkeit hatte, das wirklich zu wissen, und stürzte mich in eine Darstellung der Wunder des Imperiums, seiner Güte, seiner fortgeschrittenen Zivilisation. Es gelang mir, den Eindruck zu erwecken, als sei es die Politik des Imperiums, wenn es auf einen neuen Planeten traf, eine Delegation dort abzusetzen, die ihn dann mit der Absicht inspizierte, freundschaftliche Beziehungen anzubahnen. Unsere eigene Abordnung habe bei der Landung Pech gehabt, erklärte ich, und das habe zum Verlust unseres Schiffes geführt, aber das beunruhigte uns nicht, denn innerhalb einer Zeitspanne, über die ich mich nicht genauer ausließ, würden sich unsere Auftraggeber nach uns erkundigen und sich unsere Meinung über die Erde berichten lassen. Das Imperium, darauf legte ich großen Wert, betrachtete Gastfreundschaft Fremden gegenüber als ein Zeichen für eine Welt, mit der es sich lohnte, großzügig umzugehen.

Als ich zu Ende war, pfiff der Präsident. »Das gibt einen riesigen Klamauk, Irrtum ausgeschlossen«, sagte er. »Die Hälfte der Leute im Land werden es nicht glauben oder hoffen, daß es nicht wahr ist. Gütiger Himmel, Bryan wird den Verstand verlieren – vermutlich wird er während des gesamten Wahlkampfes gegen Sie predigen, sagen, Sie seien Teufel oder sowas, weil nichts über Sie in der Bibel steht. Das wird vielleicht ein Durcheinander werden!«

»Nun, Mister President«, sagte Oxford, »das ist aber dann Tafts Problem, oder?«

Roosevelt schaute auf die gegenüberliegende Wand. »Das ist richtig. Hoffentlich ist er ihm gewachsen. Wenn ich nicht versprochen hätte, nicht mehr zu kandidieren ... Bei George, ich würde mir die Hand abhacken bis hierher ...« – er deutete auf sein rechtes Handgelenk –, »wenn es nur möglich wäre, daß ich das nicht gesagt hätte!«

Man kam überein, daß wir am nächsten Tag wiederkommen sollten, um unser Gespräch fortzuführen, nachdem der Präsident Gelegenheit gehabt hatte, mit seinen Beratern zu sprechen und sich mit Oxfords Arbeitgeber, Mr. Hearst, am Telefon zu unterhalten – das, um sicherzugehen, daß keine Nachrichten über uns freigegeben wurden, bis die Regierungspolitik völlig feststand – und ich Gelegenheit gehabt hatte, den Kommunikator bei meinen Gefährten einzusetzen, damit sie alle die Beiträge einbringen konnten, zu denen sie fähig waren.

Wir verbrachten den Abend in einem Gasthaus und unterhielten uns sehr ausführlich mit Wells und Oxford, wobei wir die Geschichte von unserem Abgesandtenstatus und dem nicht existierenden Imperium fest im Gedächtnis behielten. Es gelang uns, Dichtung und Wahrheit recht hübsch zu mischen, indem wir auf viele unserer Erlebnisse auf Forschungsreisen zurückgriffen und Wortgemälde von dem ausgedehnten Reich entwarfen, das wir angeblich repräsentierten.

Ich bat meinerseits um Aufklärung in Fragen, die mir unverständlich waren; besonders interessierte mich Mr. Roosevelts Wunsch, sich von seiner rechten Hand zu trennen.

»Na ja, das hat er doch nicht so gemeint ... Er hat eben den Mund ein bißchen zu voll genommen ...« – ich hätte beinahe gefragt, was diese seltsame Verhaltensweise mit seiner Hand zu tun hatte, hielt mich aber zurück; diese Sprache war offenbar reich an dichterischen Bildern, und es war sinnlos, sie jedesmal, wenn sie auftauchten, zu analysieren – »... als er versprach, er würde dieses Jahr nicht mehr kandidieren.« Das kam, soweit ich verstand, von dem Aberglauben, daß kein Präsident sein Amt länger als zwei fest umgrenzte Zeitabschnitte lang innehaben sollte, und daß vier Jahre vorher Mr. Roosevelt eine Teilamtszeit als voll gezählt hatte. Die Erklärung für die verkürzte Amtszeit war noch sonderbarer als dieser Aberglaube: der vorhergehende Präsident war im Amt getötet worden, offenbar nicht als Ritualopfer, obwohl zwei frühere Präsidenten in Ab-

© MARUANO '81

ständen von ungefähr zwanzig Jahren ihr Amt auf die gleiche Weise verlassen hatten – eine Tatsache, die Ari sicher als bedeutsam gefunden hätte.

Die normale Methode, das Regierungsoberhaupt zu wechseln, bestand darin, daß zwei Hauptparteien im Land Kandidaten aufstellen und die Bevölkerung zwischen ihnen entscheiden durfte. Roosevelt hatte seine Gruppe überredet, seinen Freund Taft zu unterstützen, einen großen, liebenswürdigen Mann, während die anderen einen gewissen Bryan aufgestellt hatten, einen bekannten Redner, der schon an zwei früheren Kämpfen erfolglos teilgenommen hatte.

»Wenn er zweimal verloren hat, warum wollen sie ihn dann wieder nehmen?« fragte ich. »Wären sie nicht besser mit jemandem bedient, der vielleicht gewinnen könnte?«

Oxford erklärte mir, das Emblem dieser Partei sei ein Tier, das für seine Hartnäckigkeit und Unvernunft bekannt sei, und daß die Loyalität diese Leute verpflichte, diese Eigenschaften bei allen Handlungen zur Schau zu stellen.

Jedenfalls bereute Mr. Roosevelt – dem es inzwischen sehr gut gefiel, Präsident zu sein – seine frühere Aussage, hatte aber das Gefühl, er könne sie nicht widerrufen, daher die wehmütige Bemerkung über das Handabhacken. Ich fand, es sei ziemlich viel Information nötig gewesen, um eine solch einfache Frage zu beantworten, aber vermutlich würde sie sich auf lange Sicht als nützlich erweisen, wenn ich sie klar genug im Gedächtnis behalten konnte, um sie Ari zu übermitteln; das fiel wirklich mehr in sein Gebiet als in das meine.

»Teddy ist jetzt eine lahme Ente, verstehen Sie?« erklärte Oxford. »Und deshalb achten die Leute schon jetzt mehr auf Taft als auf ihn, und das geht ihm unter die Haut.«

Ich unterdrückte einen Seufzer. Der Kommunikator hatte mich mit der Sprache bekanntgemacht, aber offenbar gab es darin Aspekte, die nicht einmal dieses fabelhafte Instrument übermitteln konnte.

Als wir am nächsten Morgen im sogenannten Weißen

Haus ankamen, schien sich Mr. Roosevelt noch keineswegs darüber im klaren zu sein, wie seine Pläne aussehen sollten. Er akzeptierte mich als Sprecher unserer Gruppe und wies den Verwalter des Grundstücks, einen Mr. Hoover an, Wells und die anderen herumzuführen, dann ging er mit mir und Oxford in sein Büro. Als wir eintraten, entdeckte ich überrascht, daß es schon besetzt war – einen Augenblick lang kam es mir voll vor – mit dem umfangreichsten Eingeborenen, den ich bisher zu Gesicht bekommen hatte. Er trug einen Schnurrbart, der größer war als der des Präsidenten, und sein breites Gesicht drückte eine grundlegende Freundlichkeit aus, die von Besorgnis überdeckt war.

»Will, das ist der ... ah ... der Besucher, von dem ich Ihnen erzählt habe. Und Mr. Oxford, der Mann von Hearst. Er war von Anfang an in der Sache mit drin und er hat genausoviel Interesse daran wie sonst jemand, den Mund zu halten, bis die Zeit reif ist. Meine Herren, Mr. Taft.«

Roosevelt unterbrach unsere Begrüßungen und sprach weiter. »Nun, Will, wir müssen das alles gleich zu Anfang richtig anpacken. Ich glaube, ich lasse Loeb jetzt die Dokumente aufsetzen, die dazu erforderlich sind. – Loeb!« rief er.

Als sein Sekretär eintrat, gab ihm Mr. Roosevelt die erforderlichen Anweisungen und schickte ihn wieder weg, dann wandte er sich an Taft.

»Das wird eine verdammt heiße Kartoffel im Wahlkampf, Will. Wie wollen Sie damit fertigwerden?«

Taft strich sich einen Augenblick lang seinen üppigen Schnurrbart, ehe er antwortete. »Ich nehme an«, sagte er hoffnungsvoll, »ich könnte von den Philippinen sprechen. Die Arbeit, die ich dort geleistet habe, ist meine Stärke, und ich könnte darauf hinweisen, daß sie mich dafür qualifiziert, mit ...«

Roosevelt schnaubte. »Will, Sie müssen einsehen, daß ...« Er brach ab, und seine Schultern sackten herunter. Er blickte auf seine rechte Hand und schnitt eine Grimasse.

»Sehen Sie mal«, sagte er, »Bryan wird mit beiden Beinen in diese Geschichte hineinspringen und eine Menge Gefühle aufrühren. Im Augenblick ist er noch ein sicherer Verlierer, aber das könnte den Spieß umdrehen. Sie brauchen irgendeine Strategie!«

Taft überlegte wieder. »Könnten wir die Nachricht nicht bis nach der Wahl hinauszögern?« fragte er. »Wenn ich dann einmal dran wäre, würde ich vermutlich ganz leicht damit fertig.«

Roosevelt seufzte. »Wenn Ihnen nichts Besseres ...«

»Mister President«, sagte Oxford ziemlich laut. »Entschuldigen Sie, aber ich glaube nicht, daß Hearst überglücklich sein wird, wenn er vier Monate lang auf seiner Geschichte sitzenbleiben soll.«

Roosevelt lächelte, aber in seiner Miene war nur wenig Heiterkeit. »Wenn Willie Hearst seine Kräfte mit der Regierung der Vereinigten Staaten messen will, sollte er darauf gefaßt sein ... Was ist denn, Loeb?«

Der Sekretär hatte das Zimmer betreten und kam nun zum Schreibtisch des Präsidenten. »Zwei Besucher, Mister President, in dringenden Angelegenheiten.«

»Nun, das, womit ich mich hier beschäftige, ist auch ganz schön dringend! Sie können ihnen sagen, ganz gleich, wer sie sind, sie sollen warten, bis ich sie empfangen kann.«

»Mister President«, sagte Loeb entschieden, »Sie haben auf diesem Posten eine ganze Reihe ziemlich harter Dinge von mir verlangt, und es hat mir bisher nichts ausgemacht. Aber ich kann mir einfach nicht vorstellen, daß ich J. P. Morgan und Thomas Edison sage, sie sollen sich eine Stunde oder länger die Beine in den Bauch stehen.«

Roosevelt sprang von seinem Stuhl auf und schlug krachend mit der Faust auf seinen Schreibtisch; Taft zeigte sich fast ebenso erregt, er erhob sich ein paar Zentimeter von seinem Stuhl und ließ sich dann wieder zurücksinken. Neben mir stieß Oxford einen leisen Pfiff aus.

»Jetzt ist es raus«, sagte der Präsident. »Die Burschen würden hier nicht so reinplatzen, wenn sie nicht ... Nun, vielleicht ist es auch etwas anderes, aber ich kann mir nicht vorstellen, was. Bringen Sie sie rein, Loeb!«

»Morgan ist der größte Finanzmann im ganzen Land«, flüsterte Oxford mir zu. »Banken, Stahl, Finanzen. Geht sogar am Sonntag in der Kirche mit dem Teller rum – kann es einfach nicht lassen, Geld zu sammeln. Edison hat so ungefähr alles erfunden, was es seit dem Rad gibt, vom elektrischen Licht bis zum elektrischen Stuhl.«

Ich sah interessiert zu, wie Loeb diese beiden wichtigen Persönlichkeiten ins Büro führte. Morgan war ein großer, imposanter Mann mit durchdringenden Augen und einer auffallenden Nase, knollenförmig und von leuchtend roter Farbe; es kam mir seltsam vor, daß ein so reicher Mann nichts daran machen ließ, aber vielleicht spielte sie eine gewisse Rolle in seinem Geschäft. Möglicherweise war es praktisch für ihn, wenn man ihn auf beträchtliche Entfernung daran identifizieren konnte.

Edison war ein kleinerer, untersetzter Mann mit weißer Mähne, dessen Blicke ständig umherschossen; er schien sich von allem, was er sah, in Gedanken Notizen zu machen.

»Mister Morgan, Mister Edison«, sagte der Präsident.

»Ein Kriegsrat, Roosevelt?« fragte Morgan und schaute erst Taft, dann Oxford und schließlich mich an.

»Nun, Leute, was wollt ihr ...«, begann Roosevelt.

»Mister President«, sagte Morgan, »wenn Sie nicht wissen, warum wir hier sind, sind Sie viel weniger schlau als früher. Ich habe es nicht so weit gebracht, indem ich mich überraschen ließ, und ich gebe mir Mühe, immer über das, was so vorgeht, auf dem laufenden zu sein. Und wenn ich aus San Francisco und aus Washington höre, daß Wesen aus einer anderen Welt unter uns sind, scheint es mir höchste Zeit, daß ich mich aufsetze und davon Notiz nehme. Sobald die Nachricht rauskommt, wird der Markt verrückt spielen, und es könnte eine schlimmere Panik ausbrechen als letztes Jahr, es sei denn, die Bankenvereinigung *und* das Finanzministerium unternehmen Schritte, um das zu kontrollieren.«

Er sah Oxford und mich an. »Sind Sie das? Sie sehen aber recht normal aus.«

»Das ist einer davon?« fragte Edison, als hätte er nicht gehört, was Morgan sagte. Er deutete auf mich. »Bin gerade Gesichter durchgegangen, die ich schon mal gesehen habe, und ich kann mich an keines erinnern, das genauso aussieht. Liegt irgendwie an der Augenstellung.«

»Mister Edison, das ist tatsächlich der Abgesandte ...«, begann der Präsident.

»Häh?« fragte Edison. »Sind Sie von einem anderen Planeten?«

Ich war verblüfft darüber, wie grob der Erfinder mit seinem Staatschef sprach, und wie ruhig der Präsident die Unterbrechung offenbar aufnahm. Edison studierte mein Gesicht ganz genau, als ich erwiderte, daß ich tatsächlich nicht von der Erde stamme.

»Edison!« schrie Morgan. »Sie können später mit ihm reden! Jetzt sollten wir mit dem Präsidenten einige Sachen klären!«

»Richtig, Mister Edison!« brüllte Roosevelt. »Nachdem Sie ja jetzt hier sind, können wir es nicht mehr lange geheimhalten.«

Oxford sah, wie verwirrt ich über diese plötzliche Veränderung der Sprechweise war und erklärte mir, daß Edison, wie er sagte, ›stocktaub‹ sei, was immer das sein sollte.

Ich dachte darüber nach – während Morgan, Edison und der Präsident sich gegenseitig andröhnten – dann fragte ich: »Aber dadurch ist es doch recht schwierig, sich mit ihm zu unterhalten? Warum unternimmt er nicht etwas dagegen?«

Oxford sah mich sonderbar an. »Da kann man nichts machen. Gott weiß, Edison hat's versucht. Hat nichts erreicht, außer, daß er natürlich den Phonographen erfunden hat.«

Ich überlegte einen Augenblick lang, dann flüsterte ich Oxford zu: »Ich komme gleich wieder!« und schlüpfte, ohne daß der lauthals schreiende Präsident, Morgan und Edison es merkten, aus dem Zimmer. Im Vorzimmer holte ich den Kommunikator und den Zubehörkoffer aus der Tasche des Eingeborenenkostüms, das man mir gegeben hatte, und kramte darin herum. Es gab ein Gerät zur Lautveränderung, das zur Standardausrüstung gehörte, seitdem man eine

Rasse von Lebewesen entdeckt hatte, die sich zwar mit Geräuschen verständigten, aber in solch hoher Tonlage, daß die gewöhnlichen Geräte der Forschungsreisenden damit nicht fertig wurden, und das Team, das diesen Planeten erforschte, bei der Rückkehr unter extremer Heiserkeit litt, weil es ständig hatte schreien müssen, um sich überhaupt verständlich zu machen. Seither war kein ähnliches Volk mehr entdeckt worden, aber jeder Zubehörkoffer wurde seither mit einem kleinen Verstärker samt eigener Energiequelle ausgestattet, den man an das Sprechelement des Kommunikators anschließen konnte und der dessen Leistung merklich steigerte. Ich fischte den Verstärker heraus – wie ich mich erinnerte, war es ein kleines, leichtes Metallplättchen mit einem Gewinde, das in den Kommunikator paßte. Ich hauchte in eine Seite hinein, und Loeb, der an seinem Schreibtisch saß, fuhr auf und sah mich scharf an, als ein lautes, kratzendes Geräusch durch den Raum schallte.

Im Koffer fand ich ein steifes Stück Draht und bog es an einem Ende zu einer Schlinge, um den Verstärker zu befestigen, das restliche Stück formte ich so, daß es der Wölbung eines menschlichen Kopfes angepaßt war. Dann betrat ich das Büro des Präsidenten wieder, ging zu Mr. Edison, schob ihm das Gerät über den Kopf und plazierte den Verstärker direkt über seinem Ohr.

Er zuckte in seinem Stuhl zurück und protestierte: »Was fällt Ihnen eigentlich ein – sagen Sie mal!«

»Was ist denn, Mister Edison?« rief Roosevelt.

Der Erfinder hielt sich die Hände an die Ohren. »Sie brauchen nicht so zu brüllen«, sagte er verdrießlich. Er ließ die Hände sinken und sah sich im Raum um. »Brauchen ... nicht ... beim Höllenfeuer, meine Herren, ich kann *hören*! Wie haben Sie das fertiggebracht, junger Mann?«

»Ich hatte da zufällig ein Ersatzteil«, sagte ich.

»Ersatzteil wofür? Ach lassen Sie nur – wie funktioniert es?«

Ich zuckte die Achseln. »Davon verstehe ich nicht viel. Vielleicht hat unser Kapitän eine Ahnung.«

Edison berührte den Verstärker. »Ich glaube, ich werde mich mal mit ihm unterhalten. Nun, meine Herren« – er wandte sich an die anderen –, »was wollen wir denn nun tun?«

Nachdem ich Edison wirksam ins Gespräch einbezogen hatte, ohne daß es notwendig war zu schreien, ging die Diskussion flotter, aber doch entspannter weiter.

»Es ist unmöglich, das Geheimnis dieser ... dieser ...« Morgan wedelte mit einer Hand in meine Richtung, während er nach einem passenden Ausdruck suchte.

»Mister Wells hat ein Wort geprägt«, sagte Oxford. »Er dachte, wenn die Burschen, die mit Jason in der Legende in der Argo segelten, ›Argonauten‹ genannt wurden, könnte man Raf und seine Freunde ›Astronauten‹ nennen – Seefahrer zwischen den Sternen ... Sie verstehen?«

Morgan überlegte. »Die Parallele stimmt nicht ganz. Um genau zu sein, müßte man den Namen ihres Schiffes als Vorsilbe benützen ...«

»In Ihrer Sprache wäre das ›Wanderer‹«, sagte ich.

»... aber im ganzen geht es. Jedenfalls, Mister President, Mister Taft, Sie müssen einsehen, wenn *ich* die Sache spitzgekriegt habe, ist sie innerhalb von Tagen oder Wochen rum. Die Frage ist, was sollen wir damit machen?«

»Ich habe nachgedacht, ob es dafür so etwas wie einen Präzedenzfall gibt«, sagte Taft aus der Ecke, in der er saß – sein erster Beitrag –, »aber soviel ich weiß, gibt es keinen.«

Roosevelt schnitt eine Grimasse, und Oxford flüsterte mir zu: »Wetten, daß er sich wünscht, er hätte Big Bill zum Obersten Richter gemacht, anstatt ihn zum Präsidenten kandidieren zu lassen. Wetten, daß Taft den gleichen Wunsch hat?«

»Verdammt, für so etwas gibt es keine Regelungen«, sagte Edison. »Wir wollen doch nur, daß hier was passiert.«

Ich stellte fasziniert fest, daß seine Stimme, die vorher hoch und relativ gleichförmig geklungen hatte, jetzt einen Ton tiefer und merklich ausdrucksvoller geworden war. Er mußte, sagte ich mir, geistig bemerkenswert flink und rege

sein, wenn er sich an die Wiederherstellung seines Gehörs so schnell gewöhnen konnte.

»Nun, Morgan«, sagte er, »die Sache wird jeden Augenblick rauskommen, und nach dem, was Sie mir erzählt haben, hat Randolph Hearst den Finger drauf, also werden alle Zeitungen die Geschichte riesig aufmachen. Wird er sie zum großen Bürgerschreck hochjubeln – ›Gedenket des Sowieso‹ und so weiter?«

»Wenn ich mich einmischen darf, Sir«, sagte Oxford, »kann ich sagen, daß Mister Hearst das nicht vorhat. Er meinte, die Tatsachen allein werden für genügend Aufregung sorgen, um die Verkaufsziffern ... um Journalismusgeschichte zu machen. Und nachdem Mister H. G. Wells und ich bei den ... hm ... den Astronauten die Nase vorn haben, werden die restlichen Zeitungen sich mit den Brosamen von unserem Tisch zufrieden geben müssen, also braucht W. R. in diesem Fall keine Mätzchen zu machen, um seinen Vorsprung zu halten.«

Nach weiteren Diskussionen kam man zu dem Entschluß, daß man Hearst unter Druck setzen wollte, damit er die Freigabe der Nachricht noch ein oder zwei Tage hinauszögerte, während dieser Zeit sollten wir in einem Hotel in einer Stadt namens New York untergebracht werden. Das würde es Morgan, Edison und den anderen, die sie ins Vertrauen ziehen wollten, gestatten, die notwendigen kommerziellen Verfügungen zu treffen, um jeden Schock auf die Nachricht zu dämpfen. Unmittelbar nach der Bekanntgabe würde man unsere Gruppe auf eine Rundreise durch die Nation schicken, wie es bei ausländischen Würdenträgern der Brauch war. Man glaubte, wenn man an dieser Gewohnheit festhielt, würden wir für die Bevölkerung normaler und damit akzeptabler wirken – und auch nicht übermäßig interessant –, so daß wir auf diese Weise, wenn wir Glück hatten, bis nach den Wahlen in ungefähr vier Monaten vergleichsweise unbemerkt bleiben konnten.

»Danach legen wir Ihnen die Sache in den Schoß, Will«, sagte Roosevelt.

»Da ist nicht viel Platz«, bemerkte Taft jovial und tätschelte seinen sich wölbenden Bauch – ich schätzte seine Masse auf ungefähr das Doppelte eines normal kräftigen Mannes – aber Edison, Morgan und der Präsident fanden den Scherz anscheinend nicht lustig.

Man bat mich, diesem Plan zuzustimmen. Das war eindeutig eine Formsache, nachdem drei der mächtigsten Männer im Lande darüber entschieden hatten, aber er kam mir ohnehin recht gelegen. Wir würden dadurch Zeit haben, diese seltsame Welt und ihre Sitten zu studieren, und Ari konnte seine Pläne vervollkommnen, diese Sitten zu unserem Vorteil zu wenden.

Als ich mich in einem Korridor des Hauses mit den anderen besprach, stimmten sie zu. »So muß man seine Forschungen betreiben«, sagte Dark. »Laßt die Eingeborenen alle Vereinbarungen treffen und auch noch für die Kosten aufkommen.«

Ich war ein wenig aufgebracht, weil er mich angesichts der groben Verletzung der Forschungsvorschriften, die unsere eigenen Pläne nach sich zogen, an die Tatsache erinnerte, daß wir Forschungsreisende waren, ließ die Bemerkung aber durchgehen. Dark war ein vollkommener Pragmatiker, interessierte sich nur dafür, ob etwas funktionierte, nicht für den großen Entwurf, der dahinter stand, oder für die Gesetze, unter denen Lebewesen und Geräte operierten. Darin schien er mir Edison ähnlich zu sein, und ich erinnerte mich an die Bemerkung des Erfinders, er wolle sich einmal ausführlich mit Dark unterhalten. Ich konnte mir vorstellen, daß diese Unterhaltung recht interessant sein müßte.

SIEBEN

Die beiden Tage, die wir in New York verbrachten, ehe die Bekanntmachung erfolgte, waren lehrreich, aber weitgehend ereignislos. Wells und Oxford zeigten uns die Stadt ein wenig; Ari erklärte sich begeistert von den vielen typischen Merkmalen von Ebene Vier, die sie zeigte, zum Beispiel das gleichzeitige Auftreten von Reichtum und Elend; Dark war fasziniert von den vielen Beförderungsmitteln, sie wurden mit Dampf, Elektrizität, Kohlenwasserstoffen, Zugtieren und, im Falle gewisser fahrbarer Läden, sogar von Eingeborenen selbst angetrieben; Valmis behauptete, daß darin Muster lägen, daß er sie aber bisher noch nicht erfassen könne.

Während der Rundfahrt am zweiten Tag vor der Bekanntmachung stiegen wir in der Nähe eines großen, keilförmigen Gebäudes, das Dark zeichnen wollte, da er noch auf keiner Welt etwas dergleichen gesehen hatte, aus einem elektrischen Fahrzeug; das Gebäude war nach einem Werkzeug benannt, mit dem man Kleider glättete, vermutlich, weil diese Artikel hier hergestellt oder verkauft wurden. Er zog den Stapel moleküldicker Metallblätter heraus, die Kapitäne als Notizbücher verwenden, und machte seine Zeichnung.

Zu diesem Zeitpunkt standen wir auf einem Gehsteig unter dem Gebäude und wurden häufig von vorbeieilenden Eingeborenen angestoßen. Daß das bei wenigstens einem nicht nur aus Nachlässigkeit geschah, stellte sich später heraus, kurz nachdem Oxford vorschlug, wir sollten uns in ein Erfrischungslokal gegenüber von unserem Standort auf der anderen Seite der Fifth Avenue begeben, das das Hoffman House genannt wurde. Diese Einrichtung prunkte mit einer langen Theke, an der eine ziemliche Anzahl von Eingeborenen standen und verschiedene Getränke zu sich nahmen.

»Ha!« sagte Dark begeistert nach dem ersten Schluck eines Getränks, das Oxford als geeignet für einen heißen Tag empfohlen hatte, einer Substanz mit Namen ›Würzburger‹. »Das ist die richtige Idee! Hier, für diese Runde bezahle ich.«

Die Geste war weniger großzügig, als es vielleicht den Anschein hatte, denn das hiesige Geld, das wir besaßen, hatte uns Mr. Hearst durch die Vermittlung von Oxford zur Verfügung gestellt, der uns wohlgefüllte, biegsame Geldbehälter und Anweisungen zu ihrer Benützung präsentiert hatte. Außerdem war die Geste sinnlos, denn als Dark nach seinem Behälter greifen wollte, begann er plötzlich auf seine Kleidung zu klopfen und verwirrt um sich zu starren.

»He! Es ist weg! Die Brieftasche mit der Knete drin!« Ich wünschte, Dark, dem das Geschenk der Verständigung in dieser Sprache mühelos zugefallen war, hätte nicht eine solche Vorliebe für die würdelosen Ausdrücke der Gossensprache bezeugt, an denen sie überreich war.

»Willkommen in Gotham«, sagte Oxford gleichmütig. »Bagdad-in-der-U-Bahn, hier sind die leichtesten Finger der Welt zu Hause.«

»Also hören Sie«, protestierte Wells. »Die Londoner Taschendiebe sind die geschicktesten, die man kennt. Denken Sie doch an Oliver Twist und Fagin. Es ist bekannt, daß die sozialen Bedingungen ...«

»Es ist nicht so schlimm«, sagte Oxford. »Wir haben die weiße Karte von W. R., und es ist kein Problem, noch etwas Bargeld abzuheben und sogar schnell eine neue Brieftasche zu besorgen. Vielleicht wäre auch eine Karte Sicherheitsnadeln keine schlechte Idee.«

»Nun«, sagte Dark verlegen, »das ist ja alles schön und gut, mit dem Geld und so. Aber der Bursche hat auch meinen Notizblock mitgenommen und ... äh ...« Er suchte nach dem Wort, aber es gab in dieser Sprache keine Entsprechung dafür. »Womit ich schreibe, Sie wissen schon. Unter anderem.«

Oxford setzte sein Glas ab. »Schreiben?« fragte er. »Unter anderem? Was denn sonst noch?«

»Nun ...« Dark nahm einen Schluck von seiner Flüssigkeit. »Es ist ein Werkzeug, das es bei uns gibt, verstehen Sie? Man kann es so einstellen, daß es auf Metall schreibt, oder für kleine Schneide- und Schweißarbeiten, oder zum Schmelzen, Bohren oder um Löcher zu stechen. Es ist eine Sache kontrollierter ... hm ... Energie.«

»Löcher«, sagte Oxford nachdenklich. »Löcher von welcher Größe?«

»Ach, eigentlich so groß man will. Das ist eine Frage der Brennstärke.«

Oxford leerte sein Glas und verlangte, daß man es nachfülle. Als das geschehen war, nahm er einen langen Schluck davon. »Wie sieht dieses niedliche, kleine Werkzeug denn aus?« fragte er leise.

»Nun, wie ein ... wie das, was es ist. Ungefähr *so* lang und ein bißchen dünner als mein Finger. Am Ende läuft es in einer Spitze aus.«

»Ungefähr so?« fragte Oxford bedrückt, griff in seinen Mantel und holte einen Gegenstand heraus.

»In etwa. Nur ist es natürlich aus Metall, nicht aus Holz. Was ist das denn für ein Ding?«

»Wir nennen es einen ›Bleistift‹. Nur kann er nichts anderes als schreiben. Er schneidet, schmilzt und schweißt nichts und sticht auch keine Löcher. Verdammt, Mann, begreifen Sie überhaupt ...«

In diesem Augenblick erhob sich gleich außerhalb des Raums ein riesiges Getöse – Schreie des Erstaunens, des Entsetzens und des Zorns, und das Geräusch rennender Füße.

Oxford drehte sich um und eilte von der Theke weg. Wir folgten ihm, ohne auf die Rufe des Kellners nach Bezahlung für das, was wir verzehrt hatten, zu achten.

Im Vorraum, einer großen, mit Ziersteinen gepflasterten und mit Bäumen in Behältern geschmückten Fläche, bemerkten wir einen schmächtig gebauten Eingeborenen, der sich gegen den Griff von drei anderen wehrte. Von einem großen Glaskasten, der eine Anzahl von Schachteln und Stapel von länglichen, braunen Zylindern enthielt, stieg eine Rauchwolke auf. Der Deckel des Kastens war von einem unregelmäßigen Loch mit geschmolzenem Rand verunstaltet, und zwischen dem Inhalt des Kastens flackerten kleine Flammen und verursachten den Rauch, der höchst aromatisch war.

»Sag'n Se mal, was soll'n das, zum Teufel?« Der Eingeborene hinter dem Kasten schrie laut vor Erregung. »Kommt der Kerl da rein und will 'n heißen Tip für 'n Pferd haben, ich will mal nich' so sein und geb' ihm einen, er will 'n aufschreiben, und gleich drauf, ich traue meinen Augen nicht, ist da in mei'm Kasten 'n Loch, und Perfecto Perfectos im Wert von acht Dollar geh'n von ganz allein in Rauch auf!«

»Ich war das nicht!« quiekte der gefangene Eingeborene. »Jemand muß eine Bombe gezündet haben ...«

»Darum werde ich mich kümmern«, sagte Oxford und trat vor. Er zog seine Brieftasche heraus, öffnete sie kurz vor den Männern, die den sich wehrenden Eingeborenen festhielten, so schnell, daß ich zweifle, ob sie Zeit hatten, zu sehen, was er ihnen zeigen wollte, und sagte: »Inspektor Callahan, Anarchisten-Dezernat. Wir hatten auf diesen Burschen hier schon lange ein Auge, und jetzt haben wir dich auf frischer Tat ertappt, du düsterer Schurke! Schon gut« – er winkte uns und schnitt dabei wilde Grimassen, woraus ich entnahm, daß wir ihm bei seinem plötzlichen Auftritt behilflich sein sollten – »Sullivan, Dougherty, O'Brien, Levinsky, Napolitano, nehmt den Gefangenen fest und bringt ihn raus! Ich seh euch auf der Straße, sobald ich die Indizien durchsortiert habe, die sich bei dem Fall ergeben.«

Wir vier und Wells umringten den verwirrten Eingeborenen und führten ihn aus dem Gebäude. Er schien ganz betäubt und sagte kein Wort, starrte nur seine rechte Hand an, die, wie ich bemerkte, rot und auch mit Blasen bedeckt war.

»Ich glaube«, sagte Dark, »das muß der Bursche sein ...«

»Lassen Sie das mal lieber, bis ... der Inspektor rauskommt«, sagte Wells.

Beim Klang von Wells' Stimme überwand unser Gefangener seine Betäubung. »Welcher sind Sie denn?« fragte er scharf. »Ich kenne keine Levinskys, Napolitanos oder Sullivans, die so reden. Sagen Sie, was für 'n Spiel ...«

In dem Moment kam Oxford zurück und hielt einen glitzernden Metallschaft hoch. »Ist das Ihrer?« fragte er Dark. »Hab' ihn im Zigarrenkasten gefunden. Dopey Langfinger hier ...« – es überraschte mich, daß er den kleinen Eingeborenen beim Namen kannte, aber durch seine Arbeit hatte er vermutlich Zugang zu allen möglichen Informationen – »hat ihn fallenlassen, als sein heißer Tip heißer wurde, als er gedacht hatte.«

»Ich habe doch nur ...«, winselte der kleine Bursche, »versucht, 's Pferd aufzuschreib'n. Aber der Stift ging nicht, da hab ich mal gedreht, und dann ...«

»Wirklich ein hübscher Stift«, bemerkte Oxford nachdenklich. »Wo hast du ihn denn her?«

»Oh, von ... Wanamaker's«, sagte der Bursche heiser. »Die gab's da im Ausverkauf.«

»Hast du da auch das und das gekriegt?« Oxford griff dem Eingeborenen in die Jacke, zog Darks Notizblock und seine Brieftasche heraus und reichte beides dem Besitzer.

»Hör'n Se mal, Sie können doch nicht einfach ...«

»Ich hab' aber gerade, Willie.«

Der kleine Mann begehrte auf: »Sagen Sie, Sie sind doch keine Bullen! Was ...«

Oxford nickte. »Goldrichtig, Raymond. Wir sind nicht die Bullen. Wir gehören zum Großen.«

Der Gefangene wurde bleich. »Doch nicht etwa ...«

»Zu *dem* nicht«, sagte Oxford verächtlich. »Glaubst du, der Riese hat Maschinchen wie das, das du aus Versehen gemopst hast? Nein, *unser* Boß ist so groß, daß du noch nicht mal von ihm gehört hast. Und paß lieber auf, Chauncey, daß er nicht von *dir* hört, verstanden?«

»O ... Okay. Ich ... kann ich geh'n?«

»Sieh nur zu, daß du weiterkommst, wenn du weißt, was gut für dich ist. Okay, Jungs, er wird nicht ...«

»Ha!« rief Dark entzückt. Er hatte sein wiedererlangtes Eigentum inspiziert. »Dieser Idiot hat es gar nicht kaputtgemacht. Seht mal ...« Er richtete das Instrument auf das Pflaster. Ein Loch, im Durchmesser ungefähr so groß wie ein Wagenrad und etwa drei Finger tief, erschien darin.

Wir sahen es alle fasziniert an, niemand mehr als unser Gefangener, der besonders von der Tatsache beeindruckt schien, daß der Rand des flachen Kraters über die Spitzen seiner Fußbekleidung führte und die Spitzen seiner Zehen freilegte. Er stieß einen schrillen Schrei aus, wand sich aus unserem Griff und raste, ohne auf die vorbeisausenden Fahrzeuge zu achten, in großen Sätzen über die Straße.

»Huch«, sagte Dark. »Ich glaube, ich habe zu früh geredet. Er muß die Brennstärkeneinstellung ein bißchen verwackelt haben. Das hätte nicht passieren dürfen.«

»Nicht?« fragte Oxford mit ruhiger Höflichkeit und trat von dem eingebrochenen Kreis zurück. »Vielleicht wären Sie so freundlich, dafür zu sorgen, daß es nicht wieder passiert? Und es so wegzustecken, daß kein verdammter Taschendieb mehr drankommt?«

»Kein Grund, patzig zu werden«, antwortete Dark. »Ich kann nichts dafür, wenn irgendein Pfuscher ein gutes Werkzeug in die Finger kriegt und es falsch behandelt. Jedenfalls ist nicht viel kaputt.«

»Nicht viel!«

Dark gluckste. »Na ja, wenn er die Energie voll aufgedreht hätte, Brennstärke Zwölf, sagen wir mal, das wäre eine andere Sache gewesen.«

»Anders?« fragte Wells. »In welcher Beziehung anders?«

»Nun ... der Kern Ihres Planeten ist meines Wissens glutflüssig, nicht wahr? Also ...«

»Ich glaube, wir gehen jetzt am besten ins Hotel zurück, Jungs«, sagte Oxford, der plötzlich ziemlich erschöpft aussah.

An diesem Abend wandte sich Oxford in unserem Quartier, einem Haus mit Namen Waldorf Astoria, mir zu und sagte: »Sie haben mir bisher noch kein Herzklopfen verursacht, Raf. Glauben Sie, Sie könnten mich ohne Gefahr auf einem kleinen Bummel durch die Außenbezirke begleiten? Meistens habe ich ja nichts dagegen, mit euch Leuten zusammenzusein und an die Verfasserangaben zu denken, die für mich dabei rausspringen – aber gelegentlich geht's mir wirklich an die Nieren, daß ich mit Männern von einem Stern zusammenhocke, den ich nachts nicht mal sehen kann, und dann möchte ich gern mal für kurze Zeit abspringen. Sind Sie dabei, Raf?«

Ich entnahm diesen Worten, daß Oxford meine Begleitung bei einem Ausflug in die Stadt wünschte, und erklärte mich bereitwillig einverstanden. Wir gingen in die Nähe der Stelle, wo sich das keilförmige Gebäude befand, spazieren; der Abend war mild, und bald erreichten wir ein großes, mit Bögen verziertes Gebäude aus goldenem Stein.

Oxford sagte mir, das sei ein Garten, was ich nicht verstand, und es sei nach einem freien Platz daneben mit Namen Madison Square benannt. Wir stiegen aufs Dach hinauf, wo wir eine Anzahl von Tischen vorfanden, Bäume in Behältern und eine erhöhte Plattform, auf der Sänger und Musikanten Vorstellungen gaben.

So etwas nannte man, laut Oxford, einen Dachgarten. Ich war beeindruckt von der Flexibilität einer Kultur, der es anscheinend keinerlei Schwierigkeiten machte, mit dem Begriff eines Gartens (von einer Sorte) oben auf einem anderen (von einer ganz anderen Sorte) fertigzuwerden, wobei keiner von beiden einem Stück Land zum Anbau von eßbarer oder Ziervegetation ähnelte, aber das schien mir auch ein Zeichen für eine Ungenauigkeit des Denkens, die für unsere Hoffnungen auf den technischen Fortschritt dieser Leute nichts Gutes ahnen ließ. Es würde uns wohl wenig nützen, die WANDERER von einer Rasse instandsetzen zu lassen, die für ›rückwärtiges Stahlruder‹ durchaus drei einander widersprechende Definitionen haben mochte.

»He«, sagte Oxford, »George M. ist heute abend hier – da drüben.« Er zeigte auf eine Gruppe an einem anderen Tisch. »Wetten, daß man ihn bitten wird, eine Nummer zum Besten zu geben – tatsächlich, schon geht's los.«

Der Leiter der Musiker, die eine fröhliche Melodie gespielt hatten – sie handelte, wie Oxford mir mitteilte, von einer Frau, die trotz (oder vielleicht wegen) des Verlusts ihres Partners fröhlich war –, kam jetzt von der Plattform herunter und näherte sich dem Tisch, auf den Oxford gezeigt hatte. Er sprach einen kleinen Mann an, der da saß, und der, nachdem er den Kopf geschüttelt und gelächelt hatte, aufstand und zur Plattform lief.

Die Musiker intonierten eine flotte Weise, und der kleine Mann hüpfte munter herum und sang mit lauter, aber nicht unangenehmer Stimme. Sein Repertoire – dazu gehörte, wie ich mich erinnere, die Bekanntmachung, daß er im gegenwärtigen Monat, namens Juli, geboren sei, daß er eine Vorliebe für den Namen Mary habe und die Feststellung, daß er bald in einer Nummernstraße im oberen Stadtteil, ungefähr eine Meile von dem Ort sein würde, wo wir uns jetzt befanden – verwirrte mich ein wenig, es wurde aber mit außerordentlich starkem Beifall begrüßt, von dem ich mich nicht ausschloß.

Als der Mann von der Plattform herabstieg und auf seinen Tisch zugehen wollte, rief Oxford ihm zu: »Mr. Cohan!«

Er kam an unseren Tisch und sagte: »He! Sie sind ... ach ja, Ted Oxford – Hearstpresse, nicht wahr? Habe Sie kennengelernt, als Sie rausgingen, um über die Russki-Nip-Keilerei zu berichten. Hören Sie, Sie wissen schon, daß ich versucht habe, darüber einen Song zu machen, aber ich kam nie über die erste Strophe raus. Hatte eine gute Zeile über die Yalu-Gefahr, aber da war einfach kein Schwung drin. Hauptsächlich, weil das Publikum nicht wußte, für welche Seite es eigentlich Stimmung machen wollte, die Russkis oder die Japse.«

Cohan sah mich scharf an. »Hab' da was gehört ... ja. Sind Sie einer von den Leuten mit dem Hearst-Schwindel?«

»Schwindel?« fragte Oxford.

»In den letzten Tagen ist viel geredet worden, daß Ihr Boß was Neues im Ärmel hat, soll 'ne Story werden. Hat dieser Bursche was damit zu tun? Etwas über Männchen vom Mars, so wie ich's verstanden habe. Sind Sie vom Mars, Mann?«

Ich sah Oxford verdutzt an. Er seufzte und sagte: »Wenn die Klugscheißer am Broadway mal Wind gekriegt haben, läßt sich nichts mehr geheimhalten.«

»Rosental und die anderen schließen Wetten ab, daß Hearst eine Barnum-Nummer abzieht«, sagte Cohan.

»Tja, da könnten Sie recht gut absahnen, wenn die Ihnen die Wette annehmen«, sagte Oxford. »Es ist kein Schwindel. Bezeugte, erwiesene Tatsache, und morgen kommt die Story raus. Aber setzen Sie kein Geld auf den Mars. Hier, der Abgesandte Raf kommt von viel weiter her. Hören Sie, Cohan, das bleibt aber unter der Decke, okay?«

»Aber hundertprozentig«, sagte Cohan. »Ich möchte doch nicht, daß die Quote runtergeht, ehe ich mein Schäfchen im Trockenen habe.«

Dann führte mich Oxford zu einem Haus, das von Mitgliedern seines Gewerbes bewohnt wurde, zwischen denen er sich sehr angeregt bewegte. Mich überließ er mir selbst an einer Theke, die der im Hoffman House ziemlich ähnlich war. Als einzige Unterhaltung blieb mir der Blick auf eine Spiegelfläche hinter dem Tresen und ein Glas mit etwas, was Oxford einen ›Highball‹ nannte, man gewann ihn, indem man eine braune aromatische Flüssigkeit mit Wasser mischte.

Der Geschmack war etwas scharf und das Getränk erschien mir noch weitere Verdünnung zu erfordern. Der Kellner war ein Stück weiter in ein ernstes Gespräch mit einem Kunden vertieft, aber ich sah zu meiner Freude eine große Flasche Wasser in Reichweite. Ich zog den Stöpsel heraus, mit dem sie verschlossen war, füllte mein Glas und stellte überrascht fest, daß der Geschmack nicht weniger scharf, aber anders geworden war. Das verdünnte Getränk wärmte mich jedenfalls, und ich schaute mir die Bilder im Spiegel mit großem Interesse und sehr amüsiert an, und es machte mir nichts mehr aus, daß Oxford mich im Stich gelassen hatte.

Als der Kellner zurückkehrte, schien er empört, daß ich mir selbst Wasser genommen hatte, ließ sich aber besänftigen, als ich ihm die Menge hiesiger Währung reichte, die er verlangte. Mir schien der Betrag ziemlich überzogen, aber ich hatte keine Möglichkeit, die heimischen Bräuche in diesem Punkt zu erkunden. Ich mußte auch zugeben, daß es beträchtlich wirkungsvoller war als jedes andere Wasser, das ich bisher gekostet hatte.

Einige Zeit später fanden wir uns an einer weiteren Theke, in einem Raum eines Gebäudes, das von außen wie ein elegantes Privathaus aussah, das aber, wie Oxford mir versicherte, das Quartier einer Organisation von ›Spielern‹ war. Ich wollte ihn fragen, welches Spiel oder welche Spiele die Mitglieder denn machten, als meine Aufmerksamkeit durch den Anblick von Mr. Cohan abgelenkt wurde, der mit einer Gruppe von Leuten am anderen Ende des Raumes munter plauderte. Ich wies Oxford darauf hin, der rief darauf den Namen einer der planetarischen Gottheiten an, sagte: »Ich muß George M. wohl doch nochmal zum Schweigen verdonnern«, und ließ mich stehen.

Ein Eingeborener, der neben mir an der Theke stand, nippte von seinem Glas und sagte: »Am besten mit blankem Stilett.«

Ich ging die gebräuchlichen Ausdrücke für Fragen durch, die ich mir angeeignet hatte, und versuchte es mit einem, der, wie ich hoffte, angemessen war: »Wie?«

»Oh, George ist wirklich ein netter Bursche. Es tut mir nur in der Seele weh, daß es mit dem Theater so weit gekommen ist. Jetzt sind nur noch Singen und Tanzen gefragt, kitschige Melodramen, und dieser Shaw lockt einen Haufen Leute an, indem er alles auf den Kopf stellt. Niemand will mehr das

Wahre, den Barden. Frauen strömen ins Theater, um mich anzuschauen ...«

Ich musterte ihn, um zu sehen, ob ich den Grund dafür herausfinden konnte. Er hatte welliges, dichtes Haar; eine gerade, sehr spitze Nase; und ein festes, gerundetes Kinn, und als er mich ansah, schien sein Blick wild. Ich stellte nichts Außergewöhnliches an ihm fest.

»... also ist den Managern nur dran gelegen, etwas zu finden, bei dem mein Profil der Bühne zugewandt ist. Ich könnte Hamlet spielen ...«

»Was?« fragte ich.

Mein Nachbar richtete seinen starren Blick auf mich. »Das ist nicht zum Lachen; größte Bühnenrolle«, sagte er trotzig, und da begriff ich, welchen Fehler ich gemacht hatte. ›Spiel‹ hatte man in diesem Gespräch und vermutlich auch im Namen des Clubs, in dem ich gerade war, im Sinne der Darstellung von Rollen in einem Drama zu verstehen, nicht als Teilnahme an einem Sport oder Wettbewerb. Wieder ein Beispiel für die chaotische Natur dieser Sprache, und mir fiel auf, daß man vielleicht wirklich einen ganzen Satz konstruieren konnte, dessen bedeutungstragende Worte in zwei verschiedene Richtungen interpretiert werden konnten.

»Ich habe im ›Garten‹ ›gespielt‹«, sagte ich und mußte über den Einfall kichern.

Der Mann neben mir achtete gar nicht auf mein geschicktes Wortspiel und sagte: »Ich könnte 'nen Hamlet hinlegen, daß denen allen die Augen aus dem Kopf fallen.« Er starrte intensiv das Glas an, das er hielt, dann trank er daraus. »Passen Sie mal auf!« Ich gehorchte, weil ich hoffte, etwas über diese Hamletgeschichte zu erfahren, aber dann wechselte er das Thema und erklärte mir, daß das Sein die zentrale Frage der Existenz sei (möglicherweise auch umgekehrt, seine Formulierungen waren kunstvoll, aber unklar), und daß angesichts bestimmter Umstände (die er aufzählte) eine freiwillige Beendigung des Lebens vielleicht angebracht sein könnte.

Ein Vorteil des philosophischen Unterhaltungsstils ist es,

daß ein solches Gespräch sowohl persönlich wie ungenau ist und wenig tatsächliche Informationen erfordert, und ich hieß die Gelegenheit willkommen, mich in eine Diskussion verwickeln zu lassen, die meine Unwissenheit nicht enthüllen würde. »Die Moral des Freitodes unterscheidet sich von Welt zu – von Ort zu Ort«, bemerkte ich. »Aber wenn Sie täten, was Sie vorschlagen, wie sollten Sie dann den Hamlet spielen?«

Mein Nachbar schaute erst mich an, dann in sein Glas, das er anscheinend intensiv studierte. »Entweder habe ich zu viele von den Dingern oder Sie«, sagte er dann. »Vielleicht beide. Was, zum Teufel, wollen Sie damit sagen? – Nein, ich will es nicht wissen. Ich wäre genauso schlecht dran wie Sie, wenn ich versuchte rauszukriegen, was Sie gesagt haben. Hängen Sie an der Pfeife oder sowas?«

»Die Flüssigkeiten Ihrer Rasse wirken auf meine Physiologie anders als auf die Ihre«, erklärte ich. »Ich stelle fest, daß sie mich zwar aufheitern, aber nicht trunken machen. Das kann natürlich auch eine Folge meiner inneren Modifikationen als Forschungsreisender sein.« Ich hatte das Gefühl, daß mit dem, was ich soeben gesagt hatte, etwas nicht stimmte, konnte es aber nicht isolieren.

»Forschungsreisender?«

»Aber ja, woher wissen Sie das denn?« Mein Glas war leer, und ich nahm einen tüchtigen Schluck von dem, das Oxford hiergelassen hatte. »Da wir von Forschungsreisen sprechen, dabei fällt mir die alte Geschichte von damals ein, als Pados Besatzung auf die Welt dieser Methanatmer kam. Sie atmen dort Methan, verstehen Sie?« erklärte ich in dem Wunsch, daß er in diesem Punkt Klarheit habe, »nicht, als wäre es Sauerstoff oder Helium oder was immer ihr hier nehmt – ich habe im Augenblick vergessen, was es ist.« Die Anekdote war gut, und ich bildete mir ein, das Interesse meines Zuhörers völlig gefangengenommen zu haben, da er mich die ganze Zeit mit vor Konzentration regelrecht glänzenden Augen anstarrte.

Gerade als ich fertig war, trat Oxford zu uns und sagte:

»Tut mir leid, daß es mit Cohan so lange gedauert hat, Raf, aber ich mußte ihm begreiflich machen, daß er nicht ... oh, hallo Jack.«

»Oxford«, sagte mein Gesprächspartner mit leiser, klagender Stimme, »dieser Bursche hier erzählt mir die ganze Zeit – der Gerechtigkeit halber sollte ich sagen, ich glaube, daß er mir das erzählt –, er sei ein Wesen von einer anderen Welt. Ist mein Verstand ausgerastet oder haben Sie das neueste Irrenmodell im Schlepptau?«

»Haben Sie geplaudert, Raf?« fragte Oxford streng. »Sie wissen doch, daß Sie nicht ... na ja, ist nicht so wichtig. Jack wird schon die Hand draufhalten, da bin ich sicher, und morgen kommt die Geschichte ohnehin raus. Weiter kein Problem. Tja, Jack, Raf gehört zu einer Gruppe von Leuten, die hier hängengeblieben sind, als ihr ... hm ... Luftschiff – nur fährt es durch den Weltraum – in der Nähe von Frisco abgestürzt ist, und Hearst hält sie im Sacke, bis er die Nachricht richtig hochgehen lassen kann. Sie waren schon bei Teddy Roosevelt und haben den Passierstempel gekriegt. Das kannst du morgen alles im ›American‹ und im ›Journal‹ lesen.«

Der Mann schloß die Augen, nahm einen tiefen Atemzug und ließ die Luft dann langsam durch den Mund wieder herausstreichen. »Jetzt ist es soweit«, sagte er flüsternd. »Wenn einem die Ohren einen Streich spielen und anfangen, dem Gehirn Blödsinn einzuspeisen, dann ist es höchste Zeit, das Handtuch zu werfen. Morgen höre ich dann wahrscheinlich direkt in der Mitte des zweiten Akts Stichworte aus einem anderen Stück.« Er schob sein Glas zurück. »Meine Herren, Sie haben soeben gesehen, wie Jack Barrymore sein letztes Glas getrunken hat, bald darauf wird er abgehen, von Popanzen verfolgt. Gute Nacht, ihr süßen Prinzen, es würde mich nicht im mindesten überraschen, wenn ich heute nacht Engelschöre hören würde, die mich in Schlaf singen.«

Ich blickte ihm nach, als er den Raum verließ, dann wandte ich mich Oxford zu und sagte: »Vösebusche.«

»Was?«

Ich stellte fest, daß einige Stellen an meiner Nase und meine Backenknochen heiß waren, plötzlicher, physischer Ausdruck von Ärger und Ungeduld, weil Oxford, wahrscheinlich absichtlich, so schwer von Begriff war. »Nervöser Bursche«, wiederholte ich gezwungen geduldig.

Oxford warf mir einen prüfenden Blick zu und verlangte dann mit einer Inkonsequenz, die ich erschreckend fand, ich solle ihm Einzelheiten über eine Person erzählen, die am Ozean Muscheln verkaufte, was ich ablehnte, da ich in dieser Angelegenheit völlig uninformiert war.

»Man merkt es nicht sehr«, sagte er, »aber meiner Expertenmeinung nach sind Sie, Herr Abgesandter, stark angesäuselt, und es ist höchste Zeit, daß wir nach Hause, in John Jacobs Palast torkeln.«

Die computerähnliche Präzision und Geschwindigkeit, mit der ich aus dieser Kette gossensprachlicher Ausdrücke die beleidigende Andeutung heraushörte, die Substanzen, die ich konsumiert hatte, hätten meinen Geisteszustand beeinträchtigt, widerlegte allein schon diese Beschimpfung, aber gerade, als ich eine beißende Erwiderung anbringen wollte, machten sich die angehäuften Belastungen unserer beinahe tödlichen Ankunft auf diesem Planeten, der Unsicherheit in bezug auf Gegenwart und Zukunft, die Reisen, Begegnungen und Abenteuer – machte sich all das plötzlich in meinem überbeanspruchten System bemerkbar, und ich versank in Bewußtlosigkeit.

ACHT

Die Reaktion auf meine angestaute Erschöpfung hielt einen großen Teil des nächsten Tages noch an, gekennzeichnet von Symptomen wie Trockenheit des Mundes, stechenden Kopfschmerzen und räumlicher Orientierungslosigkeit, und auf diese Weise versäumte ich viel von der unmittelbaren Aufregung, die die Freigabe der Nachricht von unserer Anwesenheit begleitete.

Ich merkte, daß Oxford früh am Morgen in das Zimmer stürzte, in dem ich lag, und mir ein Exemplar einer Zeitung unter die Nase hielt. Die Titelseite war mit großen, roten Buchstaben und Zeichen bedeckt, die Betonung ausdrückten, aber sie vibrierten vor meinen Augen, und mir genügten Oxfords Versicherungen, daß sie unsere Ankunft und angebliche Mission verkündeten. Anscheinend war der größte Teil der Zeitung Material gewidmet, das uns betraf und das Oxford und Wells aufbereitet hatten, nur die notwendigen Informationen über Sportereignisse und eine Seite mit humorvollen Zeichnungen waren noch vom sonstigen Inhalt der Zeitung verblieben.

»Die Auflage ist doppelt so hoch wie normal, und auf den Straßen rauft man sich darum«, verkündete Oxford glücklich. »Wir werden den anderen natürlich einen Knochen vorwerfen müssen. Ich habe arrangiert, daß einige von den Presseleuten Sie heute nachmittag interviewen können; sonst würden Sie behaupten, daß alles eine Fälschung ist, obwohl der Präsident Sie ja stützt – aber jetzt holen sie uns nie mehr ein! William Randolph und Mrs. Oxfords Ted haben wirklich die Nase vorn! O freudenreicher Tag! Callooh! Callay!«

Der Gedanke, in meinem gegenwärtigen Zustand ein Interview zu geben, entlockte mir ein hohles Lachen – was ich sofort bedauerte, da es die Illusion erweckte, als habe die Decke meines Schädels eine explosive Dekompression erlitten. Als ich das Oxford erklärte, sah er mich scharf an und bemerkte: »Ja, im Augenblick sind Sie ein Original-Katzenjammer Kid, würde ich sagen, Heimatadresse Katerplatz. Was Sie brauchen, ist ein guter, zuverlässiger Totenaufwekker.«

Ich nahm an, daß dieser farbige, wenn auch abstoßende Ausdruck ein Stärkungsmittel bei Müdigkeit bezeichnete, und die dunkelbraune Flüssigkeit, die er mir nach einer Beratung mit einigen Mitgliedern des Hotelpersonals brachte, hatte sicher diese Wirkung. Der Geschmack war bemerkenswert unangenehm, und anscheinend enthielt das Zeug eine ätzende Substanz, die sehr stark auf den größten Teil meiner Innenflächen wirkte, aber ich merkte bald, daß mein Kopf aufhörte zu hämmern, und daß ich mit einiger Genauigkeit und ohne mich an verschiedenen Möbelstücken festhalten zu müssen, von einem Punkt zum anderen gehen konnte.

Trotzdem spürte ich eine gewisse Schwäche, als ich ein paar Stunden später der Gruppe von etwa zwanzig Reportern gegenüberstand, die sich in unserer Suite drängten. Sie wirkten eindeutig unfreundlich und waren nur widerwillig von der exotischen Erscheinung beeindruckt, die wir in unserer eigenen Kleidung, die wir auf Oxfords Drängen hin zu diesem Anlaß angezogen hatten, abgaben.

»Was für einen Schwindel will Hearst uns denn da auftischen?« brüllte ein Mann, und von einigen der anderen kam zustimmendes Gemurmel.

»Ehe ihr euch die Finger verbrennt«, sagte Oxford, »solltet ihr euch vorher das hier ansehen. Offizielle medizinische Unterlagen der Regierung, die Stellungnahme von TR, der ganze Krempel.« Er teilte zahlreiche Papierstapel aus, die die Reporter anscheinend beeindruckten, denn das zornige Gemurmel hörte auf.

»Das ist eine der großen Stories des Zeitalters«, sagte Oxford, »und ich verstehe, daß ihr sauer seid, weil man sie euch vor der Nase weggeschnappt hat. Aber Hearst hat sie als erster gekriegt, und so sind nun mal die Spielregeln. Jetzt ist er anständig genug, euch allen eine Chance zu geben, und ich schlage vor, ihr macht das Beste daraus. Meine Herren – und Damen; ich sehe, auch von Ihnen sind heute einige anwesend –, ich überlasse Ihnen den Abgesandten Raf, der Ihnen in seinen eigenen Worten von seiner gewaltigen Reise durch die Wüsten des Weltraums zu diesem Planeten und von seiner Mission bei uns berichten wird; Fragen bitte hinterher.«

Ich gab ihnen im wesentlichen den gleichen Bericht, den ich für Präsident Roosevelt zusammengestellt hatte, aber er wurde weniger freundlich aufgenommen.

»Woher sollen wir wissen, daß Sie nicht die Möglichkeiten für eine Invasion auskundschaften?« – »Welche sogenannten Vorteile sollen wir denn davon haben, wenn Ihre Herren hierherkommen?« – »Ist es nicht wahr, daß Ihre Leute uns mit billigen Arbeitskräften überschwemmen werden?« – »Wie läßt sich dieses Gerede über Leben auf anderen Welten mit der Heiligen Schrift vereinbaren?«

»Seine Zeitung ist für Bryan«, flüsterte mir Oxford über den letzten Sprecher zu. »Der ›Boy Orator‹ hat schon eine Stellungnahme gebracht, die besagt, daß es Sie nicht geben kann, weil Sie nicht in der Bibel stehen.«

Ich fürchte, daß ich auf keine dieser Fragen sehr tatkräftig reagierte, weil ich mich immer noch recht geschwächt fühlte und sie mit solcher Schnelligkeit abgefeuert wurden, daß ich keine Zeit hatte, zusammenhängende Antworten zu formulieren. Das schien nicht sehr wichtig zu sein, denn jeder Fragesteller fing an, auf einem Stück Papier oder einem Notizblock, den er oder sie bei sich hatte, zu kritzeln, sobald die Frage gestellt war, ohne auf meine Antwort zu warten. »Sie kennen die Linie ihrer Zeitung«, murmelte Oxford wieder, »und deshalb wissen sie schon, unter welchem Blickwinkel sie ihre Story schreiben müssen – was Sie sagen, ist eigentlich gar nicht so wichtig. Teddy ist für Sie, also werden die republikanischen Zeitungen eine Kreuzung zwischen den Rover Boys und Andy Carnegie aus Ihnen machen, und diejenigen, die Bryan unterstützen, werden damit rauskommen, daß man Sie auf dem Scheiterhaufen verbrennen soll.«

Ich hoffte, daß er scherzte.

Jetzt kamen Fragen von bestürzender Bedeutungslosigkeit, man wollte etwa wissen, ob ich glaube, gewisse Giants (eine Gruppe von Lebewesen, die ich bisher noch nicht kennengelernt hatte) würden es schaffen, einen Wimpel zu erringen, nach dem sie offenbar strebten (ich wies darauf hin, daß ihre Größe es ihnen eigentlich gestatten müßte, ihn erfolgreich an sich zu bringen, falls er außer Reichweite normal gebauter Eingeborener sein sollte, was anscheinend die richtige Antwort war), wie meine Meinung über die großen Gebäude der Stadt sei, wurde erfragt, und ob ich schon ein öffentliches Gebäude besucht hätte, das man mitten in eine große Wasserfläche gestellt hatte.

»Das ist für die Atmosphäre«, informierte mich Oxford gedämpft. »Das brauchen sie, damit es aussieht, als seien Sie nicht anders als andere Leute.«

»Wenn sie uns als völlig normal hinstellen wollen«, flüsterte ich ihm zu, »was hat es dann für einen Sinn, überhaupt über uns zu schreiben?«

Er hob die Schultern. »Es geht nur darum, den Lesern einzureden, daß auch die bemerkenswertesten Leute etwas sind, womit sie fertigwerden können. Ein Prinz, oder ein König oder so etwas, verstehen Sie, auf den fliegen sie erst, wenn sie wissen, daß er zu enge Schuhe hat oder Baseball mag oder einen Hot Dog ißt – dann haben sie etwas mit ihm gemeinsam und bekommen nicht das Gefühl, sie müßten ihm einen halben Ziegelstein an den Kopf werfen. Und, glauben Sie mir, Sie brauchen alle ... o je. Die Papierkugel dieser Schmalzschreiberin kontern Sie lieber raffiniert: das ist eine feuerspeiende Suffragette.«

Eine weibliche Eingeborene winkte mir energisch zu. »Herr Abgesandter!« rief sie mit schneidender Stimme. »Sie haben uns noch nichts über das Leben auf Ihrer Welt erzählt. Sind die Geschlechter dort gleichberechtigt, wie es in einer fortgeschrittenen Zivilisation der Fall sein sollte? Wie ist dort eigentlich die Stellung der Frauen?«

Ich gestehe, daß ich auf Fragen nach einem Leben, das jetzt so lange her und so weit weg schien, nicht vorbereitet war, und so wußte ich einen Augenblick lang nicht, wie ich antworten sollte. Dark, der mit meinen beiden anderen Gefährten hinter mir gestanden hatte, trat vor, offenbar seiner untergeordneten Rolle in dem Ganzen müde. »Ich glaube, dazu kann ich etwas sagen«, meinte er. »Wells hat sich über diese Sache ziemlich ausführlich mit mir unterhalten – für solche Dinge ist er sehr empfänglich – und ...« Wells zupfte Dark mit scharlachrotem Gesicht am Ärmel, wurde aber abgeschüttelt. »... ich habe vieles ziemlich deutlich im Kopf, was ich nach der langen Zeit im Weltraum fast vergessen hatte. Was nun die Stellung der Frauen bei uns angeht, so gibt es davon eine ganze Reihe. Ich selbst bevorzuge ...«

Dann gab er eine prägnante Beschreibung bestimmter, normaler Paarungspraktiken unseres Volkes. Die Frau, die diese Information verlangt hatte, schien gar nicht glücklich darüber, sie erhalten zu haben, denn sie wurde weiß, schwankte und schien kurz davor, das Gleichgewicht zu verlieren. Ein Mann neben ihr nahm ihren Arm, um sie zu stützen, aber sie wand sich aus seinem Griff und machte eine Bewegung, als wolle sie ihn mit ihrem Schreibgerät schlagen. Die Reaktionen der übrigen Reporter umfaßten Schrecken, Heiterkeit und Bestürzung; mehrere machten sich Notizen auf anderen Blättern als denen, die sie für die Vorbereitung ihrer Stories benützten.

»Junge«, sagte einer von ihnen einen Augenblick später, »meine Zeitung hat einen Grundsatz, welche Nachrichten druckfähig sind, und ich glaube, über diesen Punkt sind wir jetzt hinaus. Ich weiß nicht, ob ich im Augenblick die Hände ruhig genug halten könnte, um noch mehr niederzuschreiben. Vielen Dank, Mr. Oxford, Herr Abgesandter; ich glaube, wir haben genug.«

Es war ein weiteres Beispiel dafür, wieviel wir noch über diese Kultur zu lernen hatten, daß es mich überraschte, wie lange es dauerte, bis die Ergebnisse des Interviews verfügbar waren; mit Rücksicht auf die weitverbreitete Verwendung von Elektrizität hatte ich erwartet, daß ein Überblick über die Nachricht fast sofort herauskommen würde. Oxford erklärte mir jedoch, daß dies nicht der Fall sei, und daß das Erscheinen dessen, was er ›Extraausgabe‹ nannte, bei allen Zeitungen, innerhalb von nur wenigen Stunden, eine außergewöhnliche Anstrengung bedeute.

Es war sicher bemerkenswert, daß es ihnen gelungen war, mit dem spärlichen Material, das die Reporter gesammelt hatten, soviel zu drucken, aber Oxford versicherte mir, das sei eine Spezialität des Gewerbes, die nicht erstaunlich sei. Viele Zeitungen enthielten höchst phantasievolle Darstellungen von uns vieren, manche mit humorvoller Absicht. Eine zeigte uns, in lächerlichem Größenverhältnis in einer Gruppe oben auf dem Planeten, wie wir auf seine Oberfläche hinunterschauten. Dark war höchst amüsiert über die Druckzeile darunter, die einem oder uns allen die Worte zuschrieb: »Für einen Besuch ist es ja ganz nett, aber leben möchte ich hier nicht.« Mich selbst erinnerte dies betrüblich an unsere Situation.

»Ah«, sagte Oxford befriedigt und hielt beim schnellen Überfliegen der Zeitungen inne. »Danach habe ich gesucht. Was der Bursche schreibt, kommt beim Publikum unheimlich gut an, und wenn er Sie hochgejubelt hat, werden alle bereit sein zu glauben, daß Sie in Ordnung sind.«

Er reichte mir eine Seite und deutete auf einen Artikel. Mir schien, als ich ihn las, in diesem Text ein Element zu sein, dem ich noch nicht begegnet war, obwohl ich nicht genau wußte, was es war. »Diese Herren sind vom äußeren Weltraum gekommen«, begann es, »um unsere arme, menschliche Rasse zu besuchen, und wenn ich ehrlich sein soll, sind sie nicht so unheimlich und finster, wie man hätte befürchten können. Sie kommen einem vor wie ganz gewöhnliche Leute, und einer von ihnen mag riskante Witze (wir *hoffen* jedenfalls, daß der Bursche Witze machte). Ihre Gegenwart bringt das alte Gotham zum Rauchen – was sie tun, was sie wollen, wozu sie fähig sind und wozu nicht, das sind Dinge, die niemand sicher weiß (wir stellen fest, daß nicht alle ihre Gedanken rein sind!) ...« Es kam noch mehr im gleichen Tenor, dem ich nicht so leicht folgen konnte.

Wie Oxford vorausgesagt hatte, unterschieden sich die Reaktionen je nach der politischen Einstellung der Zeitungsbesitzer. Leser eines Journals, das Bryan in der kommenden Wahl unterstützte, konnten durchaus den Eindruck gewinnen, daß wir eine Bedrohung der Zivilisation und der Religion darstellten; eine solche Zeitung deutete an, daß wir, nachdem ihr Kult die Erde als geistiges Zentrum des Universums ansähe, ohne Vorbehalte für die Existenz von Leben anderswo zu machen, als übernormale Verkörperungen von Mächten anzusehen seien, die dem Kult feindlich gegenüberstünden, und daß scharfe Maßnahmen gegen uns angemessen sein könnten.

Eine gegnerische Zeitung präsentierte ihren Lesern einen vor Optimismus glühenden Bericht über die Vorteile, die zu erwarten seien, sobald einmal der volle Kontakt mit unserem angeblichen Imperium hergestellt sei, und verlangte etwas, was sie eine ›Politik der offenen Tür‹ dem Weltraum gegenüber nannte.

Eine Zeitung mit Namen ›The Times‹ enthielt einen Text, bei dem Oxford die Augenbrauen hochzog. »Da werden einige aufhorchen«, sagte er. »Hören Sie: ›Mit dem Kommen dieser Abgesandten, uns so ähnlich nach Aussehen und Verhalten, aber doch Abgesandte eines unvorstellbar weit entfernten und fremden Reiches, hat sich für die Menschheit ein neues Zeitalter aufgetan. Es ist eine Ironie der Geschichte, daß das in den letzten Tagen von Mr. Roosevelts Präsidentschaft geschehen mußte, denn die Energie und der Weitblick, die sogar seine Gegner respektierten, hätten für die Nation bei ihren Verhandlungen mit den Astronauten viel bedeutet. Welche Tugenden die beiden Bewerber um das Amt auch haben mögen, man kann nicht behaupten, daß einer von ihnen irgendwelche Qualitäten gezeigt hätte, die bei der Bewältigung einer Situation, die in der Geschichte so völlig ohne Beispiel ist, von überragendem Nutzen sein werden.‹«

Oxford legte die Zeitung nieder und schaute Wells an. »Es stimmt«, sagte er. »Wenn man ein Problem nicht durch Bibelgeschrei und Predigen lösen kann, liegt es Bryan nicht. Und Taft hat sich bei der Befriedung der Philippinen gut gehalten, aber das ist etwas anderes. Tja, wenn ich so darüber nachdenke, sind in diesem Fall wir die kleinen, braunen Brüder. Vermutlich würden sich viele Leute wünschen, daß Teddy wieder kandidierte, und nicht die beiden anderen. Und ich weiß nicht, ob ich nicht auch dazugehöre.«

»Ich wollte, ich könnte Ihnen widersprechen«, sagte Wells nachdenklich. »Ich stelle mir lieber vor, daß die Geschichte von großen Dingen bestimmt wird, zum Beispiel von Wissenschaft, Erfindungen, Wirtschaft und so weiter – diese Entdeckung, daß allein die Kämpfe zwischen Königen und so wichtig sind, stört mich. Das ist verdammt rührselig gedacht, und es ist verantwortlich für andere ... na ja, unwichtig. Aber ich muß sagen, daß dies anscheinend das Zeitalter zufällig wichtiger Männer ist. Ihr Präsident ist einer davon – ich bin sicher, daß die Geschichte der letzten acht Jahre anders verlaufen wäre, wenn er das Amt nicht innegehabt hätte – und es gibt noch weitere. Ich kann mir zum Beispiel niemanden vorstellen, der Deutschland so stark beeinflussen könnte, wie es der Kaiser tut; wenn er nicht auf dem Thron säße, wäre alles ganz anders. Es ist ein sonderbarer Gedanke, wissen Sie, welche Veränderungen ein einziger Umstand bewirken würde, der anders wäre. Vielleicht wäre es ganz lustig herauszufinden, was geschähe, wenn nur eine einzige Sache in der Geschichte anders verlaufen wäre. Sagen wir, der Süden dieses Landes hätte den Bürgerkrieg gewonnen. Dann wäre die ganze Geschichte mit der transkontinentalen Eisenbahn, der Kolonisierung des Mittelwestens, der Vernichtung der Indianer niemals geschehen. Statt einer Weltmacht wären die Vereinigten Staaten eine Republik von mittlerer Größe, dem Einfluß nach vielleicht hinter Brasilien oder Kanada, die Hegemonie des nördlichen Kontinents fiele an die Konföderation mit ihren starken Bindungen an Europa. Das ist es«, fuhr er lebhaft fort, und seine knollenförmigen Augen glänzten –, »es ist fast wie ein chemisches Experiment – man nimmt eine Veränderung vor, und wenn man weiß, woran es liegt, sieht man, welche Folgen das haben würde, könnte oder sollte. Und Tatsache ist, wenn man diese eine Veränderung vornimmt – mehr braucht man nicht –, geschieht zwangsläufig etwas. Es wäre sonst nicht ... was? Das ist es!« – Er gestikulierte mit seiner rechten Hand, wobei ein Teil des flüssigen Stärkungsmittels, das er in einem Glas hielt, verlorenging – »Elegant, das ist das Wort! Führen Sie eine Variable in die Gleichung ein und sehen Sie, wie sich das übrige ausbalanciert; fügen Sie noch eine oder zwei hinzu, dann haben Sie eine Aufgabe mit drei Unbekannten, und wer will das schon, frage ich Sie? Vielleicht schreibe ich darüber mal was für eine Zeitung, ich möchte also nicht, daß ihr Burschen mir diese Idee zu früh klaut und sie Frank Leslie's oder Collier's einbleut. Das ist es; man nehme eine einzige Veränderung vor, und die phantastischsten Auswüchse schießen hoch. Wenn die richtige, einzelne Veränderung geschieht, könnte als nächstes Lord Alfred Douglas in der Abtei von Westminster zur Königin gekrönt werden, obwohl er das jetzt schon zur Hälfte erreicht hat. Was für eine großartige Idee!«

Ari, Dark und ich sahen zu Valmis hinüber, der erschüttert schien über dieses unbewußte Echo seiner fixen Idee von einem Wesen, das nach seiner Ansicht selbst ein Kontinuum bewohnte, das genau durch einen derartig veränderten Umstand geschaffen worden war. Valmis schien drauf und dran, mit Wells sprechen zu wollen, aber Dark trat dazwischen, und Ari ergriff das Wort. »Ach ja, Wells, wollten Sie mir nicht etwas über den ... hm ... den Kaiser, nicht wahr, erzählen? Höchst interessant, wirklich; und ich würde mich freuen, wenn wir damit fortfahren könnten. Vielleicht überlassen wir es Raf und Mr. Oxford, diese langweiligen

Zeitungen durchzublättern.« Er zog Wells in eine entfernte Ecke des Raums.

»Und du hältst jetzt den Mund über diesen Unsinn!« murmelte Dark Valmis zwischen zusammengebissenen Zähnen zu. »Es ist schon schlimm genug, daß einige von denen uns für Dämonen oder sowas halten. Wenn du auch noch zu plappern anfängst, daß deine mythische Maschine sie geschaffen oder abgespalten hat oder was auch immer, werden sie uns als Irre einsperren, wenn sie dir nicht glauben, oder uns auf den Stuhl von Edison setzen, wenn sie es tun.«

Valmis nickte resigniert, und ich wagte es, zu Oxford und den Zeitungen zurückzukehren. Wenn ich mir ein wenig Mühe gab, konnte ich vielleicht die Bedeutung dieser in sonderbarem Tonfall gehaltenen Geschichte herausbringen.

NEUN

Der Präsident schien noch mehr Kraft und Schwung zu haben als bei unserem letzten Treffen. Er durchquerte sein Büro, streckte der Reihe nach jedem von uns die Hand hin und sagte: »Es ist prima, Sie wiederzusehen, meine Herren, einfach prima! Bei George, Sie haben Bewegung reingebracht, nicht wahr?«

Hinter mir flüsterte Oxford: »Das Gerede, daß er Taft fallenlassen soll, hat ihm wirklich einen Floh ins Ohr gesetzt.«

Die Einzelheiten der Reise, auf der wir den Angehörigen der amerikanischen Nation vorgestellt werden sollten, die von uns Notiz nehmen wollten, und umgekehrt, waren in Diskussionen zwischen den Präsidialbeamten und Oxford ausgearbeitet worden, und man war übereingekommen, daß die Reise mit einem offiziellen Treffen mit Mr. Roosevelt in Washington beginnen sollte. Ich fand dieses Vorgehen sonderbar, da ja Roosevelt, gemeinsam mit dem größeren Teil der an der Regierung Beteiligten, ungefähr einen Tag nach seinem zweiten Privatgespräch mit uns aus der Hauptstadt geflohen war, um der feuchten Hitze und den schädlichen Dünsten zu entgehen, und sich auf seinem Familiensitz ungefähr zwanzig Meilen von New York City behaglich niedergelassen hatte; aber man hielt es für sehr wichtig, daß Bilder von uns für den Abdruck in den Zeitungen vor dem Weißen Haus aufgenommen wurden, und daher waren er und unsere Gruppe, wenn auch getrennt, mehrere Stunden lang mit dem Zug zu diesem Treffen gereist.

»Nun, ich möchte Ihnen gestehen, daß ich mich jetzt viel mehr für diese Vorgänge interessiere«, sagte der Präsident munter. »Es könnte ja sein, daß Sie und ich in ein paar Monaten eine Menge zu besprechen haben. Es ist natürlich ein bißchen zu früh, sich über formelle Verträge zu unterhalten, aber ich glaube, wir sollten alle nicht vergessen, was auf dem Spiel steht. Wir werden zum Beispiel ausarbeiten wollen, welche Garantien ...«

An diesem Punkt trat sein Sekretär, Mr. Loeb, ein und flüsterte seinem Chef etwas zu, fast so wie damals, kurz vor dem Eindringen von Mr. Morgan und Mr. Edison.

»Tja, ich ...«, sagte der Präsident unschlüssig.

»Er sagt, es sei dringend, Mister President.«

»Tja, ich kann doch nicht einfach ... es ist schwierig, aber ... ja, vermutlich sollten Sie wohl ...« Er machte eine ungeduldige Handbewegung, und Loeb ging. »Ich glaube, ich weiß, worum es geht«, murmelte er und sah Oxford über seinen Zwicker hinweg an. »Sie vermutlich auch. Da ist viel geredet worden ...«

Mr. Taft betrat das Büro, der Boden zitterte fast unter seinen Tritten. »Theodore – Mister President«, sagte er. »Ich ... man hat mit mir gesprochen.« Er sank in einen Stuhl, der einen Augenblick lang bebte, aber standhielt. »Die hohen Tiere von der Partei und Cannon, Sie wissen schon, dazu noch zwei Senatoren. Sie ... sie ...«

»Will«, sagte der Präsident leise, »Sie sind ein großer Mann – in jeder Beziehung. Nehmen Sie das nicht zu schwer!«

Taft warf Mr. Roosevelt einen scharfen Blick zu. »Sie haben also eine Vorstellung, worum es geht? Sie nehmen es anscheinend recht gelassen auf.«

»Tja, nun, Will, das ist eine ernste Angelegenheit, die Ruhe verlangt. Wie sagte doch Kipling: ›Kannst du klaren Kopf bewahren, wenn alle anderen sind verstört?‹«

Taft sah ihn noch einmal an, ehe er antwortete. »Wenn Sie in Stimmung für Lyrik sind, Theodore, dann möchte ich Ihnen sagen, daß *ich* mich fühle wie in der Zeile in ›Das Wrack der Hesperus‹ – ›Wir sind verloren! rief der Käpt'n, hinunter man ihn taumeln hört.‹ Reimt sich auf ihre Zeile, wenn ich so überlege.«

»Was ist denn eigentlich passiert, Will?« fragte der Präsident. »Was wollten denn die Männer, die zu Ihnen gekommen sind?«

»Ich glaube, Sie können sich das ziemlich genau vorstellen. Diese ... Astronauten hier« – er warf uns einen vor Abneigung funkelnden Blick zu – »haben einen Schraubenschlüssel in das ganze verdammte Wahlgetriebe geworfen. Bryan ist dafür, sie exorzieren oder lynchen zu lassen oder so etwas, und *unser* Haufen sagt, ich bin nicht der richtige Mann, um sie so zu behandeln, daß dabei etwas Brauchbares rauskommt. Und die Partei ist der Meinung, wir müßten damit auftreten, daß wir einen Kandidaten haben, der genau dazu in der Lage ist. Und, bei Gott, das haben sie über den Telegraphen rausgeschickt, und eine beschlußfähige Anzahl von Delegierten zur Tagung zusammengeholt – die gleichen Leute, die mich im letzten Monat bei der ersten Abstimmung nominiert haben! – und die haben sie dazu gebracht, daß sie zustimmten, ›meinen Rücktritt anzunehmen, falls ich ihn anböte‹!«

»Oh, Will«, sagte der Präsident und legte seine Hand auf die Schulter des großen Mannes. »Das ist schwer zu ertragen, aber zum Wohl des Landes ... Und sehen Sie es doch einmal von dieser Seite: die Präsidentschaft war für Sie doch immer zweite Wahl, das weiß ich. Mehr als alles haben Sie sich einen Posten am Gerichtshof gewünscht – nun, den kann ich Ihnen besorgen, bei George! Diese Sache, daß ich nicht mehr kandidieren will, nun, das kann jetzt nicht mehr gelten, nicht, nachdem ...« Er machte eine Handbewegung in unsere Richtung – wie ich bemerkte, mit der rechten Hand. Ich war froh, daß er sein Ziel anscheinend erreichen konnte, ohne dieses nützliche Glied opfern zu müssen.

Taft blickte zu ihm auf, dann erhob er sich, eindrucksvoll wie eine Naturgewalt, von seinem Sitz, bis er stand und leicht nach unten auf den Präsidenten blickte, allein durch seine Masse und sein Gewicht schien er den Raum zu beherrschen. »Theodore«, sagte er, »Sie wissen nur die Hälfte. *Sie* werden nicht derjenige sein, der dem Senat Kandidaten für den Obersten Gerichtshof vorschlägt, genausowenig wie ich. Das Nationalkomitee, nun, die haben mit einigen Leuten aus Industrie und Wirtschaft gesprochen, und dann sind sie gemeinsam auf jemanden verfallen, der, wie sie glauben, am besten mit unseren *Besuchern* zurechtkommt – auf jemanden, der sich mit Naturwissenschaften und so auskennt – auf einen Mann, der ...«

»Zum Teufel, Will! Was zum Henker wollen Sie damit sagen?«

»O Gott!« sagte Oxford hinter mir. »Sie können doch nicht ... – aber, ach du süßer Salmiakduft, es ist irgendwo entsetzlich *vernünftig* ...«

»Ich habe die Ehre, Ihnen mitzuteilen, Mister President«, sagte Taft bitter, aber nicht ohne einen zufriedenen Unterton in der Stimme, »daß die Delegierten der Republikanischen Nationalversammlung des Jahres 1908, auf elektrischem Wege erneut einberufen, bereit sind, als ihren Kandidaten Mister Thomas Alva Edison zu benennen.«

Die Zähne und Augäpfel des Präsidenten leuchteten hell, als beide durch ein plötzliches Zusammenziehen seiner Gesichtsmuskeln entblößt wurden, aber im Raum lag tödliches Schweigen, bis Wells es mit einem ehrfürchtig gemurmelten ›Gorblimey!‹ brach.

ZEHN

Nach dem Fotografieren, das sich in bedrückter Stimmung vollzog – ich bemerkte später, daß die Ergebnisse ziemlich überraschend waren, da der Präsident einen untypischen Ausdruck wilder Schwermut zur Schau trug –, kehrten wir nach New York zurück, um uns auf unsere Reise vorzubereiten. Unterwegs diskutierten Oxford und Wells lebhaft die überraschenden politischen Entwicklungen. Wir beteiligten uns nicht daran, aber einmal sagte Oxford zu mir: »Das wird für Sie einiges erleichtern. Es sah so aus, als würde es ein ziemlich langweiliger Wahlkampf werden, bis das passierte, und jetzt wird es ein tolles Ding. Die Öffentlichkeit wird Ihnen dankbar sein, weil Sie dem Ganzen ein bißchen Würze verliehen haben. Sie werden auf der Tournee so beliebt sein wie John L. oder Christy Matheson.«

Und so war es auch. Wo immer wir während der nächsten Monate hinkamen, überall begrüßte man uns mit Begeisterung, der eine gewisse spöttische Zuneigung beigemischt war; offenbar hatten die Amerikaner in erster Linie den Schluß gezogen, daß wir eigentlich, was auch immer unsere vorgebliche Mission war, dazu da waren, ihnen Neuigkeit und Ablenkung zu bringen. Wir – gewöhnlich ich, da man übereinkam, daß Dark zu sehr dazu neigte, schockierende Äußerungen von sich zu geben, daß Ari außer metahistorischen Fakten kaum etwas anderes mitteilen wollte, und daß Valmis immer noch zu angespannt war – hielten Reden von der hinteren Plattform unseres Zuges herunter, bei Banketten in großen und kleinen Städten, auf Picknickplätzen und bei ländlichen Volksfesten; wir schüttelten Hände, schrieben unsere Namen in einheimischen Buchstaben und in unserer eigenen Schrift in für diesen Zweck entworfene Alben; wir posierten für Bilder mit örtlichen Würdenträgern, manchmal trugen wir dabei regionale Kleidungsstücke; wir sprachen freundlich über hervorstechende Züge der Landschaft und die industriellen oder landwirtschaftlichen Güter, die für die Gegend charakteristisch waren; wir warfen den ersten Ball bei Baseballwettkämpfen und schleuderten gebogene Eisenstücke, die normalerweise die Füße von Arbeitstieren schützen sollten, über in den Boden geschlagene Stangen. All das wurde von einem Bildermacher aufgezeichnet, der uns ständig begleitete, und sehr sorgfältig von Oxford aufgeschrieben und jeden Abend an die Hearstzeitungen in New York und San Francisco telegrafiert; und, wie Oxford mir sagte, hatte es eine wesentliche Steigerung der Auflage für, wie er es nannte, ›die ganze Kette‹ zur Folge.

Wir brauchten von Anfang August bis Mitte Oktober für die Rundreise, was mir außerordentlich lang vorkam für die Vorteile, die davon zu erwarten waren, und das sagte ich auch zu Oxford. »Wir ziehen es ein wenig raus«, gestand er, »aber Teddy – und Edison, als er drankam, wollten es so. Sie wollen, daß Sie während des Wahlkampfes meistens von der Bildfläche verschwunden sind, und wenn Sie so herumtingeln, halten Sie sich nirgends so lange auf, daß die Leute Ihretwegen mehr als einen Tag lang in Aufregung geraten könnten. Wenn Sie da wären, wo die Nachrichtenjäger und die Politiker Sie in die Finger kriegen würden, weiß niemand, was Sie sagen oder was jemand Ihnen unterschieben könnte, und vielleicht würde der ganze Karren umkippen. So, wie es jetzt ist, läuft es gut. Edisons Linie im Wahlkampf ist es, Bryan gar nicht zu beachten, und es sieht so aus, als täten das auch die Wähler. Edison sitzt meistens draußen in Menlo Park und redet über die Wunder der Zukunft, und wenn er sich zu einer Rede aufrafft, zieht er die Leute an wie ein Aas die Fliegen. Bryan macht sich selbst zum Narren, er hackt immer ins gleiche Loch – man soll Sie zurückschicken, wo Sie hergekommen sind und nicht unsere reine, alte Erde mit heidnischen Ideen verseuchen –, und er bekommt höchstens halbleere Säle, in denen das Publikum mit den Füßen scharrt und sich wünscht, er würde nach Free Silver zurückgehen.«

Unsere Unterkunft – ein Privatzug mit drei Waggons – war ein gutes Stück geräumiger als die WANDERER, aber die Reise war so ausgedehnt und so angefüllt mit Wiederholungen von im wesentlichen gleichen Ereignissen, daß es mir unmöglich war, einen klaren Eindruck des Ganzen zu behalten oder mir ein Bild von der Nation zu machen, in der man uns zur Schau stellte, und hinterher konnte ich mich nur an ein paar herausragende Vorfälle erinnern.

Ich erinnere mich noch an unseren ersten Aufenthalt, nur ein paar Meilen von New York City entfernt, auf Mr. Edisons Besitz. Obwohl der Erfinder zu Darks Enttäuschung abwesend war – er befand sich, wie wir später erfuhren, in Washington zu Gesprächen mit dem Präsidenten und seinen Parteiführern und erklärte sich genau zu dieser Stunde bereit, die hastig angebotene Nominierung anzunehmen –, wurden wir mit großer Höflichkeit herumgeführt. Für Ari, Valmis und mich war es ein wenig langweilig, da unsere Interessen sich nicht auf Maschinen erstreckten, denen anscheinend das ganze Haus gewidmet war, aber Dark war fasziniert.

»Diese Elektrizität«, sagte er zu mir, »das ist ja alles schön und gut, aber es ist eine ziemlich primitive Art, mit etwas zu arbeiten, was schon bekannt war. Wirklich eindrucksvoll ist die Sache mit der Sprechmaschine – weißt du, daß Edison sich das ganz allein ausgedacht hat? Das nenne ich wirklich Erfindungsreichtum. Natürlich ist alles ganz falsch«, sagte er zu einem Angehörigen des Personals, der in der Nähe stand.

Der Mann erstarrte. »Falsch?«

»Nun ja«, erklärte Dark, »Sie werden keine wirklich exakte Schallwiedergabe bekommen, solange Sie mechanisch arbeiten, verstehen Sie? Ganz gleich, was Sie tun, Sie sind durch die Tatsache eingeschränkt, daß Sie einen festen Gegenstand haben, der von einem anderen abprallt. Es ist unheimlich raffiniert, aber es ist genauso, als würde man

© MARUANO '81

versuchen, zur Raumfahrt zu kommen, indem man Granaten abfeuert – man kann mit der Idee einmal anfangen, wird aber nicht weit kommen. Was Sie tun müssen, ist, auf die elektrischen Impulse zurückzugehen und diese selbst zu reproduzieren.«

»Aber ... hm«, sagte der Mann. »Sagen Sie mal, macht es Ihnen etwas aus, wenn Charley die Führung zu Ende macht? Ich muß da noch etwas erledigen.«

In der gleichen Weise plauderte Dark mit einer Reihe von Führern, und er langweilte sie anscheinend gewaltig, denn jeder war bemüht, uns mit der Entschuldigung an einen anderen weiterzureichen, er habe noch eine Arbeit zu erledigen.

Bestimmte andere Ereignisse der Reise blieben mir ebenfalls im Gedächtnis, obwohl es mir schwerfiele zu sagen, wann oder wo sie stattfanden. Ich erinnere mich, daß Oxford höchst beeindruckt war, als wir einem uralten Eingeborenen begegneten, der anscheinend deshalb sehr in Ehren gehalten und geliebt wurde, weil er im Laufe eines Krieges, den er für seine nomadischen Stammesgenossen gegen die dominierende Kultur führte, eine stattliche Anzahl von Oxfords Leuten hingemetzelt und sich den Ruf großer Grausamkeit erworben hatte. Vielleicht habe ich einen Teil von Oxfords Erklärung versäumt, durch den sie etwas einleuchtender geworden wäre.

Der alte Mann musterte mich eindringlich. »Schickt dein Volk seine Krieger hinterher?« fragte er. Ich versicherte ihm, das sei nicht der Fall, und er schien enttäuscht.

»Ich habe die weißen Männer mit ihren Zügen, Telegrafendrähten und Zäunen kommen sehen, und die Indianer verflüchtigten sich wie Nebel. Nicht ihre Soldaten haben uns erledigt, sondern die Dinge, die sie hatten, und die Art, wie sie lebten. Ich habe das gesehen – ich, Geronimo. Habe es gesehen und dagegen gekämpft, aber aufhalten konnte ich es nicht. Niemand konnte das. Ich möchte gerne sehen, wie das auch mit dem weißen Mann passiert, solange ich noch lebe. Das wäre ein verdammt guter Witz.«

Ich bemerkte, daß mich Oxford und Wells nach diesem Gespräch von Zeit zu Zeit unbehaglich ansahen.

Es war eine lästige Angewohnheit der Eingeborenen, uns ständig in den Industriegebäuden herumzuführen, die günstigerweise in der Nähe unserer Halteplätze lagen, und wir gingen dazu über, diese Pflicht Dark zu übertragen, da er als einziger von uns für diese Dinge wenigstens einen Anschein von Interesse aufbringen konnte. Das funktionierte im allgemeinen gut, führte aber zu einem unglücklichen Vorfall.

Er und Oxford waren zu einer dieser Exkursionen aufgebrochen, und wir glaubten, daß sie wenigstens zwei Stunden dauern würde. Wells, Ari, Valmis und ich hatten es uns im Salonwagen bequem gemacht, als wir überrascht sahen, wie das Fahrzeug, in dem sie weggefahren waren, mit hoher Geschwindigkeit zurückkehrte. Es blieb neben unserem Waggon stehen, und Oxford zerrte Dark praktisch heraus und schob ihn in den Zug, dann wandte er sich an eine Person in blauer Uniform, die im Fahrzeug geblieben war, und schob ihr einen Stapel Zahlungsmittel hin.

»Danke, Chef«, hörte ich ihn rufen. »Damit müßten Sie eigentlich vertuschen können, was passiert ist, nicht? Und hören Sie, noch etwas, könnten Sie dem Ingenieur sagen, er soll Dampf machen und gleich zusehen, daß wir hier so schnell rauskommen wie der Teufel?«

»Aber sicher, Mr. Oxford«, sagte der Uniformierte respektvoll und blätterte flink die Scheine durch.

Einen Augenblick später betraten Oxford und Dark unseren Wagen und stolperten, als der Zug sich plötzlich in Bewegung setzte. Dark hatte einen Bluterguß unter einem Backenknochen und seine Eingeborenenjacke war am Kragen zerrissen.

»Was ist denn nur geschehen?« fragte Ari und blinzelte ihn an.

Oxford warf einen finsteren Blick auf Dark. »Ihr Freund hier hatte plötzlich Lust, sich loszureißen und anzufangen, unsere Gastgeber zusammenzuschlagen. Neigt er zu Anfällen oder so etwas? Es hat mich eine Menge von W. R.s langen Grünen gekostet, um die Sache mit der hiesigen Polizei gradezubiegen, aber die werden das schon machen. Was, zum Teufel, ist Ihnen eigentlich eingefallen ...«

»Ich konnte nicht anders«, sagte Dark. »Das ist mir einfach an die Nieren gegangen. Hör mal, Raf, weißt du, was die Leute hier machen?«

»Alles mögliche, nehme ich an«, erwiderte ich vorsichtig.

»Nein, ich meine ... hör mal, ich weiß, daß ich nicht soviel rauskomme wie ihr, wenn wir ...«

Ich unterbrach ihn, denn in seiner Erregung schien er kurz davor, mehr über unsere eigentliche Arbeit, die Forschungsreisen, zu sagen, als ich für klug hielt – es war immer noch wichtig, die Version aufrechtzuerhalten, wir seien eine diplomatische Vorhut. »Oxford, Wells, macht es Ihnen etwas aus, wenn wir das unter uns besprechen? Ich verspreche Ihnen, daß wir darauf kommen, aber Dark ist im Augenblick ein bißchen durcheinander, und ich glaube, wir finden leichter heraus, was los ist, wenn wir mit ihm allein sind.«

Als die beiden Erdenmenschen weg waren, fing Dark wieder an. »Seht ihr, ich bleibe meistens beim Schiff, wenn ihr drei rausgeht, und bei den Eingeborenen, ganz gleich auf welchem Planeten, rumschnüffelt. Deshalb kriege ich vielleicht nicht soviel von dem zu sehen, was sich an den verschiedenen Orten so tut. Aber ich sage euch, das ... ich konnte es nicht glauben!«

Es stellte sich heraus, daß man ihn und Oxford in einer Fabrik herumgeführt hatte, die sich mit der Herstellung von Textilien befaßte. Es gab eine große Menge Maschinen, die von lobenswerter Erfindungsgabe zeugten, alle machten großen Lärm und erfüllten die Luft mit einem ungesunden Staub aus Fasern des Materials, das sie aufbereiteten. Die Arbeit wurde, wie Dark feststellte, von kleinen Geschöpfen ausgeführt, die vielleicht halb so groß waren wie die Eingeborenen und sie recht flink erledigten. Er hielt sie für Angehörige einer bestimmten Klasse von Wesen, die man als

Primaten kennt, und von denen wir einige, entfernte evolutionäre Verwandte der Menschen, in Käfigen in einem New Yorker Park gesehen hatten, wo sie eifrig für Arbeiten ausgebildet wurden, die die Eingeborenen selbst ekelhaft oder gefährlich fanden.

Das behagte mir nicht allzusehr, denn ich sah, daß diese Arbeit die Tiere ziemlich schnell verschleißen würde. Aber so ist es schließlich immer bei empfindenden Rassen: diejenigen, die weiter unten auf der Leiter stehen, werden von den Leuten ganz oben für irgend etwas ausgenützt. Was Dark wirklich gestört hatte, war der für seine Begriffe ziemlich häßliche Humor, mit dem man den Geschöpfen die Gesichtsbehaarung entfernt und sie in Kleidung gesteckt hatte, die der der Eingeborenen ähnlich, wenn auch von schlechterer Qualität war, damit sie ihren Herren gleichen sollten.

Eine mißbilligende Bemerkung darüber hatten die Leute, die ihn durch die Fabrik führten, mit Unverständnis quittiert, und schließlich gab man ihm zu verstehen, daß die Arbeiter nicht das waren, was er angenommen hatte, sondern in Wirklichkeit jugendliche Menschen.

»Und es war nicht etwa so, daß man sie hätte bestrafen wollen«, sagte er ungläubig. »Ihre eigenen Kinder wurden so zur Arbeit gezwungen. Sie sahen überhaupt nicht mehr aus wie Menschen, wirklich – alle wirkten irgendwie eingetrocknet, und einige von ihnen husteten ...«

Wie Dark erzählte, hatte er, sobald er begriff, was los war, einen Schrei der Entrüstung ausgestoßen, wild um sich geschlagen und zwei oder drei der Nächststehenden umgeworfen; nur Oxfords schnelles Handeln, als er ihn vom Schauplatz entfernte und den Polizeichef ›versöhnte‹, hatte eine äußerst peinliche Szene verhindert.

»Ich fürchte, du siehst das wirklich recht eng, weil du immer ans Schiff gebunden bist«, bemerkte Ari. »Sicher ist das, was du beobachtet hast, nach unseren Maßstäben erschütternd, sogar empörend. Aber bei anderen, humanoiden Rassen gibt es Praktiken, die wir als Forschungsreisende gezwungenermaßen ruhig mitansehen mußten, neben denen das hier aber zur Bedeutungslosigkeit verblaßt. Ich erinnere mich besonders an die Pththn, die ...«

Valmis und ich erinnerten uns ebenfalls an sie und baten Ari, nicht ins Detail zu gehen.

»Nun«, sagte Dark mit finsterer Miene, »es ist ja schön und gut, gegenüber diesen Eingeborenen und dem, was sie einander antun, eine distanzierte Haltung zu bewahren. Aber ich will verdammt sein, wenn ich mir nochmal Gedanken mache, weil ich in ihrer Kultur rumpfusche; die könnten noch ein paar recht drastische Veränderungen vertragen!«

Normalerweise waren unsere Begegnungen unterwegs sorgfältig vorbereitet und liefen sehr formell ab, aber irgendwo in der Mitte des Landes gab es nach unserer Abreise aus einer Stadt, einem Dorf oder einem Ort mit Namen Dayton einen lustigen Zwischenfall, als Oxford im Salonwagen erschien und zwei Eingeborene vor sich herführte. Es waren schlaksige, ernst aussehende Personen, die uns mit fieberhafter Erregung betrachteten.

»Blinde Passagiere«, sagte Oxford grimmig. »Haben sich eingeschlichen, während die Menge um Sie rum war, und sich vorne unter den Sitzen versteckt.«

Ich fühlte mich gerade angenehm entspannt, da man mir während unseres Aufenthalts ein paar Gläser eines hiesigen Fruchtgetränks angeboten hatte, das, glaube ich, als ›Apfelschnaps‹ bekannt ist, und so sprach ich die Eindringlinge freundlich an. »Ihr wolltet also ein Autogramm von uns, ihr guten Leute? Dazu hättet ihr euch nicht soviel Mühe zu machen brauchen.«

»Sie sind nicht an Souvenirs interessiert«, sagte Oxford. »Die Burschen behaupten, sie hätten ein Luftschiff gebaut ...«

»*Schwerer* als Luft«, sagte der größere von beiden gekränkt. »Das ist ein Unterschied. Und es ist auch keine Behauptung – Wilbur und ich, wir sind damit geflogen, haben es vorgeführt, sogar der Armee haben wir es gezeigt, aber niemand will Notiz davon nehmen, nicht einmal die Leute von der Zeitung, die ein zweiköpfiges Kalb hochjubeln, als wäre es die größte Neuigkeit seit dem Fall von Richmond. Tja, nach dem, was alle sagen, haben diese fremden Herren hier das Ohr des Präsidenten, und Wilbur und ich, wir glauben, wenn Sie ihm erzählen würden ...«

»Ach, jetzt hört mal zu!« sagte Oxford. »Das ist doch dieses Drachending, das ihr vor fünf Jahren in North Carolina habt fliegen lassen. Ja, jetzt erinnere ich mich daran; es hat in den Großstädten ein oder zwei Zeilen gekriegt, aber was ist denn da so Besonderes dran?«

»He«, sagte Dark. »Sie sagen, Sie haben etwas in die Luft gekriegt, ohne es ... hm ... schweben zu lassen? Und Sie haben hier keine Schwerkraftrepulsoren, das ist sicher – wie haben Sie das fertiggebracht?«

Wie die beiden Brüder es erklärten, hatten sie die völlig getrennten Prinzipien eines Flugspielzeugs, eines Antriebsmechanismus für Boote und eines Triebwerks, wie man es bei Straßenfahrzeugen verwendet, zusammengefügt und damit ihre Maschine gebaut.

»Mein Wort darauf«, sagte Dark, »das ist wirklich etwas. Und Sie haben die Sache mit dem Luftstrom ganz allein rausgekriegt?«

Er und die beiden Fremden begaben sich in eine Ecke des Wagens und unterhielten sich eine Zeitlang ernsthaft, wobei alle drei häufig mit den Händen weit ausholende Bewegungen machten.

Bei unserem nächsten Halt, ungefähr eine Stunde später, begleitete Dark sie vor unserer rituellen Begrüßung durch die Würdenträger der Stadt aus dem Zug. »Sie sind auf der richtigen Spur«, rief er ihnen nach. »Aber Sie müssen nach besseren Energiequellen suchen, verstehen Sie, und nach Möglichkeiten, das Gewicht zu reduzieren. Das übrige kommt von allein, wenn Sie auf diesem Weg weitermachen. Sie können natürlich nicht viel Vernünftiges anfangen, solange Sie die Antischwerkraft nicht im Griff haben, aber das genügt, um erst mal weiterzumachen. Wirklich bemerkenswert klug für Eingeborene«, sagte er, zu mir gewandt.

»Aber ich sage dir eines, es ist entmutigend, wenn man bedenkt, daß das das Beste ist, was sie zustandebringen. Es ist ja gut und schön, daß sie nach Möglichkeiten suchen, in ihrer Atmosphäre herumzutollen, aber es ist kein Anzeichen dafür, daß wir die Leute auch nur entfernt so weit bringen können, uns bei der WANDERER zu helfen.«

Wie ich schon sagte, sah uns die Mitte des Zeitabschnitts namens Oktober wieder in New York City, und wir erholten uns zwei Wochen lang von den Nachwirkungen unserer Reise, wobei wir nichts Anstrengenderes unternahmen als kurze Spaziergänge und einen Ausflug zu der Statue, nach der man uns bei der Konferenz mit den Zeitungsreportern im August gefragt hatte. Es war ein großes Bauwerk aus Metall, fast so geformt wie eine eingeborene Frau, und stand auf einer Insel in der Nähe der Stadt, wo es eine zweite Insel überragte, die danebenlag und auf der Personen, die in das Land einzureisen wünschten, einige Zeit festgehalten wurden. Der Zweck, sowohl des Festhaltens wie der Stellung der Statue, schien zu sein, die Neuankömmlinge einzuschüchtern und sie daran zu hindern, den schon Ansässigen irgendwelche Unannehmlichkeiten zu bereiten. In dieser Einsicht, zu der ich beinahe intuitiv gelangte, wurde ich von einer Inschrift am Fuß der Statue bestärkt, die die Neuankömmlinge von anderen Orten als ›elenden Abfall‹ bezeichnete. Obwohl mir dieser Ausdruck sehr stark vorkam – es war zugegebenermaßen zu dieser Zeit schwierig für mich, zwischen einer Art von Eingeborenen und einer anderen zu unterscheiden –, schien diese Bezeichnung genau die Meinung widerzuspiegeln, die die eingesessenereren Bewohner von denjenigen hatten, die das durchschritten, was in der gleichen Inschrift geheimnisvoll als ›das goldene Tor‹ bezeichnet wurde.

Unsere Reisen und die Erholung davon hatten uns daran gehindert, dem Wahlkampf viel Aufmerksamkeit zu schenken, obwohl wir aus gelegentlichen Diskussionen zwischen Oxford und Wells entnommen hatten, daß kaum eine Möglichkeit für Edison bestand, nicht, wie Oxford sich ausdrückte, das Ja zu bekommen. Das war eine Erleichterung, denn es war klar, daß uns Mr. Bryan im Falle eines Sieges als Leute, die die Ansichten seines Kultes verletzten, schlecht behandeln würde.

Trotzdem waren wir etwas nervös, als wir uns am Abend der Wahl in unserer Hotelsuite versammelten, um die Ergebnisse zu hören. Ein neu installiertes Gerät, so etwas wie eine Vergrößerung des Kommunikatorverstärkers, den ich Edison gegeben hatte, hing an einer Wand und übermittelte uns die neuesten Informationen.

Nach einiger Zeit bemerkte ich, daß mir die Stimme, die sie verkündete, sonderbar bekannt war. »Bryan wirkt von der Gedanken Blässe angekränkelt, meine Damen und Herren«, sagte sie. »Die letzten Berichte zeigen, daß was faul ist im Staate Georgia – mit weniger als tausend Stimmen ist er zum erstenmal seit dem Wiederaufbau republikanisch geworden. Oh! Daß der allzufeste Süden schmelzen sollte? – und bei Gott, genau das tut er! Hm ... sonst kommt im Augenblick nichts über die Leitungen. Gerade noch Zeit für ein schnelles – das heißt, in der nun folgenden Pause wird meine Schwester Ethel die Hunderte von Teilnehmern an der Elektrodiffusion draußen mit einem Vortrag ihres Broadwayhits ›Captain Jinks of the Horse Marines‹ unterhalten.«

»War das nicht ...?« fragte ich Oxford.

»Sicher war er das«, antwortete er. »Barrymore hat für so etwas eine großartige Stimme. Gut für ihn – aber was wird das den Zeitungen antun? Diese Maschinchen sind erst ungefähr letzten Monat rausgekommen, also hat sie noch kaum jemand, aber bis die nächste Wahl anrollt, werden sie überall sein – und wer wird dann rausstürzen und den Zeitungsverkäufern die Zeitungen aus den Händen reißen, um zu sehen, was los ist? Ich sage Ihnen, dieses Jahrhundert kommt für meinen Geschmack ein bißchen zu schnell vorwärts.«

»Das Medium ist großartig für die Volksbildung«, sagte Wells. »Stellen Sie sich vor – die großen Männer der Zeit verkünden ihre Gedanken in jedem Heim, die Klassiker der Rasse sind für jeden erreichbar gemacht. Es wird zehnmal mehr eine kulturelle Revolution sein, als wir sie in England durch die Volksbildungsgesetze und die Pfennigpresse hatten.«

Oxford warf ihm einen müden Blick zu. »Kann sein«, sagte er. »Aber Sie werden bemerkt haben, daß die Wahlberichterstattung in diesem Ding nicht von einem großen Geist, ja nicht einmal von einem erfahrenen Reporter gemacht wird, sondern von einem Schauspieler. Barrymore hat keinen Schimmer von Politik, aber er hat schöne, birnenförmige Töne, und anscheinend ist es das, was zählt. Ich glaube, dieser Apparat ist eine Möglichkeit, noch mehr dummes Geschwätz unter die Leute zu bringen, als es sich die Zeitungen jemals haben träumen lassen.«

Ari, Dark, Valmis und ich zogen uns zurück, sobald es mathematisch sicher war, daß Edison die Wahl gewonnen hatte; Wells und Oxford blieben wach und saßen bis weit nach Sonnenaufgang vor dem Elektrodiffusor. Als ich das Wohnzimmer verließ, hörte ich Barrymores Stimme sagen: »Anscheinend muß man, meine Damen und Herren, diesen William Jennings Bryan in den Worten des Schwans vom Avon jetzt als armen Schauspieler sehen, der schäumend vor Wut seine Stunde lang auf der Bühne umherstolziert und dann nicht mehr gesehen ward.« Wenigstens, dachte ich, hatte er seine Monomanie, an die ich mich so lebhaft von unserer Begegnung im Spielerclub erinnerte, für jemanden, den er den ›Barden‹ nannte, aufgegeben, jetzt hatte er eine neue Begeisterung, diesen Schwan, wer immer das sein mochte.

ELF

Ich befand mich in einem einigermaßen verwirrten Zustand, als ich ein paar Tage nach der Wahl in einem von Pferden gezogenen Fahrzeug die gewundene Straße nach Sagamore Hill, zum Haus von Präsident Roosevelt, außerhalb von New. York City, hinauffuhr. Man hatte mir erklärt, daß Mr. Edison erst in einigen Monaten Präsident sein würde, und ich hatte gehofft, mein Geständnis, wie unsere Lage wirklich aussah, bis zu diesem Zeitpunkt aufschieben zu können. Jedoch ließ ein dringender Ruf nach Sagamore Hill zu einem Treffen mit dem (bald Ex-)Präsidenten und seinem Nachfolger, um ›Angelegenheiten von beiderseitigem Interesse für die Vereinigten Staaten von Amerika wie für das Galaktische Imperium‹ zu besprechen, den ich einen Tag vorher von einem Boten des Weißen Hauses erhalten hatte, keinen Zweifel daran, daß Mr. Edison, wie Oxford es ausdrückte, ›einen Frühstart beabsichtigte‹.

Ich konnte nicht erwarten, daß Edison über die Nachricht, daß wir nicht als Vorhut kämen, um den Weg für eine gewinnträchtige Beziehung zwischen der Erde und einem mächtigen Reich von Raumfahrern zu eröffnen, sondern nur eine Gruppe von Gestrandeten seien, die nichts zu bieten hatte, sehr erfreut sein würde. Und natürlich wäre nicht einmal das die ganze Wahrheit. Unsere Absicht, alles zu versuchen, um den Fortschritt der Technologie auf diesem Planeten zu beschleunigen, stellte immer noch unsere einzige Hoffnung dar, ihn verlassen zu können, obwohl wir bisher noch keine klar umrissenen Pläne hatten machen können, und es schien mir nicht geraten, darauf einzugehen.

Ich warf einen verlegenen Blick auf Ted Oxford, der neben mir in der Kutsche saß. Ich hatte ihm von unserem Problem erzählen wollen, aber Dark und Ari waren entschieden dagegen gewesen. »Tu es einmal, und bring es hinter dich«, hatte Dark mir geraten. »Wenn du es Oxford erzählst, kriegt er höchstwahrscheinlich das große Zittern bei der Vorstellung, was die Regierung mit ihm anfängt, weil er da mit drinhängt – Gefängnis, Galgen, Edisonstuhl oder was ihnen vielleicht noch speziell einfällt. Allein der Gedanke würde den armen Burschen so nervös machen, daß er zu allem fähig wäre.«

Ich hielt das für gut denkbar – ja, ähnliche, auf mich selbst bezogene Vorstellungen wirkten auch auf mich sehr beunruhigend. Ich dachte, es wäre vielleicht nützlich gewesen, Wells um Rat zu fragen, aber der hatte am Tag nach der Wahl nach England zurückkehren müssen, um, wie er es ausdrückte, ›mich um meine Geschäfte zu kümmern‹. Dark sagte mir später, diese Geschäfte seien, nach dem zu urteilen, was er der Unterhaltung mit Wells entnommen hatte, möglicherweise politisch oder sexuell oder eine Kombination aus beidem, und ich konnte den Druck verstehen, unter dem der schmächtig gebaute Journalist stand.

Durch das Anhalten unseres Gefährts und ein gemurmeltes ›O je‹ von Oxford wurde ich aus meinen Grübeleien aufgeschreckt. Ein großes, elegantes Automobil mit einer kleinen, amerikanischen Flagge auf den vorderen Teilen war vor uns. Es lehnte schief, mit zwei Rädern im Graben, an der Seite der Straße. Zwei Männer in Uniform mühten sich mit langen Stangen ab, es aufzurichten, schienen aber keine sonderlichen Fortschritte zu erzielen.

»Die, die mit ihren Autos auf dieser Straße rauffahren, bleiben, scheint's, jedesmal hier hängen«, sagte der Fahrer unserer Kutsche träumerisch. »Oder wenn nicht hier, dann an der nächsten Kurve. 'ne Mietdroschke ist ja nicht gut genug für die, o nein, die müssen hier mit ihren tollen Benzinkochern dahertuckern. Hochmut kommt vor dem Fall, und ein hochmütiger Geist vor die Vernichtung«, bemerkte er weiter, was mir als übermäßig harte Ausdrucksweise erschien.

»He! Sie!« Einigermaßen bestürzt erkannte ich die untersetzte, weißhaarige Gestalt, die neben dem steckengebliebenen Wagen stand, als Edison. »Ich muß weiter nach Sagamore Hill hinauf – ach, Sie sind das. Nehmen Sie mich doch bitte mit, ja?«

»Mitnehmen«, murmelte unser Fahrer Oxford zu. »Bauernkarren, vielleicht auch 'ne Familienkutsche, die nehmen Leute mit. Eine Droschke kassiert einen Fahrpreis. Das ist ein Unterschied, verstehen Sie? Das eine sind Amateure, und bei den anderen ist es der Beruf.«

»Kutscher«, teilte ihm Oxford leise mit, »der Herr, der unsere Hilfe braucht, ist Thomas Alva Edison, der gewählte Präsident der Vereinigten Staaten.«

»Hmm«, sagte der Fahrer. »In diesem Fall, und weil wir ja den größten Teil der Strecke schon hinter uns haben, kann er für den halben Preis mitfahren.«

Zu meiner Erleichterung stürzte sich Edison nicht gleich in das Thema, zu dessen Erörterung man mich gerufen hatte. Mit einem Blick zurück auf die schwer schuftenden Chauffeure sagte er, als die Kutsche weiterfuhr: »Das ist vielleicht närrisch, Wagen zu bauen, die nicht zu den Straßen passen, auf denen sie fahren sollen. Vermutlich haben Sie ...« – er drehte sich um und sah mich säuerlich an – »diese Probleme nicht.«

»Unsere Beförderung zu Lande funktioniert ziemlich anders«, gab ich zu. »Ich kenne die Einzelheiten nicht, aber die ...«

»Erzählen Sie es mir nicht«, sagte Edison. »Was immer es bei Ihnen gibt, für uns eignet es sich bestimmt nicht. Aber es müßte eine Möglichkeit zu finden sein, einen schmaleren Radstand zu konstruieren, der genügend Gewicht aushält und doch stabil bleibt ... mal sehen.« Er fischte einen Notizblock aus seiner Tasche und konzentrierte sich darauf, Notizen und Skizzen zu machen. »Nein, so geht es nicht«, murmelte er. »Ausleger? Ein eingebauter Wagenheber? – Nein. Ha! Das ist wirklich eine Idee. Man müßte ... Ja, da wird Ford die Ohren spitzen und aufpassen; das kann ich ihm gleich heute abend schicken ...«

Den Rest der Fahrt verbrachte er mit seinen rasend

schnellen Berechnungen, wobei er sich gelegentlich in einem zufriedenen Ausruf Luft machte.

Mr. Roosevelt empfing uns auf dem Rasen vor seinem Haus und führte uns in einen Raum von beträchtlicher Größe, viel imposanter und doch sozusagen persönlicher in der Atmosphäre als sein Büro im Weißen Haus. Ein großes Heizgerät, in dem Holzstücke verbrannt wurden, stand an einem Ende, es spendete Wärme und wirkte außerdem dekorativ; daß es gefährlich war, sich diesem Apparat zu nähern, wurde durch die äußere Decke eines großen Tieres mit warnend entblößten, intakten Zähnen angezeigt, die davor ausgebreitet war.

Eine zweite solche Haut, mit unregelmäßigen Flecken bedeckt, aber ohne die Zähne, war über den Rücken eines breiten Stuhls geworfen, der reichlich Platz für zwei oder drei Personen bot; diese Haut mußte eine andere Bedeutung haben, denn Roosevelt plazierte sich und Edison völlig ohne Bedenken auf dieses Möbelstück und forderte Oxford und mich auf, uns gegenüber davon Stühle heranzuziehen. Darüber war ich froh, da ich in dieser Stellung mit dem Rükken zum Kopf eines großen, gehörnten Tiers sitzen konnte, das aus einer Wand herausragte. Obwohl das Gegengewicht seines Körpers sich offenbar hinter der Wand befand, so daß es ihm nicht möglich war, den Raum zu betreten, hatte es einen starren, unfreundlichen Blick, der mir nicht gefiel.

»Nachdem wir nun nicht mehr zu befürchten brauchen, daß Bryan den Kirchenbann über Sie verhängt«, sagte Roosevelt, »können wir zum Geschäftlichen kommen. Das wird hauptsächlich Edisons Problem sein, aber ich stelle mir vor, daß ich, solange ich im Amt bin, noch einiges tun kann, um die Sache in Gang zu bringen.«

»Richtig, Mister President.« Mir kam es so vor, als gebrauche Edison diesen Ausdruck mit einem gewissen sarkastischen Behagen. »Zum Beispiel, Abgesandter, wann glauben Sie Ihrem Volk berichten zu können?«

Es war klar, daß meine letzte Chance, Zeit zu gewinnen, vertan war, und mir nichts anderes mehr übrigblieb, als völlig offen und ehrlich zu sein. »Dabei gibt es eine ... eine Schwierigkeit«, sagte ich und hatte plötzlich das Gefühl, die Ehrlichkeit könne gut noch ein wenig warten.

»Schwierigkeit?« – »Schwierigkeit?« fragten die beiden Präsidenten wie aus einem Munde.

»Nun, dieses Imperium ... es ... etwas, was man wirklich ein Imperium nennen könnte, gibt es eigentlich nicht ...«

Edisons Gesicht war nervenaufreibend versteinert, das von Roosevelt war noch nervenaufreibender in Bewegung, während ich meine Erklärung abgab.

Als ich fertig war, sagte Roosevelt langsam, als bisse er jedes der Worte mit seinen großen Zähnen ab und wolle es zerstören, während er es aussprach: »Wollen Sie damit sagen, daß Sie die Politik und die Regierung – ja, die Geschichte – der Vereinigten Staaten von Amerika mit diesem Märchen auf den Kopf gestellt haben? Und daß es nicht wahr ist? Bei Godfrey ...«

»Nun, von einem anderen Planeten kommen wir wirklich«, warf ich hastig dazwischen. »Dieser Teil stimmt, und es gibt tatsächlich eine ganze Reihe fortgeschrittener Zivilisationen in der Gegend. Es ist nur ... hm ... na ja, in bezug auf Handelsbeziehungen sind sie nicht sehr aktiv, besonders mit den ... äh ...«

»Primitiven«, sagte Roosevelt niedergeschlagen.

»Hm, ja; sehen Sie, es würde sich nicht lohnen ... Nicht, daß eine Welt wie die Ihre nicht *interessant* wäre«, sagte ich. »Ja, darum geht es doch bei dem ganzen Forschungsdienst überhaupt, verstehen Sie? Wir wollen Informationen über Orte sammeln, die anders sind als unser eigener Planet. Das hilft den jungen Leuten so viel, und eine ganze Menge von Erwachsenen benützen unsere Archive ebenfalls, wenn sie nichts Besseres ... wenn sie etwas Bestimmtes wissen wollen, wollte ich sagen.«

Edison rammte seine Hände tief in die Hosentaschen und betrachtete die Spitzen seiner Schuhe. »So, so«, sagte er milde. »Ungefähr zehntausend Jahre menschlicher Geschichte, ein paar Milliarden Seelen, die großen Republiken,

Königreiche und Imperien eines Planeten – Unterhaltung für die Kinder an einem Regentag, mehr sind wir nicht, wie?«

»Unser Klima unterscheidet sich dadurch von dem Ihrigen ...«, setzte ich an.

»Halten Sie den Mund, bei George!« sagte Roosevelt. »Dafür werden Sie bezahlen ...«

Edison hob die Hand. »Aber Mister President«, sagte er. »Versetzen Sie sich doch einmal in die Lage dieser Leute. Sie fahren nächstes Jahr nach Afrika, nun, stellen Sie sich vor, Sie verirren sich im Dschungel, verlieren Ihre Ausrüstung und so weiter. Und dann kommen Sie zu einem Stamm, bei dem Sie nicht sicher sind, ob er Ihnen freundlich gesinnt ist. Würden Sie dann nicht vielleicht versuchen, denen eine tolle Geschichte zu erzählen, um auf ihre Hilfe rechnen zu können? Wenn Sie keinen großen Stock haben, dann müssen Sie eben bluffen, stimmt's?«

Roosevelt war von dem Vergleich offenbar nicht so begeistert, konnte ihn aber anscheinend nicht widerlegen. Er knirschte mit den Zähnen, dann wandte er sich an Oxford, der ganz still neben mir gesessen hatte, seitdem ich mit meinem Geständnis begonnen hatte. »Bei Godfrey, haben Sie Bescheid gewußt? Hearst auch? War es ein ausgemachter Schwindel zwischen Ihnen und diesem ... diesem Strandgut?«

»Für mich ist das eine absolute Neuigkeit, Mister President«, sagte Oxford, krampfhaft bemüht, seinen gewohnt munteren Ton anzuschlagen.

»Tja, für Willie Hearst sollte es besser keine sein«, erklärte Roosevelt. »Wenn *ein Wort* davon in die Zeitungen kommt, ist das höllisch peinlich für die Regierung und für mich persönlich, aber ich sage Ihnen eins, für Hearst ist dann die Hölle los, mit allen Schikanen!«

»Mister President«, sagte Oxford nüchtern, »ich möchte Ihnen ganz unverblümt sagen, daß ich lieber eine Passage auf dem Fliegenden Holländer buchen würde, noch dazu im Zwischendeck, als Mr. Hearst zu erklären, daß die Stories, unter denen während der letzten zwei Monate mein Name gestanden hat, nichts als Windeier sind. Meine Lippen sind versiegelt, das können Sie mir glauben.«

»Das sind sie bestimmt«, bestätigte Edison und richtete sich plötzlich auf. »Nun, ich rechne darauf, daß Sie mir jetzt Unterstützung gewähren, Roosevelt, denn das ist die einzige Möglichkeit, die Sache anzupacken. Oxford, Sie arbeiten nicht länger für Hearst, mit Wirkung vom Geschäftsschluß jetzigen Datums, und das Geschäft hat soeben geschlossen. Sie sind Offizier in der Armee der Vereinigten Staaten, offiziell durch alle möglichen, dafür geeigneten Handlungen und Rituale et cetera, et cetera zum Schweigen verpflichtet. Roosevelt, vereidigen Sie ihn – Loeb kann den Papierkrieg erledigen und ausknobeln, welchen Rang er später bekommen soll.«

»Aber ich verstehe nicht ...«, begann Roosevelt.

»Sie brauchen es auch nicht zu verstehen, Mann! *Ich* hab' das jetzt alles auf dem Buckel, und Sie müssen mir beim Tragen helfen!«

Roosevelt wie Oxford wirkten gedankenverloren, als der eine den Eid, mit dem die Stegreifbestallung bestätigt wurde, leistete und der andere ihn entgegennahm.

»Schön!« sagte Edison. »Sie sind also jetzt unser Mann, Oxford, nicht mehr der von Hearst. Und Ihre Aufgabe ist es, diesen Haufen von Gestrandeten im Zaum zu halten – stellen Sie sie zufrieden und halten Sie sie auf Tauchstation bis nach meiner Amtseinführung, und sorgen Sie außerdem dafür, daß nichts über sie in die Zeitungen kommt, was nicht schon drin war. Ich habe nicht den leisesten Schimmer, was ich mit ihnen anfangen soll, aber das ist jetzt kein Zeitpunkt, um das Staatsschiff ins Schwanken zu bringen. Sobald ich ins Ruderhaus komme, werde ich mir schon überlegt haben, was ich tun will. Etwas wird es geben, daran zweifle ich nicht. Ich habe die Welt erleuchtet und mit einem Stück verbranntem Bambus als Glühfaden angefangen, da wäre es doch höchst sonderbar, wenn mir für vier Astronauten kein Verwendungszweck einfallen würde! Oder?«

ZWÖLF

Obwohl Edison Mr. Roosevelt eine untergeordnete Rolle zugeteilt zu haben schien, wandte er sich an ihn, als es darum ging, eine Unterkunft für uns zu finden, und der Präsident konnte uns in einem Haus unterbringen, das einige Meilen von seinem eigenen entfernt war, ohne dem Besitzer oder den Bürgern der Stadt unsere Identität zu verraten. Die Kosten für unsere Unterbringung und Verpflegung einschließlich eines älteren Paares namens Bonacker, das für Kochen und Haushalt sorgte, wurden aus öffentlichen Mitteln bezahlt, was wiederum Mr. Roosevelt auf irgendeinem Weg erreichte.

Als wir uns in dem großen Haus eingerichtet hatten, das auf einem Vorgebirge über einem Hafen lag, war das Laub von den Bäumen gefallen, und wir konnten ziemlich weit sehen, zum Wasser hinunter und hinüber an die gegenüberliegende Küste. Es war ein einsamer Ort, spärlich bebaut, mit einem Grüppchen von Häusern, einer Schiffswerft, einem Dock an der Küste unter uns – der Name des Ortes, Glenwood Landing, schien sich teils von diesem letzten Merkmal abzuleiten – und einem Gebäude ein wenig weiter im Landesinneren, das die Funktionen eines Proviantlagers und eines Postamts erfüllte. Ein paar Meilen Wegs einen langen Berg hinauf kam man zu einer größeren Traube von Läden und Häusern mit Namen Glen Head und zu einem Bahnhof an der Eisenbahnlinie. Oxford sagte uns, als wir aus dem Zug von New York ausstiegen, daß wir diesen Bahnhof vorläufig nicht wiedersehen würden, bis er weitere Nachricht vom Präsidenten oder von Edison bekam. »Sie können sich an der Küste und so frei bewegen, aber das Bahnhofsgelände ist auf Befehl von Lieutenant Colonel Oxford Sperrgebiet.«

Er sprach leichthin, aber es war deutlich erkennbar, daß er die Bürde des ihm hastig verliehenen militärischen Rangs spürte. »Ich sage Ihnen, Raf«, vertraute er mir ungefähr zu dieser Zeit an, »ich bin nicht etwa so nervös, weil ich wegen Befehlsverweigerung oder sowas erschossen werden könnte, wenn ich jetzt Mist mache; ich meine, wenn W. R. Hearst über einen herfällt ... nun, im Vergleich dazu kommt einem das Erschießen vor wie eine Woche am schönen Meer. Aber ich bin jetzt auf Befehl des Präsidenten Offizier und Gentleman. Gott, wenn die Market Street-Clique in Frisco wüßte, daß Ted Oxford ein amtlich beglaubigter Gentleman ist, die hätten was zu lachen, Junge!«

Wir erlebten jetzt eine Zeit der Ruhe, die zumindest ich erholsam fand, denn ich beschäftigte mich hauptsächlich mit kräftigenden Spaziergängen durch die nähere Umgebung. Ein paar Meilen entfernt, hinter einem großen See, der auf privatem Grund lag und von großen Schwimmvögeln bewacht wurde, die bereit schienen, jeden Eindringling oder sogar Vorübergehenden anzugreifen, lag ein kleines Dorf am höchsten Punkt des Hafens. Dort gab es ein Erfrischungslokal mit einer geselligen Runde von Stammkunden, aus deren Gesprächen ich oft viele Informationen über die Kultur entnehmen konnte – was schließlich Teil meiner Aufgabe war –, obwohl es sich häufig ergab, daß ich, nachdem ich einige Zeit dort verbracht und mich auch an den Erfrischungen gelabt hatte, nicht mehr fähig war, was ich gehört hatte, sehr genau zu behalten.

Valmis verbrachte den größten Teil seiner Zeit auf einem gepolsterten Möbelstück liegend auf einer verglasten Veranda und betrachtete die Bäume und den Himmel draußen. Er behauptete, das sei unter den gegebenen Umständen die beste Möglichkeit, zu integrieren.

Ari beschäftigte sich voll Freude damit, große Stapel von Büchern und Zeitschriften durchzugehen, die Oxford von New York City und anderswoher geschickt hatte, und er erklärte, daß er allmählich anfange zu verstehen, wie die Prinzipien der Metahistorie auf der Erde anzuwenden seien.

Auch Dark studierte einige der Zeitschriften, aber wenig von ihrem Text; er war fasziniert von den Abbildungen mechanischer Gerätschaften, besonders von Landfahrzeugen mit eigenem Antrieb. »Wäre es nicht großartig, mal eines von denen zu fahren?« fragte er einmal wehmütig. »Wenn man ein Raumschiff fliegt, dann spürt man gar nichts davon, es sei denn, man kommt in Schwierigkeiten. Aber stell dir mal vor, wie du dich selbst durch die Atmosphäre schiebst, dich einfach durchstößt, vor dir brüllt der Motor, du spürst jede Unebenheit auf der Straße, die Landschaft rast an dir vorbei, und du kontrollierst das ganze Ding! Aber Oxford genehmigt uns keines, verdammt!«

Ich dachte, ich könnte ihn mit einem Ausflug nach Roslyn, dem benachbarten Dorf, aufheitern, da ich neben der Schenke ein großes, mechanisches Gerät entdeckt hatte, das er vielleicht interessant finden könnte. »Ha«, sagte er, als er es sah. »Das Wasser, das dort vom Hügel herunterkommt, dreht es – der Schaft hier ist mit einer Mühle im Inneren des Gebäudes verbunden –, und da leistet es Arbeit. Mein Wort darauf, die Leute hier leben gern sparsam – soviel Energie, ohne etwas dafür zu bezahlen. Hmm – interessant, die Anordnung der Rippen oder was es ist ... fangen das Wasser, damit sich das Ding dreht, lassen es aber wieder heraus, damit es die Bewegung nicht abbremst. Wie ...?«

Er beugte sich vor, um sich das genauer anzusehen, aber sein Interesse wurde gedämpft – genau wie er selbst, wie ich später scherzhaft erklärte, obwohl er den Witz anscheinend nicht verstand – als er ausrutschte und auf das Rad stürzte, das ihn in den Bach hinunterrollte, von dem es gespeist wurde, ihn dann unter sich durchtrug und in das Wasser des Hafens hineinstieß.

Ein Eingeborener in einem Boot in der Nähe sah ihn, als er auftauchte, zog ihn an Bord und brachte ihn an Land. Als notwendige Stärkungsmaßnahme für Dark und als Belohnung für seinen Retter bestand ich darauf, daß sich beide mit mir zur Schenke begaben. Binnen kurzen saß Dark, in eine Decke gewickelt, neben mir auf einer Bank, während seine durchnäßte Kleidung vor dem Feuer dampfte, das den Raum erwärmte; unser Gast hatte uns gegenüber auf der anderen Seite des Tisches Platz genommen und nippte an einem wärmenden Getränk.

Dark nahm einen Schluck von dem seinen – es bestand, glaube ich, aus einem Destillat fermentierter Melasse und war mit einem Klumpen tierischen Fetts verziert, erwärmt hatte man es, indem man ein Stück heißes Eisen in den Behälter gesteckt hatte – und sagte: »Ha! Was für eine Kraft das Ding hatte! Riß mich einfach – *wusch!* – unter Wasser und schleuderte mich hinaus! Diese Rippendinger beißen so richtig ins Wasser hinein. Sag mal ... das würde doch auch andersherum funktionieren, oder nicht? Ich meine, sieh mal – man könnte eine Energiequelle an eines dieser Raddinger stecken, verstehst du, und wenn es sich dann dreht, dann würde das Boot einfach wie verrückt durchs Wasser schießen!«

Unser Gast blickte erst sein Glas, dann die unseren an, ehe er sprach. »Ich glaube, es würde sich nur irgendwie drehen, wenn man das machen würde«, sagte er vorsichtig. »Wenn man es über die Seite hängt, so wie Sie das anscheinend vorschlagen, tja, dann würde das Boot im Kreis rumfahren statt vorwärts, wie Sie's ja wahrscheinlich wollen.«

»Ach so.« Dark überlegte. »Wahrscheinlich haben Sie recht. Wirklich schade.«

»Natürlich«, fügte der andere säuerlich hinzu, »*könnte* man zwei von den Dingern drantun, eins auf einer Seite, ein zweites auf der anderen. Auf diese Weise würden sie sich ausgleichen, und man würde wahrscheinlich auch mehr Antrieb kriegen.«

»He, das ist eine großartige Idee!« rief Dark aus. »Hör mal«, sagte er zu mir, »glaubst du, wir könnten uns bei diesen Leuten hier beliebt machen, wenn wir sie auf die Idee bringen? Oder vielleicht ...«, fuhr er fort, wobei er die Stimme senkte und einen schnellen Blick über den Tisch warf, »falls nicht alles so gut läuft, wenn, du weißt schon wer, als, du weißt schon was, nächsten März eingeführt wird und wir uns selbst durchschlagen müssen, könnten wir die Idee verkaufen. Den Burschen hier würden wir natürlich für seine Hilfe am Gewinn beteiligen.«

»Es wurde davon geredet«, sagte Darks Retter und blickte dabei auf einen Punkt irgendwo über unseren Köpfen, »daß das William Cullen Bryant-Anwesen unten an der Küstenstraße als Irrenhaus verkauft werden sollte. Hat einer von euch gehört, ob es je dazu gekommen ist? Oder ob sonst hier in der Gegend jemand so ein Unternehmen aufgemacht hat?«

»Nein«, antwortete ich. »Wir ... hm ... wir kommen nicht sehr viel herum und kriegen nicht mit, was die Ein ... was die Leute so reden.«

»Hab' ich mir fast gedacht«, sagte der Mann und stand auf. »War interessant, mich mit euch zu unterhalten, Jungs. Ich weiß nicht, wann ich schon mal so'n Gespräch hatte. Vielen Dank für den Drink, aber ich glaube, ich habe genug. Ihr vielleicht auch, könnte ich mir denken.«

»Ah«, sagte Dark, »aber sehen Sie es doch mal von der anderen Seite. Wenn mich eines dieser Dinger auf eine ganz neue Idee für die Wasserbeförderung bringt, was könnte dann mit einem anderen nicht alles geschehen?«

Darauf wußte der Eingeborene anscheinend keine passende Antwort und ging.

Unser Nachhauseweg eine Stunde später ließ sich recht angenehm an, obwohl der Himmel mit Wolken bedeckt und der frische Wind beißend kalt war. Nach einem Stück hatte ich jedoch das unbehagliche Gefühl, daß das unbekannte Anregungsmittel, das wir in der Schenke zu uns genommen hatten, sich auf meine Sinne auswirkte; es kam mir so vor, als sähe ich mehrere weiße Flecken durch die Luft wirbeln, und gleichzeitig spürte ich etwas Kaltes, Stechendes auf Gesicht und Händen. Schlimmer, mir war, als bekämen Boden und Bäume allmählich einen Anflug von Farblosigkeit, von Weiß, als ob ich allmählich die Fähigkeit verlöre, Farben zu erkennen.

»Nun«, sagte Dark laut, während wir weitertrotteten.

© MARVANO '81

»Die Landschaft hier ist interessant, die Bäume und alles. Sie sehen anders aus als unsere Bäume, nicht wahr? Die Wedel, oder was immer es sind, fallen einfach so runter.«

»Sie sind anders als zu Hause, das ist wahr«, stimmte ich zu.

»Ganz anders in mancher Beziehung«, sagte er, »und der Boden auch. Man stellt sozusagen von Zeit zu Zeit Unterschiede daran fest.« Ich sah, daß er mir einen schnellen Seitenblick zuwarf. »Und vermutlich kann man auch nicht erwarten, daß die Luft immer gleichbleibt.«

»Wie meinst du das?« fragte ich.

»Nichts Besonderes, Raf, aber – *wupps!*« Ein Fuß rutschte unter ihm weg und hinterließ eine Spur in der weißen Illusion auf der Straße, beinahe wäre er gestürzt.

Ich bückte mich und strich mit der Hand über den Boden. Ein wenig weißes Zeug sammelte sich darauf und zerging schnell zu einer klaren Flüssigkeit, die ich als Wasser erkannte.

»He, das Zeug ist wirklich da, nicht wahr?« rief Dark, der dasselbe Experiment gemacht hatte.

»Sieht so aus«, erwiderte ich: »Es ist wie Regen, denke ich mir – natürlich, ganz klar, es kommt gefroren runter, wenn die Temperatur so tief sinkt!« Ich ärgerte mich über mich selbst, weil ich dieses Phänomen, das mir jetzt ganz natürlich vorkam, nicht vorausgesehen hatte. Auf unserem Heimatplaneten kommt es nicht vor – dort ändert sich auch das Klima nicht laufend, wie auf der Erde, vermutlich ist das der Grund, warum es das Phänomen nicht gibt – und ich war ihm auch im Laufe meiner Forschungstätigkeit noch nirgends begegnet; trotzdem, wenn man die daran beteiligten Faktoren berücksichtigte, hätte ich fähig sein müssen, es vorauszusagen.

»Das ist gut«, sagte Dark. »Ich dachte schon, ich sähe Gespenster, weil wir dieses Zeug getrunken haben.«

»Das wäre äußerst unwahrscheinlich«, erklärte ich ihm. »Unsere Implantate sind speziell darauf zugeschnitten, uns vor schädlichen Wirkungen irgendwelcher Sachen zu bewahren, die wir zu uns nehmen.« Ich fürchte, ich sprach einigermaßen scharf, weil ich mir selbst Vorwürfe machte, dies vergessen zu haben.

»Das mag schon sein«, sagte Dark, »aber ich weiß nichts davon, daß sie auch mit so etwas wie diesem Rumzeug fertigwerden.«

Trotz unserer erzwungenen Untätigkeit verging die Zeit schnell. Kurz nachdem wir die Jahreswende mit den Zeremonien begangen hatten, auf denen Oxford bestand, und die aus irgendeinem Grund dazu führten, daß wir alle von einer vorübergehenden Wiederkehr der Erschöpfung befallen wurden, die ich im Spielerclub von New York erlebt hatte, erkannte ich, daß bis zu Mr. Edisons Amtseinführung als Präsident nicht mehr viel Zeit blieb.

Ich suchte Ari auf. »Hör mal«, sagte ich, »sollten wir nicht allmählich anfangen, unsere Pläne auszuarbeiten? Ich weiß nicht, was Edison mit uns vorhat, aber ich glaube, wir müssen uns dranmachen, die Technologie der Eingeborenen zu beschleunigen, sonst kommen wir hier nie wieder weg.«

»Ich glaube, ich habe da einen Ansatz«, sagte Ari. »Wohlgemerkt, es ist mir noch nicht völlig klar, aber das kommt noch. Diese Welt ist bemerkenswert, wirklich bemerkenswert! Es gibt da einige sehr verlockende Möglichkeiten ...«

Als erfahrener Chronist muß ich sagen, daß sich das anhörte, als sollte lediglich vermittelt werden, daß Ari keinerlei Vorstellungen hatte, aber nur wenige Wochen später rief er uns tatsächlich in Abwesenheit von Oxford zusammen, um uns sein geplantes Vorgehen zu erläutern.

»Eines hat mich fasziniert«, begann er – Dark rollte die Augen; wir wußten alle aus Erfahrung, daß alles, was Ari faszinierte, wahrscheinlich viel Zeit zum Erzählen brauchte – »nämlich die Einstellung gegenüber dem Krieg. Man scheint allgemein vorauszusetzen, trotz der katastrophal langen Kriege in der Vergangenheit des Planeten, daß moderne Waffen und Beförderungsmittel zu Kriegen führen, die, wenn überhaupt gekämpft wird, kurz und hart sind. Alle größeren Nationen haben geheime Pläne, die die Journalisten nur mit einiger Mühe aufstöbern können, und in denen schnelle Bewegung von Truppen mit Hilfe von Eisenbahn, Automobil und Fahrrad verlangt wird, um einem Gegner entscheidende Schläge beizubringen. Gleichzeitig besteht ein weltweites Interesse am Frieden, viele Nationen arbeiten in einer ständigen Konferenz in einem der kleineren Länder in Europa zusammen, die ihn sichern soll. Die fast einstimmige Ansicht informierter Kreise ist, daß Kriege auf dem besten Wege sind, der Vergangenheit anzugehören, und, wenn sie überhaupt vorkommen, nur noch vorübergehend und örtlich begrenzt sein werden.

Und doch«, fuhr er fort, »habe ich sogar in einigen Maßnahmen, die genau das garantieren sollen, ein metahistorisches Muster entdeckt. In Europa sind zum Beispiel alle größeren Mächte mit anderen verbündet, das soll den Zweck haben, daß keine Nation mit einer anderen Krieg anfangen wird, weil mehrere andere sich verpflichtet haben, sie zu unterstützen und sie so einen vereinigten Gegenspieler darstellen, der zu mächtig ist, als daß man ihn angreifen könnte.«

»Ich finde die Idee gar nicht so schlecht«, bemerkte Dark. »Ich war in vielen Erfrischungslokalen auf den verschiedensten Welten, die ich nicht hätte betreten mögen, ohne ein paar Freunde dabeizuhaben, um irgendeinen Rowdy abzuschrecken, der nur so zum Spaß sehen will, ob er mich auseinandernehmen kann.«

»Ganz richtig«, sagte Ari. »Aber ich kann mich an einige Gelegenheiten erinnern, bei denen dich solche Freunde in ziemlich angeschlagenem Zustand auf der WANDERER abliefern mußten.«

»Tja, das war, wenn der Rowdy auch ein paar Freunde dabeihatte und ... ach so.«

»Genau. Dieses Gleichgewicht der Bündnisse kann eine Macht durchaus davon abhalten, mit einer anderen Krieg zu führen – aber wenn *nicht*, dann stellt es sicher, daß jeder Krieg ein allgemeiner Krieg wird. Und das, meine Herren, steht unmittelbar bevor.«

Wir hätten ihm das auch so geglaubt, aber er fühlte sich genötigt, ins Detail zu gehen – vermutlich, um nach diesen vielen Monaten der Forschung auch seinen Spaß zu haben. Er sprach viel über die Auswirkungen der Industrialisierung und der öffentlichen Gesundheitsarbeit, aber am interessantesten war, was er über die ziemlich sonderbaren Leute erzählte, die einige der großen Länder leiteten. In England, wo Wells herstammte, saß einer, der recht vernünftig schien, aber er war schon ziemlich alt und nicht gesund und mußte daher als vorübergehendes Element angesehen werden. Aus einem Grund, für den ich Aris Erklärung nicht verstand, waren zwei der anderen wichtigen Herrscher direkt oder durch Heirat verwandt mit diesem König Edward. Einer davon, der Kaiser von Deutschland, war offenbar ein höchst erregbarer Typ und neigte stark zu erschreckenden Handlungsweisen. Er behauptete, ein absoluter Monarch zu sein, trotzdem war er wegen vieler sonderbarer Vorgänge in den letzten paar Monaten beinahe davongejagt worden. Anscheinend war er auf einer Gesellschaft gewesen, wo einer seiner Generäle ein Frauentanzkostüm getragen hatte und tot umgefallen war; das und ähnliche Dinge hatten den Deutschen nicht so sehr gefallen. Der andere war auch ein Kaiser, in einem Land namens Rußland, und obwohl er nicht so aktiv war wie sein Cousin, oder in welcher verwandtschaftlichen Beziehung sie auch zueinander stehen mochten, war er fast genauso beunruhigend, denn er neigte wiederum dazu, überhaupt nicht viel zu tun und immer auf den zu hören, der jeweils als letzter mit ihm gesprochen hatte. Das führte in vielen Ländern dazu, daß man glaubte, alle möglichen Abkommen mit Rußland zu haben – Abkommen, die sich dann als wirkungslos herausstellten.

Diese und mehrere der anderen Könige, Kaiser und so weiter in Europa hatten auch Besitzungen und Bündnisse in anderen Teilen des Planeten. »Der springende Punkt ist also«, erklärte Ari, »sobald irgend etwas passiert, wird es auf die ganze Welt übergreifen. Und unter Berücksichtigung der Faktoren, auf die ich schon hingewiesen habe, und des äußerst instabilen Temperaments der beteiligten Hauptakteure – darin hatte Wells recht, wißt ihr – nun, da muß dieses ›Irgend etwas‹ zwangsläufig passieren. Zum Beispiel dieser Nikolaus, der von Rußland; er könnte nervös werden, weil er sein Volk nicht mehr unter Kontrolle halten kann, und sich entschließen, nur deshalb einen Krieg anzufangen, um den Leuten eine Beschäftigung zu geben. Vor ein paar Jahren hat er das versucht, und es hat nicht funktioniert, aber das scheint diese Leute nicht zu stören. Wenn er, sagen wir, in das ›Balkan‹ genannte Gebiet einmarschierte, würde die Türkei hineingezogen, England würde wegen Indien nervös und würde sich wahrscheinlich mit den Franzosen zusammentun, um ihn aufzuhalten; Wilhelm in Deutschland könnte beide Seiten unterstützen, und alle würden sie auf ihre Kolonien, Freunde und Verwandten zurückgreifen, und man hätte ...«

»He!« sagte Dark. Er hatte die Karte studiert, die Ari mitgebracht hatte, und sich bemüht, die Länder zu finden, die im Gespräch eine Rolle spielten. »Hier ist etwas Interessantes.«

»Interessant im Gegensatz wozu?« fragte Ari gereizt.

»Sieh mal hier! Dieses Rußland, ein Stück davon reicht bis hierher an diesen großen Ozean, seht ihr? Und auf der anderen Seite davon habt ihr San Francisco, und hier in der Nähe haben diese Einheimischen mit den plumpen Fäusten die gute, alte WANDERER versenkt. Tja, und in diesem Teil hier, den sie Sibirien nennen, da wären wir beinahe abgestürzt. Ich glaube, ich kann es genau finden – Ha! Hier muß es sein, an einer Stelle, die ›Tunguska‹ heißt. Wir hätten ein verdammt großes Loch reingesprengt, wenn wir aufgetroffen wären.«

Ari und ich warfen einen schnellen Blick auf Valmis, weil wir erwarteten, daß er wieder mit der bekannten Leier über die moralischen Folgen der Benutzung des Wahrscheinlichkeitsversetzers anfangen und erklären würde, daß wir in einem Kontinuum tatsächlich einen Einschlagkrater in der Tunguskaregion geschaffen hatten, aber er zuckte nur die

Achseln und sagte: »Was ist, ist. Oder vielleicht auch nicht. Aber wir können uns genausogut so verhalten, als wäre es so, da es keine Möglichkeit gibt, sich zu verhalten, als wäre es nicht so.«

Mit einer derartigen Aussage kann man nicht allzuviel anfangen, und so war ich ziemlich froh, als Ari seinen Vortrag wieder aufnahm.

»Der Hauptpunkt ist, daß sich dieser ganze Planet sozusagen dicht an der kritischen Masse befindet. Er wird hochgehen, wird in einem allgemeinen Krieg explodieren, und zwar bald. Wahrscheinlich noch nicht in den nächsten drei Jahren, aber sicher innerhalb von sechs oder sieben – sagen wir 1912 bis 1916. Jedes Prinzip der Metahistorie diktiert das, trotz allem, was die Eingeborenen vielleicht glauben. Es wird eine allgemeine Zerstörung und ein gewaltiges Gemetzel geben, die Zivilisation auf diesem Planeten wird zum großen Teil in Trümmern liegen; die größeren Nationen werden alle Energie, allen Reichtum und alle Genialität, die sie besitzen, für eine Anstrengung verbrauchen, die sie völlig auspumpt, und sie werden keines der Ziele erreichen, die sie anstreben.«

Wir dachten einen Augenblick lang über dieses gräßliche Bild nach, dann sagte Dark: »Aha, wir müssen also einen Weg finden, wie wir sie davon abhalten können, und sie dazu bringen zu lernen, was sie tun müssen, um die WANDERER zu reparieren. Wie glaubst du, könnten wir ...«

»Nein.« Ari schüttelte den Kopf. »Im Gegenteil, wir müssen alles aufbieten, um sie so schnell wie möglich in diesen Krieg zu treiben!«

DREIZEHN

Ich bin kein Metahistoriker und möchte auch keiner sein, also konnte ich Aris Logik nicht widerlegen, als er es uns erklärte; aber der Gedanke schien mir unausgegoren.

Dark erging es nicht anders. »Wenn du es so sagst, klingt es vernünftig«, sagte er skeptisch, »aber ich kann nicht behaupten, daß es mir gefällt. Ich meine, es ist ja schön und gut zu sagen, daß der Krieg in jedem Fall kommt, und daß es schneller geht und er eher wieder vorbei ist, wenn sie gleich jetzt damit anfangen, und wir bekommen den Vorteil der Beschleunigung in den Naturwissenschaften und so weiter mit, ohne daß alles kaputtgeht. Na gut, du bist der Metahistoriker, und ich nehme an, du weißt, wovon du redest. Aber trotzdem – sie da hineinzutreiben, das finde ich ziemlich schäbig.«

»Das ist wahr«, sagte Ari. »Diese Entscheidung ist mir nicht leicht gefallen, weder vom Moralischen her, noch, wie ich deutlich machen möchte, der Zahl der Stunden nach, in denen ich gerechnet und überlegt habe, während du, Raf und Valmis euch amüsiert habt. Dieser Entschluß stellt das Beste dar, was ich mit Mühe und Nachdenken erreichen konnte, aber ich wäre natürlich froh, wenn irgend jemand eine akzeptablere Alternative anzubieten hätte.«

Wie er genau gewußt hatte, brachte er damit unsere Einwände wirkungsvoll zum Schweigen und ging zur nächsten Stufe seines Plans weiter. Es war, wenn man ihm glauben wollte, nötig, bestimmten, wichtigen Herrschern persönlich einen Besuch abzustatten – hauptsächlich Edward von England, Nikolaus von Rußland, Wilhelm von Deutschland und möglicherweise Franz Joseph von Österreich, obwohl der letztere schon in fortgeschrittenem Alter und vielleicht nicht mehr in der Lage war, wirklich zu begreifen, was man ihm sagte – und, unter Anwendung metahistorischer Prinzipien und Techniken, so auf sie einzuwirken, daß sie ihre Kriegspläne beschleunigten. Er lehnte es ab, deutlicher zu werden und sagte: »Ich bin Metahistoriker, ihr nicht. Ich kann nicht mehr tun, als die Aufgaben meines Berufs zu bewältigen, und ich kann mir nicht vorstellen, was mit euch geschehen würde, wenn ihr damit fertigwerden müßtet. Ich möchte sicher kein Integrator, kein Kapitän und auch kein Chronist sein.«

»Wie willst du an die Burschen herankommen?« fragte Dark. »Oder ist das auch ein Geheimnis?«

»Ganz im Gegenteil«, erwiderte Ari. »Das sind praktische Einzelheiten, keine metahistorischen, und daher fallen sie nicht in meinen Bereich. Uns von einem Ort zum anderen zu bringen, Verabredungen zu treffen – das sind Dinge, die traditionell von Chronisten und Kapitänen erledigt werden, wie ich mich erinnere, und du und Raf, ihr schafft das sicher. Ich bin völlig bereit, mich um die wirklich schwierigen Teile des Unternehmens, die eigentlichen Verhandlungen mit diesen Monarchen, zu kümmern.«

Nachdem wir uns kurz darüber unterhalten hatten, merkten Dark und ich, daß die Lösung leicht zu finden war. Das soll nicht heißen, daß einer von uns sie für sehr gut hielt, nur, daß sie die einzig mögliche war.

»Alle Welt hält uns noch immer für Abgesandte, bis auf Oxford, Edison und Roosevelt«, faßte Dark zusammen, »also dürfte es keine Schwierigkeiten geben, an die Könige und so heranzukommen, sobald wir einmal da sind, wo sie sich aufhalten. Wir müssen also Edison dazu überreden, daß er uns in dieses Europa hinüberfahren und sie besuchen läßt. Natürlich werden wir ihm nicht erzählen, daß wir sie aufhetzen wollen, aufeinander zu schießen – damit wäre er vermutlich nicht einverstanden –, aber, oh, wir könnten ihm sagen, daß sie vielleicht mithelfen wollen, etwas zu tun, um die WANDERER instandzusetzen. Das streben wir auf lange Sicht natürlich tatsächlich an, also ist es von der Wahrheit gar nicht so weit entfernt.«

Als wir Oxford soviel von unseren Plänen erzählten, wie es uns geraten schien, sagte er: »Ich weiß nicht, warum er damit nicht einverstanden sein sollte. Wenn Sie herumreisen und mit dem Kaiser und so freundschaftlich verkehren wollen, wird das helfen, den Anschein, daß Sie sind, wofür man Sie hält, noch ein wenig länger aufrechtzuerhalten. Ich weiß nicht, was er sonst mit Ihnen anfangen würde. Ich muß sagen, es reizt mich, daß Sie den zwei Kanonen Teddy und Edison so einen riesigen Bären aufgebunden haben. Und übrigens belastet es mich etwas weniger, wenn ich Sie mir als gestrandete Seeleute vorstelle anstatt als Vorhut einer ganzen, neuen Zivilisation. Ist mir irgendwie an die Nieren gegangen, was der alte Geronimo so sagte, denn so ist es doch wohl, selbst wenn die zivilisiertesten Leute mit den besten Absichten kommen, kriegen es doch diejenigen, die schon da sind, auf den Schädel, so oder so. Sie können einfach nicht mithalten, geben sozusagen auf und verwandeln sich in Kopien der Neuen. Wir haben das oft genug gemacht, weiß Gott, und ich habe nicht das Geringste für poetische Gerechtigkeit übrig, wenn ich dabei am kürzeren Hebel sitze.«

Da es genau unsere Absicht war, die Gesellschaft des ganzen Planeten drastisch zu verändern, wenn auch nicht ganz in der Weise, die er meinte, bereitete mir seine Bemerkung Unbehagen. Ich mochte Oxford – wir alle mochten ihn – und hatte Anlaß, ihm dankbar zu sein, und es ging mir gegen den Strich, vor ihm verbergen zu müssen, daß wir auf eine Weise handeln wollten, die ihn bestürzen würde. Andererseits war Geheimhaltung notwendig, wenn wir unseren Interessen dienen wollten, also hatten wir anscheinend keine Wahl; gewissenhaftes Handeln sollte, so schien es mir, immer auf Vernunft gegründet sein.

»Es ist so etwas wie eine Feuerprobe«, bemerkte Ari, »vielleicht ein Überbleibsel von Bräuchen aus Ebene Zwei und Drei in der kulturellen Evolution dieses Planeten, von denen ich gelesen habe. Man hält die Zeremonie in dieser abscheulichen Kälte im Freien ab, um zu zeigen, daß der alte wie der neue Präsident gesund genug sind, um das auszuhalten, und vermutlich funktioniert das recht gut; ich glaube, bisher ist erst einer daran gestorben.«

Ich interessierte mich mehr für den Inhalt von Edisons Antrittsrede als für ihren Schauplatz, obwohl ich an den Ohren und im Gesicht schmerzlich fror. Wir waren eingeladen worden, der Zeremonie beizuwohnen, und Oxford hatte uns nach Washington gebracht – viel schneller, stellte ich fest, als sieben Monate zuvor bei unserer letzten Reise, da die neu installierte, elektrische Turbinenlokomotive bei der Fahrt eine beträchtliche Menge Zeit einsparte. Da wir unmittelbar danach zu einem Nachmittagsempfang im Weißen Haus gebeten waren, hatte ich beschlossen, dem neu eingeführten Präsidenten zu dieser Gelegenheit unseren Vorschlag zu unterbreiten, daher schenkte ich den Teilen seiner Rede besondere Aufmerksamkeit, in denen er sich auf uns bezog.

»Wir haben in diesem letzten Jahr«, sagte er, und dabei wurde seine Stimme zu der ausgedehnten Menge – und, wie ich erkannte, in viele Teile des Landes – von dem schnell wachsenden Netz elektrodiffusorischer Geräte getragen, »das Privileg genossen, der größten Chance und Herausforderung zu begegnen, der sich die Menschheit jemals stellen mußte. Menschen von einem anderen Planeten – von einem anderen Stern, von einem, den wir nicht sehen können – sind unter uns. Was sie uns bringen, und wie wir mit ihnen und ihren Geschenken umgehen, das wird unsere Zukunft bestimmen. Diese Zukunft ist sicher viel abwechslungsreicher und aufregender, als es uns bis zum letzten Sommer schien. Wir haben uns die Augen für die Tatsache öffnen lassen, daß wir nicht allein im Universum sind, und in mancher Hinsicht nicht einmal sehr viel zählen. Nun, es wird die wichtigste Arbeit dieser Regierung sein, dafür zu sorgen, daß das amerikanische Volk nicht ausgezählt wird – daß wir die Anwesenheit dieser Fremden von unvorstellbar weit her dazu benützen, uns einen Platz in der Zukunft zu sichern, der unserer glorreichen Vergangenheit angemessen ist.«

Recht elegant ausgedrückt, dachte ich, und alle peinlichen Erwähnungen des nichtexistenten Galaktischen Imperiums wurden geschickt vermieden. Wenn niemand mehr davon sprach, wurde es vielleicht vergessen; die Menschen der Erde schienen wirklich einen recht flüchtigen Intellekt zu haben. Der Rest der Ansprache konnte meine Aufmerksamkeit nicht fesseln, da er von so untergeordneten Fragen wie der Einrichtung einer nationalen Akademie für Naturwissenschaften, der Regulierung der Elektrodiffusion und der Gewährung der Unabhängigkeit an einige, in einem Krieg vor zehn Jahren errungene, pazifische und karibische Inseln handelte, mit der Begründung, daß sie mehr Schwierigkeiten machten, als sie wert waren.

Dieser letzte Teil schien Oxford jedoch in Erregung zu versetzen, denn durch eine abrupte Bewegung auf dem Stuhl neben mir wäre ihm fast der hohe, zylindrische Hut heruntergefallen, den er, wie wir alle, zu dieser Gelegenheit trug. »Wenn er das schafft, ist er ein Wunder«, murmelte er. »Die Feuerfresser im Kongreß werden sich sofort auf ihn stürzen. Aber wenn es jemand schaffen könnte, die Filipinos und Puertoricaner freizulassen, dann wohl er – er braucht doch nur zu sagen, daß es wissenschaftlich vernünftig ist, und in Dollars und Cents auch, und wer will schon dem Genie widersprechen, das die Welt elektrifiziert und daran ein Vermögen verdient hat? Man stelle sich vor, wir haben endlich einen Präsidenten, der Dinge tun will, weil sie vernünftig sind – wer hat so etwas schon je gehört?«

Beim Empfang im Weißen Haus herrschte ein ziemliches Gedränge, und der neue Präsident war so stark gefragt, daß ich fast zwei Stunden lang keine Gelegenheit bekam, ein Wort mit ihm zu sprechen. Ich vertrieb die Nachwirkungen der Kälte mit mehreren Gläsern eines wärmenden Getränks, das die eigentümliche Eigenschaft hatte, im Glas zu sprudeln, ähnlich wie das Würzburger, das Oxford uns im

Hoffman House empfohlen hatte, nur war es heller und hatte einen zarteren Geschmack.

Präsident Edison verbrachte viel Zeit mit einem etwas jüngeren, dünnen und bemerkenswert geschäftstüchtig aussehenden Mann. Später sah ich diesen Mann mit Dark sprechen, anscheinend zu beiderseitigem Interesse; dann schlenderte er zu Ari hinüber. Ich kam rechtzeitig dazu, um Ari sagen zu hören: »Mister Ford, ich kann Ihnen nicht zustimmen. Das Studium der Vergangenheit ist der einzige Schlüssel für die Zukunft und in der Tat auch zur Gegenwart.«

»Ich sage es Ihnen noch einmal«, sagte der Mann. »Geschichte ist Quatsch.«

»Ihre Ansicht über den Wert der auf Ihrem Planeten existierenden Gelehrsamkeit«, sagte Ari mit höflicher Entschiedenheit, »ist natürlich Ihre eigene Sache. Wenn man jedoch die Prinzipien ansieht, wie sie von der Disziplin der Metahistorie entwickelt und geprüft werden ...«

»Und Metahistorie ist vermutlich Metaquatsch«, sagte der Mann. »Gehört der Mann hier zu Ihnen? Weiß er, wie einige von Ihren Sachen funktionieren?«

»Ich bin Chronist – und natürlich auch Abgesandter«, fügte ich hastig hinzu, da ich immer noch darauf bedacht war, den Schein zu wahren. »Chronisten zeichnen auf und verständigen sich mit Leuten; sie beschäftigen sich nicht mit Mechanik.«

»Hm«, sagte der Mann. »Was ist mit dem vierten von Ihnen? Hat er eine Ahnung von Mechanik?«

Ari erklärte ihm die Funktion und die Methoden eines Integrators, und der Mann schüttelte den Kopf. »Vier Leute, und nur dieser Dark hat das Know-how, um über Sachen zu reden, die Sie verwenden. Wie kann man auf diese Art auch nur eine Eisenbahn betreiben!«

»Was meinte er mit der Eisenbahn?« fragte Ari, nachdem der Mann uns verlassen hatte. »Wir haben doch nichts mit Eisenbahnen zu tun. Er auch nicht, nach dem, was er mir erzählt hat; er macht diese Autodinger, keine Züge.«

»Diese Leute, selbst die intelligentesten, neigen dazu, gelegentlich in Inkonsequenz zu verfallen«, sagte ich ihm. »Sie fangen mit einer Sache an und hören mit einer anderen auf. Ich nehme an, daß ihr Gehirn anders funktioniert als das unsere. Vergeßt das nicht, vielleicht stellt sich das noch einmal als Vorteil für uns heraus.«

Endlich erwischte ich den Präsidenten allein, er lehnte sich gegen eine Wand und sah ziemlich müde aus. Ich hatte mich nach dem Namen des Getränks erkundigt, das serviert wurde und machte eine herzliche Geste mit dem Glas, als ich zu ihm heranging. »Guter Champagner ist das«, bemerkte ich dazu.

Edison sagte kurz: »Kann schon sein. Mir wäre amerikanischer lieber gewesen, aber man sagte mir, der ist noch nicht gut genug. Das ist noch etwas, wofür wir im Laufe der Zeit sorgen werden; kein Grund, warum wir nicht Weine herstellen sollen, die so gut sind wie alles, was aus Frankreich kommt.«

»Ach, Frankreich«, sagte ich, erfreut, daß sich eine natürliche Einführung zu meinem Vorschlag ergeben hatte. »Das ist in Europa, Frankreich.«

»*Ich* weiß das«, sagte Edison.

»Wir sollten nach Europa fahren, verstehen Sie?« fuhr ich fort. »Gute Idee, Europa zu besuchen. Mit den Königen und so reden. Als Abgesandte.«

»Aber Sie wissen verflixt genau, daß Sie keine Abgesandten sind.«

»Tja, aber *die* wissen es nicht«, sagte ich und wackelte mahnend mit dem Finger vor seiner Nase herum. »Wäre es nicht nett, wenn wir sie alle besuchen würden, und ... nun, wir könnten sie fragen, ob sie uns helfen, die arme, alte WANDERER wieder zusammenzuflicken. Ich glaube, dazu wäre jeder König oder Kaiser bereit, wenn er die richtige Sorte König ist. Oder Kaiser«, fügte ich hinzu, um fair zu sein. Ich hatte Edison noch nicht die genau durchdachte Darstellung gegeben, die Dark und ich ausgearbeitet hatten, aber in dem festlichen Rahmen dieses Anlasses schien mir etwas weniger Formelles angebracht. Auch hatte ich das Gefühl, als ob ich mich an die Einzelheiten meiner beabsichtigten Argumentation nicht mehr ganz genau erinnern könnte.

»Sie wollen also, daß die Regierung der Vereinigten Staaten Ihnen die Große Tour spendiert? Wollen Königliche Hoheiten besuchen und mit ihnen über Ihre Probleme plaudern, über das, was Sie wissen und so weiter? Haben Sie sich das so vorgestellt?«

»In etwa so, ja«, sagte ich, erfreut, daß er so schnell begriffen hatte.

»Genau so ist es wohl«, sagte er mit einem Blick auf mich. »Nun, ich will Ihnen etwas sagen. Mal sehen, Sie fahren heute abend alle in dieses Glenwood zurück?«

Ich versicherte ihm, daß wir das tun würden. »Fein. Nun, morgen früh haben Sie meine Antwort, dessen können Sie sicher sein.«

Unsere Rückreise nach New York am späten Nachmittag wurde durch die Anwesenheit von Mr. Roosevelt belebt, der seine Familie, die einen Wagen weiter vorne reiste, eine Zeitlang verließ und zu uns kam.

»Bei George, eine Zeitlang war ich ganz schön sauer auf Sie«, erzählte er uns. »Aber ich sage Ihnen etwas, als Edison heute den Eid ablegte und ich mir gerade sagte, wie sehr ich mir selbst leid täte, da sah ich blitzartig, wie ich mich fühlen würde, wenn *ich* ihn abgelegt hätte – und das war ziemlich verflixt schlecht. Ich hätte nochmal vier Jahre spielend durchgehalten, in normalen Zeiten – da ist der Kanal zu beenden, und die Trusts könnten noch ein bißchen Panik vertragen, und die Politik und so – es wären viele, gute Kämpfe gewesen, wie ich sie gewöhnt bin, und vielleicht wäre auch ein bißchen was Gutes herausgekommen, und mehr kann man nicht verlangen. Aber die Sache mit Ihnen – ich muß sagen, das geht über meine Grenzen hinaus. Vermutlich weiß ich mehr über die Erde als die meisten Menschen, und darüber, was darauf vorgeht, aber ich bin nicht dafür gebaut, über sie hinauszuschauen, und vermutlich ist Edison schließlich doch der richtige Mann, um sich darum zu kümmern ...« Er schaute einen Augenblick aus dem Fenster, wo die Landschaft vorbeiraste, dann wandte er sich uns zu und schüttelte seine nachdenkliche Stimmung ab.

»Tja, und ich werde trotzdem genügend zu tun haben«, fuhr er fort. »Mein Sohn und ich sind gerade dabei, für die Afrikareise alles zu packen und zu sortieren, und ich glaube, während der nächsten drei Wochen werde ich keine freie Minute haben. Oxford, warum bringen Sie sie nicht nach Hoboken, um mich zu verabschieden?«

Oxford meinte, das wäre vielleicht eine gute Idee, da wir selbst Reisepläne hätten und vielleicht wünschten, uns mit dem allgemeinen Erscheinungsbild eines Schiffes bekanntzumachen, ehe wir an Bord gingen. Mr. Roosevelt befragte uns nach diesen Plänen und gab uns viele Informationen über König Edward, den Kaiser Wilhelm, den Zaren Nikolaus und Franz Joseph, der auch Kaiser genannt wurde. Er erklärte uns dies damit, daß ›Kaiser‹ – genau wie auch ›Zar‹ – vom Familiennamen eines Eingeborenenhäuptlings abgeleitet sei, der vor zwei Jahrtausenden auf dem Gipfel der Macht gestanden habe. Dann hielt er einen Vortrag über Sprachen und vermittelte mir dabei die wertvollsten Einblicke in die geistigen Prozesse der Eingeborenen, über politische und soziale Erfahrungen, die er gemacht hatte; womit er Ari sehr faszinierte; über Schiffsartillerie und den Bau von Schlachtschiffen, zu Darks großem Interesse, und er holte sogar Valmis aus seinem normalen Integratorzustand der Zurückgezogenheit – den man bei Angehörigen anderer Berufe als Apathie bezeichnen würde – heraus und verwikkelte ihn in eine lebhafte Diskussion über die Beziehungen zwischen der Philosophie und dem Wirken der Natur, wie es sich im Verhalten und im Körperbau von Tieren zeige.

»Bei Godfrey«, sagte Roosevelt, stand auf und rieb sich die Hände, »nach dieser kleinen Plauderei fühle ich mich viel besser. Wird interessant sein zu sehen, was Edison während der nächsten vier Jahre mit Ihnen macht. Ist immer gut, wenn die geistigen Fähigkeiten zusammenpassen, nicht wahr? Wenn er nicht auf Draht ist ... nun ja, so lange ist es bis 1912 auch wieder nicht. Wir sehen uns noch.«

Ermüdet von der Reise nach und von Washington schliefen wir am nächsten Morgen lange. Ich eigentlich weniger lange, als mir lieb gewesen wäre, denn aus einem angenehmen, gesunden Schlummer weckte mich Oxfords Hand, die mich an der Schulter rüttelte.

»Wenn ein Mann stundenlang im Zug gesessen, sich in einer primitiven Zeremonie Nasen und Ohren erfroren und auf einem Empfang herumgelungert hat, und was noch alles«, sagte ich, »sollte man den Mann ein bißchen schlafen lassen, finde ich, und ihn nicht an der Schulter rütteln.«

»Ich glaube«, sagte Oxford, »Sie haben mir erzählt, der Präsident hätte gesagt, Sie würden heute früh seine Antwort wegen der Reise bekommen?«

»Ach?« sagte ich und richtete mich auf. »Sie ist also gekommen? Wie lautet sie?«

Oxford schritt zum Fenster meines Zimmers, schob die Jalousie und dann das Fenster selbst hoch und ließ dabei einen Schwall kalter Luft herein. »Sehen Sie selbst!«

Ich stieg aus dem Bett und ging dahin, wo er stand. Als ich mich hinausbeugte, konnte ich den Vordereingang des Hauses sehen. Ich konnte auch die beiden uniformierten Männer erkennen, die davorstanden, jeder eine Feuerwaffe an der Schulter, die vorne noch mit einer Art Messer versehen war.

Die beiden anderen an jeder sichtbaren Ecke des Hauses waren genauso ausgestattet.

»Das ist die Antwort«, sagte Oxford grimmig. »Eine Abordnung von Marines – um uns unter Hausarrest zu stellen.«

VIERZEHN

Oxford zeigte mir den Brief, den der diensthabende Offizier der Gruppe von Eindringlingen ihm bei ihrer Ankunft vor etwa einer Viertelstunde präsentiert hatte.

Lt. Col. Oxford:
Sie und die sogenannten Astronauten in Ihrer Obhut erhalten hiermit Befehl, bis auf weiteres in Ihrem gegenwärtigen Quartier zu bleiben, besagter Befehl soll von der Abordnung von Marines durchgesetzt werden, die Ihnen diesen Brief bringen. Ich nehme Marines dazu, weil ich glaube, daß Sie bei denen nicht auf die Idee kommen können, irgendwelche Tricks mit Ihrem Rang zu versuchen. Marines halten nicht allzuviel von der Armee und das gilt, wie ich höre, besonders für Captain Thatcher.

Gegen Sie habe ich nichts, aber Sie werden dort gebraucht, um die anderen im Auge zu behalten, und aus anderen Gründen, die ich noch erklären werde, vergessen Sie nicht, daß Sie in der Armee sind, und das bedeutet, daß ich Ihr Oberkommandierender bin, es geht also nicht nur um einen rosa Streifen in Ihrer Lohntüte, wenn etwas schiefgeht. Sie verstehen sicher, was ich damit sagen will.

Nun haben diese Astronauten mehr als ein halbes Jahr lang Kost und Logis, Reisespesen, Tagegeld und so weiter auf Kosten der Vereinigten Staaten genossen, das meiste davon unter falschen Voraussetzungen. Es wird allmählich Zeit, daß sie sich ihren Unterhalt selbst verdienen. Ich habe den Verdacht, daß einige von ihnen nicht alle Karten auf den Tisch legen ...

»Was soll der Satz bedeuten?« fragte ich Oxford.

»Das ist einer unserer Ausdrücke, die sich mit ... ah ... kulturellen Unterschieden befassen; kümmern Sie sich nicht darum, lesen Sie einfach weiter.«

sondern daß sie über Wissen verfügen, das zwangsläufig nützlich für die USA sein muß. Ich habe bestimmt nicht vor, sie in der Alten Welt herumstreunen zu lassen, damit sie alles, was sie vielleicht wissen, einem Haufen von Ausländern erzählen. Wir müssen aus ihnen herausholen, soviel wir können, und es weiterentwickeln, dann werden wir entscheiden, wieviel davon wir an andere Länder verkaufen – nicht etwa verschenken – wollen.

Sie haben eine große Chance, Ihrem Land nützlich zu sein, und Sie sehen sicher ein, daß Sie diese Gelegenheit nützen sollten. Schicken Sie die Burschen an die Arbeit! Sie sollen aufschreiben, was sie über ihre Maschinen, ihre Energiequellen, Waffen und so weiter wissen! Holen Sie unter einem Vorwand alles aus ihnen heraus, was sie besitzen, damit unsere Techniker damit arbeiten können, aber erkundigen Sie sich vorher, ob irgend etwas davon gefährlich ist, ich möchte nicht, daß Menlo Park noch einmal niederbrennt. Der Ingenieur und der Einfaltspinsel, den ich kenne, haben ein paar interessante Dinge zu bieten, aber übersehen Sie die beiden anderen nicht, denn sogar das, was sie vielleicht als Zahnbürste benützen, könnte etwas sein, worauf wir überhaupt noch nicht gekommen sind.

Ich stelle mit Nachdruck fest, daß diese Leute ein wichtiges Potential im Besitz der USA sind, und solange wir sie in Ihrer Obhut haben, erwarte ich, daß Sie gute Ergebnisse erzielen. Ich rate es Ihnen.

Sicher brauche ich Ihnen nicht zu sagen, daß ich Sie vors Kriegsgericht stelle, wenn Sie den Inhalt dieses Briefes irgend jemandem verraten würden, besonders natürlich den Astronauten. Ich habe noch niemanden gebeten, diesen Punkt für mich im Militärgesetz nachzuschlagen, denn ich zweifle nicht daran, daß der Präsident eine Möglichkeit finden kann, dafür zu sorgen, daß ein Offizier, der einem direkten Befehl zuwiderhandelt, sich nicht nur im heißen Wasser, sondern im superheißen Dampf wiederfindet.

Vertraulich der Ihre,
EDISON

An diesem Sendschreiben waren eine ganze Reihe von Punkten, die dringend meine Aufmerksamkeit zu erfordern schienen, aber einer überragte alle anderen.

»Warum haben Sie mir das gezeigt?« fragte ich. »Jetzt wird er Sie kochen, oder was immer er damit gemeint hat.«

»Ich rechne nicht damit«, sagte Oxford, »daß Sie im Weißen Haus anrufen, um ihm davon zu erzählen. Ich muß zugeben, daß mich einiges, was Sie tun und sagen, dessen weniger sicher macht, als ich es gerne wäre, aber ich verlasse mich trotzdem darauf. Die Sache ist die, mir hat dieser Brief nicht gefallen. Ich lasse mich nicht gerne herumschubsen, und ich mag es nicht, wenn Leute wie Sie herumgeschubst und wie Kühe gemolken werden. Und ich mag verdammt nochmal nicht, daß der Präsident – ein Mann, den zu verehren ich erzogen wurde und dem ich meine Stimme gegeben habe – mit solchen Methoden arbeitet. Kein Präsident sollte das tun, und besonders Tom Edison nicht – es ist des Amtes und des Mannes nicht würdig –, es ist eine billige Sache, und ich habe nicht vor, dabei mitzuspielen.«

»Nun«, sagte ich verlegen, »das ist sehr anständig von Ihnen.« Es war sicher nützlich, daß Oxford sich entschlossen hatte, für uns Partei zu ergreifen, aber ich fühlte mich wieder bedrückt bei dem Gedanken, daß wir gezwungen waren, seine Welt ohne seine Zustimmung zu verändern.

»Ich verstehe natürlich, was er will«, fuhr Oxford fort. »Er steht unter einem fürchterlichen Druck – es wäre eine Aufgabe für den Teufel persönlich, die Sicherung aus der Sache mit Ihrem nichtexistierenden Imperium rauszunehmen, nachdem man die Leute deshalb jetzt aufgeheizt hat, und es ist auch nicht zu leugnen, daß Sie ein paar ziemlich scharfe Dinger in Ihrem Gepäck haben – Gott, ich darf nicht einmal daran denken, was Edison tun würde, wenn er von dem niedlichen, kleinen Werkzeug Wind bekäme, mit dem Dark sich Notizen macht! Und diese murmelgroße Ohrtrompete, die Sie ihm gegeben haben, nun, die hat er dazu verwendet, diese Elektrodiffusionsapparate zu bauen, die es jetzt überall gibt. Aber trotzdem finde ich, er muß dem Druck standhalten und eine Möglichkeit finden, so zu handeln, wie es für ihn und das Land angemessen ist. Und dazu gehört nicht, Sie hier einzusperren und zu zwingen, Informationen zu produzieren, die er zu brauchen glaubt.

Und ich bin, glaube ich, genügend Patriot, um dafür zu sorgen, daß er damit nicht durchkommt. Wenn das Verrat ist, kann er das ausnützen, und ich kann mir vorstellen, daß er das auch tun wird, aber was, zum Teufel, soll's?«

Seine Aussage schien mir eine beträchtliche Anzahl von Widersprüchen und logischen Fehlern zu enthalten, zum Beispiel seine Vorstellung von patriotischem Verrat, aber trotz seiner sprunghaften Denkvorgänge war mir klar, daß Oxford bereit war, uns behilflich zu sein, und das war gut zu wissen. Es wäre noch besser, fand ich, eine Ahnung zu haben, wie er sich das vorstellte.

Seine nächsten Worte gingen auf diesen Punkt ein. »Gut. Wir müssen überlegen, was wir als nächstes tun wollen. Mir scheint, daß er Sie nicht nach Europa fahren lassen will, ist etwas, das man sich genauer ansehen sollte. Ich meine, sobald Sie einmal drüben sind, wäre Edison doch wohl ziemlich mattgesetzt, und genau das wollen wir. Vielleicht findet er dadurch sogar Zeit, zur Besinnung zu kommen, was mir lieb wäre. Ich halte den alten Knaben im Grunde immer noch für einen großen Mann, sogar für einen guten Mann, er hat nur ein paar unerwartete Stöße bekommen, die ihn für einige Zeit in eine falsche Richtung gedreht haben. Nun, wie gehen wir da vor?«

»Ich kann mir nicht vorstellen, daß Edison uns hier rauslassen würde, um Mr. Roosevelt bei seiner Abreise zuzusehen«, sagte ich. »Wenn er das täte, könnten wir vermutlich eine Möglichkeit finden, auf ein Schiff zu kommen, das uns nach Europa bringt.«

»Nein, das kann ich mir auch nicht denken, aber ... warten Sie mal einen Moment! Sie haben mich da auf etwas gebracht, Raf!« Er stürzte aus dem Zimmer und kehrte vielleicht zehn Minuten später wieder zurück.

»Ich dachte mir schon, daß sie sich nicht damit abgegeben

haben, etwas am Telefon zu machen«, sagte er und ließ sich auf dem Rande meines Bettes nieder. »Und so ist es auch; es funktioniert tadellos. Wenn sie die Drähnte angezapft haben, sind wir in Schwierigkeiten, aber ich habe nichts klikken hören. Sie sollten sich und die anderen jetzt besser in einen präsentablen Zustand bringen; in ungefähr einer Stunde werden wir einen ziemlich wichtigen Besucher hier haben.«

»Dem Tenor von Mr. Edisons Brief nach zu urteilen«, sagte ich zaghaft, »scheint es mir nicht sehr wahrscheinlich, daß unsere Wachen mit Besuchern einverstanden sind.«

»Ich glaube nicht, daß sie bei diesem Besucher Schwierigkeiten machen werden«, sagte Oxford mit einem angespannten Lächeln.

Und tatsächlich wurde Mr. Roosevelt von Captain Thatcher, dem Offizier der Marines, der die kleine Abordnung kommandierte, höchst ehrerbietig begrüßt. »Da die Leute ja in der Nachbarschaft sind, dachte ich mir, ich sehe mal rüber, um einen ausgiebigen Schwatz mit ihnen zu halten«, verkündete der Ex-Präsident mit dröhnender Stimme. »Mit Ihrer Genehmigung natürlich, Captain.«

»Sicher, Mister Pre ... das heißt ... ah ... Colonel«, sagte der Offizier. »Besuche sind zwar eingeschränkt, aber ich kann mir wirklich nicht vorstellen, daß das auch für Sie gilt, Sir.«

»Ganz richtig, das tut es auch nicht, bei George«, stimmte Mr. Roosevelt zu und wurde ins Haus geführt.

Oxford unterrichtete ihn schnell über die Situation und reichte ihm Edisons Brief. »Tja, das ist eine schlimme Geschichte, eine schlimme Geschichte«, murmelte Roosevelt, als er ihn überflogen hatte. »Edison ist wegen dieser Geschichte ausgeflippt; er packt das ganz falsch an. Sie haben uns ja ganz schön hart zugesetzt, aber das heißt doch noch nicht, daß er das Recht hat, Sie einzusperren und in Ihrem Gehirn rumzustochern.«

»Ich hoffte, daß Sie das so sehen würden, Sir«, sagte Oxford. »Und daß Sie vielleicht bereit wären, uns irgendwie behilflich zu sein.«

»Behilflich?« fragte Roosevelt. »Behilflich, den ausdrücklichen Befehlen des rechtmäßig gewählten Präsidenten der Vereinigten Staaten von Amerika zuwiderzuhandeln? Diesen Schuften zu helfen, vor den Folgen ihrer Handlungsweise zu fliehen? Mich in Gefahr bringen, nur weil ich glaube, daß der Präsident übereilt und ungerecht handelt? Mich in Gott weiß was für einen Plan hineinziehen lassen, der wahrscheinlich ohnehin nicht funktionieren würde? Bei George, ich glaube, das werde ich tun!«

Nachdem diese Entscheidung getroffen war, arbeiteten Roosevelt und Oxford ihre Pläne bemerkenswert flink aus, während Dark, Ari, Valmis und ich zusahen. Die Einzelheiten schienen nicht sehr kompliziert, und ich nahm an, daß jeder von den Forschungsreisenden eine gleich gute Idee hätte liefern können, hätte man das von uns erwartet.

»Das ist es also«, sagte Roosevelt nach einer Weile und stand auf. »Um meinen Teil davon werde ich mich selbst kümmern, Sie bereiten die Leute darauf vor, was sie zu tun haben. Ich werde alles für die richtige Zeit und den richtigen Tag arrangieren – und wenn es dabei einen Haken gibt, werde ich Ihnen das irgendwie mitteilen. Das Telefon möchte ich lieber nicht mehr benützen, denn ich glaube, Sie hängen hier an einer Gemeinschaftsleitung, auch wenn sie nicht angezapft sein sollte. Bei Godfrey, das ist ein prima Jux, wirklich! Und das Beste ist, Edison wird mir eines Tages dafür dankbar sein, wenn er klarer sieht, genau wie die anderen, nachdem sich die Aufregung um Panama gelegt hatte. Damals wollten sie alle meinen Kopf, weil ich Panama aus Kolumbien herausgelöst und dafür gesorgt hatte, daß die neue Regierung uns die Rechte für den Kanal gab, aber heute hört man deshalb keinen mehr winseln, oder? Das ist eines von diesen Dingen – der Mann, der den Blick hat, um zu sehen, was zu tun ist,. tut es, die Folgen regeln sich hinterher von selbst.«

Die folgenden Wochen der Untätigkeit belasteten meine Nerven. Die Zeitspanne unterschied sich eigentlich nicht wesentlich von den Monaten vorher, aber das Wissen, daß sie bald zu Ende gehen würde – und zwar auf äußerst aktive Weise –, lauerte über mir. Ari, Dark und Valmis mag es ebenso ergangen sein, aber wir stellten fest, daß wir während dieser Zeit dazu neigten, untereinander recht verschlossen zu sein.

Ein Besuch von Mr. Roosevelts Sohn Kermit, vorgeblich, um uns einige der großen Zugvögel zu schenken, die sein Vater getötet hatte und die wir essen sollten, zeigte an, daß das Ende des Wartens nahe war. »Dad hat alles arrangiert«, sagte der junge Mann zu Oxford. »Fünf Passagen auf der PAVONIA, die am Donnerstag um vier vom Pier Sechsundfünfzig ablegt. Sie müssen es jetzt so einrichten, daß Sie gegen Mittag von hier aufbrechen. Das ist der ganze Zeitplan.« Er reichte Oxford ein Bündel Papiere. »Viel Glück!« sagte er dann und ging.

In Übereinstimmung mit dem Plan, zu dem sich Roosevelt und Oxford entschlossen hatten, begaben wir uns am vereinbarten Morgen gegen zehn Uhr alle zum Stall neben dem Haus und zogen die Kutsche heraus, die dort untergestellt war. Die tierische Antriebskraft hatten unsere Wächter bald nach ihrer Ankunft entfernt, das Tier war fortgeschickt worden und genoß auf auf einer nahegelegenen Farm so etwas wie Ferien, und unser einziger, normaler Kontakt mit der Außenwelt bestand hinfort in der Ankunft eines Wagens vom nahegelegenen Laden, einmal pro Tag, der uns und unseren Wachen die notwendigen Vorräte brachte, alles das hielt man für notwendig, um uns daran zu hindern, Pläne für einen unerlaubten Aufbruch zu schmieden.

Da Captain Thatcher, durch seine Befehle beeinflußt, dazu neigte, uns zu mißtrauen, war es nur natürlich, daß er herüberschlenderte und fragte: »Was haben Sie da eigentlich im Sinn?«

»Tests, Captain«, sagte Oxford freundlich. »Ich habe sie endlich aus ihrem Schmollwinkel herausgeholt, und jetzt sind sie bereit, mit der Arbeit zu beginnen, wie es der Oberkommandierende will. Sie haben da einige Vorstellungen, die die Metallurgie revolutionieren würden, aber sie müssen die Zugfestigkeit unseres Stahls prüfen, verstehen Sie? Als Ausgangspunkt müssen sie jetzt also herausfinden, wie stark die Federn dieser Kutsche sind.«

»Richtig«, sagte Dark und schleuderte seine Ausrüstung in die Equipage. »Ich werde das Parodbmnis hier aktivieren, und sobald der Fliegel eingestellt ist, setzen wir das Zeug in Gang« – damit packte er die Kästen, die unsere schon vorher verpackte Ausrüstung enthielten, und warf sie in den Fahrgastraum der Kutsche – »dann steigen wir alle ein und hüpfen ein bißchen darin herum, um zu sehen, wie stark die Federn sind. Danach können wir für Onkel Tom wie die Wilden erfinden.«

»Tja, der Standort hier ist aber doch recht unsicher«, bemerkte der Offizier und warf Oxford einen scharfen, prüfenden Blick zu. »Wenn Sie an den Wagen stoßen, könnte der direkt die Auffahrt hinunter und auf die Straße rollen. Ich kann mir eigentlich nicht vorstellen, daß Sie das möchten, Colonel. Und daß der Oberkommandierende das nicht möchte, weiß ich ganz sicher, also sollte ich diesbezüglich doch wohl eine kleine Sicherheitsvorkehrung treffen.« Und in kürzester Zeit hatte er ein Stück Kette und ein Vorhängeschloß geholt und band die Kutsche damit an einen kräftigen Baum.

»Tja«, sagte er und trat zurück. »Jetzt können Sie experimentieren, soviel Sie wollen, und brauchen keine Angst zu haben, daß Sie davonrollen.«

»Jetzt sind wir erledigt«, flüsterte Oxford mir zu.

»Keine Sorge«, murmelte Dark, der es gehört hatte. »Machen Sie nur weiter wie geplant.«

Folglich kletterten wir alle in den Wagen und begannen darin hin und her zu schaukeln, daß es nur so quietschte, als wollten wir die Stärke der Federn prüfen. Dark kletterte auf den Rücksitz, kramte in seiner Tasche und holte sein Schreibgerät heraus. Er drehte den Kolben ein wenig, dann beugte er sich hinaus und hielt das Instrument gegen die Kette, die straff zwischen der Kutsche und dem Baum gespannt war. Ein Teil davon glühte weiß auf, sie zerriß und fiel ab.

Der Captain rief: »He, was haben Sie ...«

Dark sprang auf den Boden, gab der Kutsche einen gewaltigen Stoß und sprang wieder auf, als sie anfing, den Abhang der Auffahrt hinunterzurollen.«

Als wir Tempo aufnahmen, kamen von hinten Rufe der Verwirrung.

»Thatchers Leute werden eine Zeitlang brauchen, um sich zu organisieren«, versicherte Oxford. »Das ist der Vorteil der Überraschung. TR sagte ...«

Ein scharfer Knall ertönte, dann peitschte etwas über unseren Köpfen durch die Luft.

»Sie haben sich recht schnell erholt«, sagte Dark.

»Das ist aber nur eine *Warnung*«, sagte Oxford. »Die würden es nicht riskieren, uns zu verletzen – Sie sind zu wichtig für die ...«

Es krachte noch zweimal, und Oxford riß die Hand von der Seite der Kutsche weg, wo ein großer Holzsplitter ganz dicht bei seinen Fingern herausgerissen worden war.

»Andererseits«, bemerkte Ari, »könnten sie durchaus der Meinung sein, es wäre besser, uns schwer beschädigt in der Hand zu haben als überhaupt nicht.«

»Nun ja, in einer Sekunde sind wir außer Schußweite – festhalten!«

Die Kutsche raste weiter, kam an eine Biegung, prallte gegen die niedrige Mauer, die die Auffahrt abgrenzte, rutschte ab und änderte so die Richtung. Die Kurve legte eine Reihe von Bäumen zwischen uns und unsere jetzt rennenden Verfolger.

Der Rest der Auffahrt hatte ein starkes Gefälle und führte zur Hauptstraße; unser Tempo steigerte sich erschreckend, als wir uns ihr näherten.

»Ist das nicht schneller, als Sie dachten?« rief Dark.

»Einiges«, erwiderte Oxford grimmig und hielt sich – wie

wir alle – krampfhaft fest, als die Kutsche über die holprige Oberfläche der Auffahrt hüpfte.

»Wie sollen wir anhalten?« fragte Dark.

»So wie es aussieht, indem wir in diesen Baum da drüben auf der anderen Seite hineinrasen! Gott, TR und ich hatten ausgerechnet, daß wir hier wie auf einer schnellen Rutschbahn runterkommen würden, nicht wie mit einem durchgehenden Pferd!«

»Nun, das wollen wir auch nicht, oder?« fragte Dark. Er beugte sich erst rechts hinten aus der Kutsche, dann links, dann richtete er sich auf. »Ich glaube, wir werden ...«

Die Kutsche machte plötzlich einen Satz, kippte dann nach rückwärts, und ihr Heck krachte mit solcher Wucht auf die Auffahrt, daß mehrere Teile abbrachen und wir alle schrecklich durchgerüttelt wurden; noch ein paar Meter schleifte sie weiter, dann blieb sie stehen. Vor uns rasten die beiden abgefallenen Räder wie verrückt die Auffahrt hinunter, über die Straße weg und in die Bäume hinein.

Wir befreiten uns selbst und unsere Habseligkeiten aus den Trümmern und brachten auf Oxfords Drängen hin das restliche, kurze Stück der Auffahrt im Laufschritt hinter uns. »Ich dachte mir schon, daß sie ohne einen vollständigen Rädersatz nicht weit fahren würde«, keuchte Dark, als er neben mir herrannte. »Also ... zack!« Er schwenkte sein Schreibwerkzeug und steckte es dann wieder in die Tasche zurück.

Tatsächlich war es eine schnelle, wirkungsvolle Lösung des unmittelbaren Problems gewesen, aber ich fand doch, daß jemandem mit Darks Fähigkeiten auf mechanischem Gebiet etwas hätte einfallen müssen, was nicht zu gar so vielen Prellungen führte, wie ich sie jetzt allmählich spürte.

Befriedigt sah ich, als wir die Straße erreichten, ein großes, geschlossenes Automobil mit einer Gestalt auf dem Fahrersitz ein paar Meter hinter der Auffahrt warten; es bebte und brummelte – ein willkommenes Zeichen, daß es fahrbereit war.

Wir schichteten uns hinein; Oxford sprang auf den Sitz neben dem Fahrer und rief: »Fahren Sie wie der Teufel!«

Mit einem Ruck fuhr die Maschine an, und bald flogen wir den Hügel richtig hinunter. Dark drehte sich um und schaute nach hinten. »Diese Marine-Leute sind gerade rechtzeitig die Auffahrt runtergekommen, um noch einen Zipfel von uns zu sehen – jetzt wissen sie, in was für einem Wagen wir sitzen!«

»Gut«, sagte Oxford, »wäre doch jammerschade, wenn sie es nicht wüßten.«

Diese rätselhafte Bemerkung interessierte mich nicht besonders, da ich mehr mit der Unbequemlichkeit und der erschreckenden Natur unserer Reise beschäftigt war. Der Wagen hüpfte und schwankte und gab ein ziemlich beunruhigendes, kreischendes Geräusch von sich, als er die scharfe Biegung am Fuß des Hügels nahm, ohne seine rasende Geschwindigkeit merklich zu verringern.

Wir rasten die Küstenstraße entlang, weg von Roslyn, und befanden uns bald in einer dünn besiedelten, dicht bewaldeten Gegend. Vielleicht fünf Meilen – und vier Minuten, meinen Berechnungen nach – weiter hielten wir an einem verlassenen Pier und wurden angewiesen, das Fahrzeug zu verlassen.

Ein größeres, mit einem kastenähnlichen Aufbau, der in prächtigen, goldenen Lettern die Aufschrift ›OSTERMAIERS – DAS BIER, DURCH DAS FLATBUSH AUF DIE LANDKARTE KAM‹ trug, stand neben der Straße. Wir wurden hastig ins Innere geschoben, das mit großen, stechend riechenden Fässern vollgestellt war, zwischen denen wir nur mit Mühe Platz fanden; der Fahrer schwang die Hecktüren zu, und einen Augenblick später wurden wir wieder unangenehm durchgerüttelt, nur diesmal in völliger Dunkelheit und begleitet von einem sehr durchdringenden, aber nicht unangenehmen Geruch.

»Wo ist die Lampe?« hörte ich Oxford fragen. »Man hat dem Burschen doch gesagt, er soll eine ... Ach, da ist sie ja.«

Man hörte ein Rattern, ein Klirren und ein Kratzen; ein

Licht flammte auf und wurde gleichmäßig, als Oxford die Öllampe einstellte und sie auf den Boden des Fahrzeugs setzte.

»Es läuft wunderbar«, verkündete er händereibend. »Sie werden den Wagen ungefähr in einer Stunde finden und müssen damit rechnen, daß wir eventuell mit einem Boot geflohen sind – das macht ihnen zusätzlich noch ein paar Schwierigkeiten und verwischt unsere Spur ein wenig. Wir werden nach Glen Cove hinüberfahren und dann auf der großen Straße zurück nach New York. Wenn der Wagen aufgehalten wird, ducken wir uns in die leeren Fässer weiter vorne, aber ich glaube, das wird nicht nötig sein. Und jetzt ziehen Sie besser einmal das hier an!«

Er zerrte einige in Papier gewickelte Bündel hervor, die, wie sich zeigte, Eingeborenenkleidung in einem Stil enthielten, der sich deutlich von dem unterschied, den wir jetzt trugen, und wir folgten seinen Anweisungen. Nachdem wir angekleidet waren, musterte er uns. »Sie sehen aus wie ein Haufen Farmer aus dem Norden, die ein Schlepper für ein Kleidergeschäft auf der Grand Street vom Gehsteig geholt hat – großartig! Niemand wird einen zweiten Blick auf Sie werfen, selbst wenn man annimmt, daß jemand nach uns Ausschau hält.« Oxford zog keine andere Kleidung an, er begnügte sich damit, sich einen großen Schnurrbart im Gesicht zu befestigen, dieser Gegenstand war zusammen mit unseren Kleidern in den Bündeln gewesen.

»Sagen Sie«, meinte Dark, »wird Roosevelt wegen dieser Geschichte keine Schwierigkeiten bekommen? Ich meine, er und sein Sohn waren die einzigen, die uns besucht haben, und ich kann mir nicht vorstellen, daß Edison nicht auf die Idee kommt, das müsse man sich einmal genauer ansehen.«

»Zum einen sind TR und Kermit gestern nach Afrika abgereist«, erwiderte Oxford, »und daher wäre es im Augenblick ziemlich schwierig, ihm irgendwelche peinlichen Fragen zu stellen. Aber die Hauptsache ist, daß ich eine ziemlich drastische, falsche Spur für Edison und seine Leute gelegt habe. Wenn sie das Haus durchsuchen, werden sie in meinem Zimmer alle möglichen Papierfetzen finden, bedeckt mit mysteriösem Gekritzel und einer Menge Telefonnummern. – Aha! werden sie sagen und sich daranmachen herauszufinden, wer am anderen Ende dieser Nummern ist – und sie werden erfahren, daß es sich meistens um ausländische Konsulate handelt. Deutschland, Österreich-Ungarn, Japan, Serbien, Rußland – und noch viele andere. Ich habe sie alle in den letzten paar Tagen angerufen – habe ihnen ein paar dumme Fragen gestellt –, so daß der örtliche Vermittler sich erinnern wird, sie durchgestellt zu haben. Und um den Spaß noch zu steigern, habe ich eine Nummer aufgeschrieben, die ich zufällig kannte – von einem Polizisten aus New York City, einem ziemlich hochgestellten Burschen, von dem man weiß, daß er mit einigen von den Gangs gemeinsame Sache macht. Wenn sie das jetzt alles zusammensetzen, haben sie dann nicht einen hübschen Conan-Doyle-Plot vor sich? Oxford, der Renegat, bittet ausländische Agenten um Hilfe, die scharf darauf sind, an US-Geheimnisse ranzukommen, nimmt Kontakt zu korruptem Polizisten auf und bewerkstelligt Flucht mit Hilfe von Gangstern! Das müssen sie einfach schlucken oder sich wenigstens eine Zeitlang damit abgeben, es ziemlich gründlich zu untersuchen. Besonders«, fügte er nachdenklich hinzu, »da der Wagen, der uns abgeholt hat, einem toten Kaninchen gehört.«

»Reißen Sie sich zusammen, Oxford!« sagte Dark streng. »Was sollte selbst ein lebendiges Kaninchen mit einem Automobil anfangen? Sie faseln, Mann!«

Aber es zeigte sich, daß das nicht stimmte. Die Personen, die eigentlich für das Mißverständnis verantwortlich waren, waren eine Gruppe von Verbrechern, die sich den Namen ›Tote Kaninchen‹ gegeben hatten. Wir hatten alle genügend Erfahrung mit den Sitten der Erde, um uns nicht damit aufzuhalten, uns nach den Beweggründen dafür zu erkundigen; wenn sie zufällig bekannt waren, würden wir sie wahrscheinlich nicht verstehen. Der Wagen war früher an diesem Morgen in New York durch Vermittlung eines Beamten verstohlen in Besitz genommen worden, den Roosevelt vor einigen Jahren kennengelernt hatte, als er Chef der Polizei war und den er bei dem Plan hatte ins Vertrauen ziehen können.

»Es hat ihn gereizt, mitzumachen«, sagte Oxford. »Die Pinkertons, oder wen immer Edison darauf ansetzt, werden den Besitzer unverzüglich ausfindig machen, und auf diese Weise kommen die Kaninchen unter furchtbaren Druck von der Bundesregierung, und das wird wiederum den Polizisten – wenigstens den ehrlichen – sehr gefallen, sie werden auch nicht das Geringste dagegen haben, wenn man Lieutenant Becker, dem, dessen Telefonnummer ich aufgeschrieben habe, ebenfalls ein bißchen Feuer unter dem Hintern macht.« Er befingerte schwermütig seinen falschen Schnurrbart. »Natürlich gefällt es mir nicht, daß ich jetzt als der Benedict Arnold des Zwanzigsten Jahrhunderts dastehe. Aber das geht wohl irgendwann vorbei, und die Leute, die mich kennen, werden nicht glauben, daß ich ein Verräter bin, und was die anderen denken, kümmert mich nicht allzusehr. Und überhaupt, was soll's; wenn man Kuchen bakken will, muß man ein paar Eier zerbrechen.«

Seine Bemerkung über die Zubereitung von Nahrung war, obwohl für das, was er vorher gesagt hatte, ohne Bedeutung, wie es bei Gesprächen mit ihm so oft der Fall war, eine unerwünschte Erinnerung daran, daß ich aus Nervosität beim Frühstück nur wenig gegessen und seitdem nichts mehr bekommen hatte. Anscheinend hatte man auf diese Reise nichts zu essen mitgenommen, obwohl ich gedacht hätte, daß Oxford dafür sorgen würde, und so mußte ich mich umstellen und die Dämpfe einatmen, die aus den leeren Fässern strömten, und obwohl sie den Hunger nicht stillten, riefen sie nach einer Weile wenigstens ein Gefühl des Wohlbehagens hervor und sogar eine Neigung, den Rest der Reise zu verschlafen.

Man weckte mich, um mich mit den anderen auf einer steingepflasterten Straße in der Stadt abzusetzen, die von großen Schuppen und Schiffsschnäbeln gesäumt war.

»Wir müssen uns beeilen!« sagte Oxford, und wir packten unsere Habseligkeiten und folgten ihm zum nächsten Schuppen, während der Bierwagen die Straße hinunter davonfuhr. Dann erkletterten wir einen schrägen Gehweg und fanden uns an Bord eines großen Schiffes, wo man uns Schlafkabinen zuwies.

Wie in dem Zug, mit dem wir gefahren waren, gab es auch auf der PAVONIA Personen, die bereit waren, eine Reihe persönlicher Dienste zu leisten, besonders brachten sie denjenigen, die es wünschten, zu essen und zu trinken, und so konnte ich das Auspacken meiner bescheidenen Besitztümer bald mit einer dringend benötigten, leichten Mahlzeit und einem Quantum Bier verbinden – die aromatische Fahrt im Lastwagen hatte mich auf diese Substanz neugierig gemacht, der ich noch nicht begegnet war, aber es stellte sich heraus, daß sie dem Würzburger, das ich früher schon genossen hatte, nicht unähnlich war. Um diese Feststellung zu überprüfen, bat ich den Diener, mir Würzburger zu bringen, und durch wohlerwogene Abwechslung gelangte ich zu einer klaren Erkenntnis der Ähnlichkeiten wie auch der Unterschiede zwischen den beiden.

Der Himmel verdunkelte sich, während die PAVONIA hinaus in den Hafen der Stadt dampfte und an der Statue vorbeifuhr, die wir vor so vielen Monaten besucht hatten. Als ich an der Reling stand – wie es hier anscheinend obligatorisch der Brauch war, obwohl ich nichts dagegen gehabt hätte, mich auf meinem Schlafplatz auszuruhen –, erinnerte ich mich der Worte in der Inschrift am Fuß der Statue über ›die Sehnsucht, frei zu atmen‹ und mußte zugeben, daß sie zutreffend waren; jetzt, da ich von diesem beängstigenden Amerika mit seinen schnellen Reisen, seinen waffenstarrenden Wächtern, den komplizierten Ränken und dem wirklich sehr unvernünftigen Präsidenten Abschied nahm, begann ich in der Tat freier zu atmen.

»Sieh dir das einmal an, da!« Dark packte mich so fest am Oberarm, während er sprach, daß es weh tat. Mit der freien Hand zeigte er zur Seite, wo ein zweites Schiff über das breite Wasser heranstampfte. Es war ziemlich genau auf uns gerichtet, bewegte sich aber, wie ich erfreut feststellte, nicht so schnell, daß irgendeine Gefahr bestanden hätte, es könnte vielleicht in uns hineinfahren; und auf beiden Seiten sah ich ein großes Rad, das sich drehte und ins Wasser tauchte.

»Der verdammte Bursche in der Schenke!« brummte Dark wütend. »Er ist einfach hingegangen, hat die Idee allein verkauft und uns völlig rausgedrückt! Nun, jetzt reicht es! Wenn Ari diese Kerle dazu kriegen will, aufeinander zu schießen und sich gegenseitig in die Luft zu jagen, dann gebt ihm noch mehr Macht! Vielleicht ist die Idee gar nicht so schlecht, selbst wenn wir damit nicht von diesem Planeten wegkommen, nur so ganz allgemein.«

FÜNFZEHN

Von unserer Reise, die ungefähr sechs Tage dauerte, ist wenig Bemerkenswertes zu berichten. Ein Stück Ozean glich dem anderen ziemlich, und die regelmäßige Aufeinanderfolge reichlicher Mahlzeiten, von denen zwei der täglichen drei von einer interessanten Auswahl von Weinen begleitet wurden, kennzeichnete den Verlauf der Zeit in einer beruhigenden, aber nicht besonders lebendigen Art und Weise.

Auf Oxfords Rat hin vermieden wir meist den Kontakt mit unseren Mitreisenden, da er sich anscheinend nicht sicher war, ob wir eine längere Unterhaltung durchhalten konnten, ohne zu verraten, daß wir andere waren, als wir zu sein vorgaben. »Es war schwierig genug, Sie unter falschem Namen an Bord zu bringen«, bemerkte er, »auch ohne jetzt zu riskieren, daß die Sache auffliegt. Glücklicherweise haben die Vereinigten Staaten kein Paßsystem wie in Rußland oder in anderen Ländern, sonst hätten wir es nie geschafft.«

Vielleicht hatte Dark Pech, vielleicht war er auch weniger gewissenhaft als wir übrigen, jedenfalls fand er sich häufig im Gespräch mit einer Frau, die beim Essen am Nebentisch saß und sich allmählich in unsere Gruppe drängte, wobei sie ihre Aufmerksamkeit auf Dark konzentrierte. Anscheinend hatte sie ihren Partner verloren oder vielleicht verlegt – ob nun freiwillig oder nicht war unklar – und war daher vielleicht eine von den ›lustigen Witwen‹ von denen ich in dem Lied im ›Garten‹ auf dem ›Garten‹ gehört hatte.

Am dritten Abend der Reise entspannten sich Ari, Valmis und ich im Rauchsalon, als Dark, den wir seit dem Essen nicht mehr gesehen hatten, sich uns näherte. »Die verdammte Frau wollte, daß ich mit ihr auf dem Deck spazierengehe, um den Mond anzuschauen. Ich sagte ihr, so er-

MARVANO 81 ©

schütternd sei der gar nicht, nichts als ein Haufen Steine und Staub – ihr wißt doch noch, Jungs, wir haben ihn genau gesehen, als wir reinkamen – und daß es ohnehin verteufelt kalt draußen sei. Da sagte sie, das Wetter sei nicht das einzige, was kalt sei und stürmte in ihre Kabine. Und was hatte das nun zu bedeuten?«

»Das ist schwer zu sagen, wenn man die größeren Muster nicht voll kennt«, meinte Valmis, »aber wenn man sich sozusagen die Mikromuster ansieht, würde ich die Vermutung wagen, daß sie einen Anfangsschritt in einem Paarungsritual unternommen hat, und daß deine Reaktion darauf ein Fehlen jeglichen Interesses daran erkennen ließ. Was sie metaphorisch dir als unzureichende Temperatur zum Vorwurf machte – oder so ähnlich.«

»Meinst du wirklich?« fragte Dark. »Ha!« Er ging mit langen Schritten aus dem Salon, und wir drei nahmen unsere ziellose Unterhaltung wieder auf. Ich hatte mir ein Quantum einer Substanz namens ›Brandy‹ besorgt und untersuchte gerade seine Eigenschaften, als Dark etwa zwanzig Minuten später wiederkam.

»Du hattest recht«, sagte er zu Valmis.

»Und wie bist du zu dieser Schlußfolgerung gelangt?« fragte Ari.

»Nun, ich ging in ihre Kabine hinunter, die Nummer hatte sie mir schon vor einiger Zeit verraten, und schlug gegen die Tür, und als sie aufmachte und fragte, was ich wollte, erkundigte ich mich, ob der Blödsinn mit dem Spazierengehen etwas mit einem Paarungsritual zu tun habe, und da lachte sie und sagte, vermutlich schon, also sagte ich: ›Na, dann los!‹, und das taten wir dann auch. Natürlich machten wir vorher die Tür zu; sie sagte, das sei ihr lieber so.«

Valmis schien sich zu freuen, daß sich seine Einschätzung der Situation als zutreffend erwiesen hatte; Ari sah Dark interessiert an, und ich erschrocken.

»Wie war es?« fragte Ari.

Dark hob die Schultern. »Nicht viel anders. Wenn man so einen humanoiden Standardkörperbau hat, gibt es in dieser

Richtung nicht allzuviele Überraschungen. Ich dachte mir schon, daß das der Fall sein würde, nach dem, was mir Wells erzählt hatte. Wells weiß anscheinend sehr viel über diesen Bereich, obwohl ihn das von Zeit zu Zeit in Schwierigkeiten bringt.«

»Und er ist nicht der einzige!« rief ich. Intime Bekanntschaften mit Eingeborenenfrauen wurden aus verschiedenen Gründen von den Vorschriften für Forschungsreisende entschieden mißbilligt. Zu diesem Zweck hatte man auf früheren Reisen unsere biochirurgischen Implantate in der Reichweite vergrößert und dieses Problem aus dem Bereich des freien Willens herausgenommen. »Willst du damit sagen, daß die Implantate nicht funktionieren?«

Darks Gesicht trug ein zufriedenes Lächeln, als er mich ansah. »Nicht«, sagte er, »wenn man sich sehr Mühe gibt.«

Als die PAVONIA sich an ihren Liegeplatz heranschob, erkannte ich voll Freude die winzige Gestalt von Wells, der vom Pier zu uns heraufwinkte. Er hatte einen großen Motorwagen mit Chauffeur mitgebracht, in dem wir sechs mit unseren Habseligkeiten bequem Platz fanden; nachdem die Einreiseformalitäten erledigt waren, rasten wir davon. Es überraschte mich, daß die Ladenschilder und andere sichtbare Schriftbeispiele größtenteils nicht zu entziffern waren, und das sagte ich auch.

»Nun ja, wissen Sie, sie sind französisch«, erklärte Wells.

»Wieso das? Ich dachte, in England hätte man dieselbe Sprache wie in Amerika?«

Erst jetzt erfuhr ich, daß wir in Frankreich waren, und nicht in England, obwohl wir den König der Engländer besuchen sollten. Der König hatte, wie es schien, die Angewohnheit, sein Land für ziemlich lange Zeitspannen zu verlassen, besonders während des unbeständigen Wetters im Spätwinter und im Vorfrühling, die er in Frankreich verbrachte, aber auch im Sommer und im Herbst. Seine Untertanen, weit davon entfernt, ihm das übelzunehmen, freuten sich darüber, weil die meisten von ihnen selbst oft lieber anderswo gewesen wären und so aus zweiter Hand ein Gefühl des Stolzes und der Freude aus den Reisen ihres Monarchen bezogen.

»Es war ganz schön aufwendig, das alles zu arrangieren«, sagte Wells. »Roosevelts Telegramme – er hat sie an den König, den Premierminister und an den Präsidenten der Handelskammer abgeschossen, ließen alle die Ohren spitzen, und sie mußten zu *mir* kommen, um sich Hinweise zu holen, was sie tun sollten. Meine Güte, weil es Asquith nicht schwerfiel, einen ›abscheulichen, kleinen fabianischen Sensualisten‹ um Rat fragen zu müssen!« Wells sprach die Worte richtiggehend genüßlich, als schwelge er in jedem einzelnen Ausdruck, was er vermutlich auch tat. »Aber er konnte trotzdem nicht anders, wenn er von mir die Gewißheit haben wollte, daß Sie wirklich echt waren, und ein paar Tips darüber, wie er mit Ihnen umgehen sollte. Asquith möchte unbedingt sehen, was man zum Wohle des ›Imperjoms‹ aus Ihnen rausholen kann, aber der junge Churchill bei der Handelskammer – Roosevelt hat ihn eingeweiht, weil er glaubt, daß Winnie im Grunde genommen der gleiche Typ ist wie er, obwohl sie im Augenblick politisch nicht übereinstimmen, da Churchill eher meiner Denkweise zuneigt, oder das jedenfalls behauptet – ist unbedingt dafür, alle Freuden, die Sie vielleicht zu bieten haben, uneingeschränkt zum Wohle der ganzen Menschheit verströmen zu lassen. Jedenfalls ist es arrangiert, daß Sie den König in Biarritz treffen, und dorthin sind wir jetzt unterwegs. Er ist ein netter, alter Knabe, wirklich – weiß, was er will in bezug auf Essen, Weine, Zigarren und Frauen, und das macht ihn bei allen guten Engländern beliebt. Was übrigens die Frauen angeht, falls Sie, während Sie dort sind, eine Mrs. Keppel kennenlernen sollten, müssen Sie einen Mittelweg finden zwischen sehr herzlich und sie übersehen; der König ist unheimlich befreundet mit ihr, wenn Sie wissen, was ich meine, aber niemand soll davon irgendwie Notiz nehmen.«

»Da wir gerade von Frauen sprechen«, sagte Dark, »auf dem Weg nach Frankreich ist da eine komische Sache passiert mit einer Witwe ...« Er und Wells vertieften sich eine Zeitlang in ein Gespräch, das sie anscheinend völlig in Anspruch nahm, während wir übrigen Teile von Frankreich am Wagen vorbeiwirbeln sahen.

Als sie fertig waren, ergriff Oxford das Wort. »Wells«, sagte er, »eines sollten Sie wissen. Unsere Freunde hier kommen nicht als Abgesandte irgendeines sternenumspannenden Imperiums, nein, in der Tat nicht.« Als er seine Erklärung beendet hatte, sah Wells uns sonderbar an. »Soweit es mich angeht«, sagte er, »habe ich nichts gehört. Wenn es darum geht, mit einer Geschichte an den König heranzukommen und ihm dann zu sagen, daß man die Tatsachen ein wenig ändern muß, dann überlasse ich das lieber Ihnen. Wenn es deshalb einen Mordskrach gibt, stehe ich bereit, um die Überreste aufzulesen, aber ins Getümmel stürze ich mich nicht.«

Die Reise nahm den Rest dieses Tages und einen Teil des nächsten in Anspruch, die Stunden der Dunkelheit verbrachten wir in einem Gasthaus in einer kleinen Stadt, die nicht viel Interessantes zu bieten hatte. Ich machte am Abend einen Rundgang und fand ein Haus, das, wie man mir sagte, mit dem französischen Wort für ›Kaffee‹ gekennzeichnet war, ein mildes Anregungsmittel, das ich morgens in Amerika genossen hatte, aber hier war die Palette von Kaffees erheblich größer als ich es vorher erlebt hatte. Es gab eine süße Sorte mit Namen ›Absinth‹, die recht glatt hinunterging, eine zweite namens ›Kognak‹, die in der unmittelbaren Wirkung schärfer war, aber ziemlich viel innere Wärme zu erzeugen schien, und das war ganz nützlich, um die Kühle zu vertreiben, die in der Luft lag.

Diese Luft muß schlaffördernde Eigenschaften besessen haben, denn nur mit größter Schwierigkeit war ich am nächsten Morgen zu wecken und dazu zu bringen, unsere Reise fortzusetzen.

Kurz nach zehn Uhr vormittags fuhren wir vor einem großen Hotel in Biarritz vor und wurden schnell zu einer großen Suite im ersten Stock geführt. Der Name des Hotels war das französische Wort für ›Palast‹, deshalb hatte es sich der König vermutlich ausgesucht. Oxford blieb im Foyer zurück, da die Ansicht bestand, sein Status als flüchtiger Offizier der Armee der Vereinigten Staaten könnte den König später in Verlegenheit bringen.

Ein großer Mann, vom Umfang her irgendwo zwischen Roosevelt und Taft, mit einem Schnurrbart, der so eindrucksvoll war wie der von Roosevelt und zusätzlich einem Bart, saß am Kopfende eines großen Tisches, auf dem verschiedene Sorten von Fleisch, Zutaten, Broten, Getränken, Süßigkeiten und Gerätschaften ausgebreitet waren.

An diesem Punkt war Wells der Führer unserer Gruppe, er verbeugte sich tief und sagte: »Guten Morgen, Eure Majestät.«

»Sie sind Wells«, stellte der König fest und deutete mit einer Gabel auf ihn. »Sozialist, nicht wahr? Auch Schwierigkeiten mit Frauen, wie? Ich habe davon gehört. Schadet nichts, solange man sich nicht niederträchtig benimmt, schadet gar nichts! Und das sind die Herren aus dem Weltraum, nicht wahr? So.« Er betrachtete uns mit seinen leicht vorquellenden Augen. »Sie sehen nicht seltsamer aus als eine ganze Menge Leute in meinem Imperium«, sagte er, »oder auch an meinem Hof. Aber wenn Mr. Roosevelt, den Gott beschützen möge, für Sie bürgt, muß ich akzeptieren, daß Sie sind, was Sie sagen.« Er sprach ganz anders als Wells, und ich merkte mir, daß die aristokratischen oder königlichen Schichten in England offenbar eine Sprechweise benützten, die die ›r‹ stärker gepreßt artikulierte und die ›w‹ fast gänzlich in ›v‹ verwandelte.

»Es wäre interessant gewesen zu sehen, was meine Mutter von Ihnen gehalten hätte«, sagte der König und musterte uns. »Vermutlich wäre sie gnädig und voll guter Ratschläge gewesen, aber nicht im mindesten belustigt. Mein Vater, ja, das wäre der richtige Mann für Sie gewesen – für alles hat er sich interessiert, Maschinen und Fortschritt und so weiter. Der Gedanke, mit Menschen von einer anderen Welt zu sprechen, hätte ihn fasziniert. Aber vielleicht hätte es ihm einige Schwierigkeiten bereitet, Ihre Existenz mit seinem festen Glauben an die Bibel zu vereinbaren.«

»Während der amerikanischen Wahlen hatte Mr. Bryan unseretwegen etwa die gleichen Schwierigkeiten«, sagte Ari, nahm geistesabwesend etwas aus einer Schüssel, was vielleicht Fisch war, und kaute darauf herum.

König Edward sah ihn kalt an und sagte: »Wenn mir nicht schon Mr. Roosevelt und mein Premierminister – und aus Gründen, die ich nicht einsehe, die ich aber noch herausfinden möchte, auch der Präsident der Handelskammer – versichert hätten, daß Sie sind, was Sie zu sein vorgeben, jetzt wäre ich überzeugt davon. William Jennings Bryan mit Albert von Sachsen-Coburg-Gotha, dem Prinzgemahl der Königin von Großbritannien und Irland, der Kaiserin von Indien und Verteidigerin des Glaubens zu vergleichen, das ist nur bei einer Person vorstellbar, die nicht von dieser Welt ist. Mein lieber Mann, Sie müssen die Gräten aus dieser Forelle entfernen, sonst ersticken Sie daran – hier, ich zeige Ihnen, wie man das macht!«

Auf Aufforderung des Königs frühstückten wir mit ihm, und es reichte leicht für alle.

»Nun«, sagte er am Ende des ausgiebigen Mahles, »wir haben einiges zu besprechen, nicht wahr? Sonderbare Umstände, muß ich sagen, sonderbare Umstände. Roosevelt hat einige verteufelt lange Telegramme geschickt, sich aber eigentlich nicht allzu klar ausgedrückt. Soviel ich mitbekommen habe, mußten Sie die Vereinigten Staaten ziemlich überstürzt verlassen?«

»Unsere Gespräche mit Mr. Edison verliefen nicht zufriedenstellend«, sagte Ari, was sicher nur zu richtig war. »Er wollte sie sobald wie möglich zum Abschluß bringen, aber wir fanden, wir könnten sie besser fortsetzen, wenn wir einen größeren Vorrat an Informationen über Ihren Planeten hätten. Leider bedrängte er uns sehr, und um also Unannehmlichkeiten zu vermeiden, haben wir ...«

»Nicht auf den Befehl zur Abreise gewartet, wie? Nun, ich möchte nicht, daß unsere Beziehungen zu den Vereinigten

Staaten irgendwie getrübt werden, weiß Gott nicht, aber ich begreife nicht, wie Mr. Edison daraus ein Problem machen kann – ich meine, Abgesandte sind doch dazu da, daß sie sich ungehindert bewegen können, sonst hat die ganze Diplomatie keinen Sinn, oder?«

Dabei machten sowohl Wells wie Ari verlegene Gesichter. Ich überlegte, daß diese Situation wohl sehr viel Zartgefühl erfordern würde. Der König hielt uns noch immer für Abgesandte, Wells aber wußte, daß wir das nicht waren. Dem König würden wir unsere eigentlichen Ziele begreiflich machen müssen, während wir sie, wenigstens in diesem Stadium, vor Wells und Oxford noch geheimhielten. Ich hoffte, daß Ari der Meinung war, für dieses Problem sei ein Metahistoriker zuständig, denn ich konnte mir bei keinem von uns übrigen vorstellen, daß er damit fertig würde.

»Na schön«, fuhr der König fort. »Mit wem von Ihnen soll ich sprechen?«

»Mit mir, Euer Majestät«, erwiderte Ari. »Ich bin der Sprecher für unsere ... äh ... Delegation. Und wenn es gestattet ist, möchte ich gerne meinen Kollegen Raf dabeihaben. Er ist der Chronist unserer Mission und sollte anwesend sein, um jegliches vielleicht entstehende Mißverständnis aufklären zu können.«

»Eine gute Idee«, stimmte der König zu. »Ich wünschte, jemand anders als mein Neffe Wilhelm hätte meine Gespräche mit ihm vor zwei Monaten in Berlin aufgezeichnet. Wir sprachen von unserer Marine, und er redete sich ein, ich hätte zu diesem Thema einige höchst bemerkenswerte Stellungnahmen abgegeben! Was nun die übrigen angeht, warum machen Sie heute vormittag nicht eine Spazierfahrt durch die Umgebung? Das wird Ihnen gefallen; mir gefällt es immer. Sie können auch bei den Pelota-Wettkämpfen in Anglet vorbeischauen, und in La Barre findet ein gutes Rennen statt. Es sind ausgezeichnete Autos, diese Mercedes, höchst zuverlässig.«

»Sind das wohl die großen, rötlichen, die ich draußen gesehen habe?« fragte Dark.

»Meine Maschinen sind weinrot, ja«, sagte der König.

»Ach, in einem von denen würde ich gerne eine Spritztour unternehmen«, sagte Dark. »Sagen Sie, wie ist das Übersetzungsverhältnis für die Höchstgeschwindigkeit? Ich glaube, bei amerikanischen Wagen ...«

»Das könnten Sie meinen Chauffeur fragen«, sagte der König. »Ich finde die Dinger faszinierend, habe aber nicht die leiseste Ahnung, wie sie funktionieren.«

Nachdem der König die anderen in die Obhut eines seiner Diener gegeben hatte, führte er Ari und mich in sein Arbeitszimmer. »Ah, sehr gut«, sagte Ari, als er sich in dem großen Raum umsah. »Karten und alles mögliche – die runde hier, das Modell des Planeten, auf der alles drauf ist; das wird nützlich sein, nehme ich an. Ich hoffte, daß Sie genügend Landkarten haben würden. Bei vielen Leuten ist das nicht so, wie ich festgestellt habe.«

Der König ließ sich auf einen großen Stuhl hinter seinem Schreibtisch nieder und schaute Ari scharf an. »Viele Leute sind auch keine Könige«, sagte er. »Was glauben Sie denn, wie ich über ein Imperium herrschen soll, das sich über die ganze Welt ausgebreitet hat, wenn ... nun, lassen wir das! Meine Herren, da Sie ein anderes Imperium vertreten, eines, das, soviel ich verstanden habe, wesentlich größer ist als meines, könnten Sie mir vielleicht als erstes etwas über Ihre Absichten und Interessen hier erzählen, zuerst in bezug auf das Britische Imperium, dann auf den Rest der Welt.«

Ich bewunderte Aris Selbstbewußtsein, mit dem er die Tatsachen unserer Situation im Gegensatz zu dem Märchen umriß, mit dem wir uns Zutritt zum König verschafft hatten. König Edward hörte ernsthaft zu, sein Gesicht verriet weder Zorn noch Erstaunen. Am Ende von Aris Erklärung zündete er sich sorgfältig eine Zigarre an und nahm einen tiefen Zug, was einen kurzen Hustenanfall auslöste, dann blickte er uns an.

»Einige meiner Vorgänger hätten Sie in Ketten gehängt oder auf die Folter gespannt, weil Sie sich fälschlicherweise als Abgesandte ausgegeben haben«, bemerkte er, »und ich muß sagen, daß auch ich nicht erfreut bin über Ihre Hochstapelei. Aber man muß vermutlich flexibel sein, wenn man es mit Personen von einer anderen Welt zu tun hat. Und ich will Ihnen eines sagen, ich bin erleichtert, daß Sie nicht sind, was Sie zu sein behaupteten. Wir haben im Augenblick genügend zu tun mit den Imperien, die wir hier haben, und wenn wir uns noch mit einem anderen von außerhalb der Erde messen müßten, würde das wahrscheinlich sämtliche Außenminister zum nackten Wahnsinn treiben. Diejenigen, die noch nicht wahnsinnig sind«, fügte er hinzu.

»Nun gut«, fuhr er fort, »was Sie wirklich wollen, ist Unterstützung bei der Instandsetzung Ihres Luftschiffs, oder was es auch sein mag. Da müßte sich etwas machen lassen. Unsere britischen Werften sind in aller Welt Gegenstand des Neides, und ich habe keinen Zweifel, daß sie in der Richtung etwas tun könnten. Ich glaube auch sagen zu können, daß die Regierung bereit wäre, die Kosten zu tragen, da das eine ausgezeichnete Werbung für die Industrie unseres Reichs wäre. Ich werde das dem Handelsministerium unterbreiten – Churchill wäre wahrscheinlich Feuer und Flamme dafür.«

»Mit allem Respekt, Euer Majestät«, sagte Ari, »im Augenblick ist es völlig ausgeschlossen, daß irgendeine Werft der WANDERER helfen könnte. Der Planet hat einfach nicht die dafür notwendige Technologie. Es ist eine Menge Fortschritt erforderlich, Sie würden es vielleicht einen großen Sprung nach vorn nennen, ehe man etwas tun kann.«

Ich wartete mit beträchtlichem Interesse auf die Enthüllung der geheimnisvollen, metahistorischen Techniken, mit denen Ari den König zu unseren Gunsten manipulieren wollte. Zu meiner Überraschung stürzte er sich aber kopfüber in seine These über die Unvermeidlichkeit eines drohenden, größeren Krieges, sprach über die Zerstörung, die er anrichten würde, während er gleichzeitig die Wissenschaft förderte, und darüber, wie wünschenswert es sei, ihn schnell in Gang zu bringen, um die schlimmsten Auswirkungen möglichst niedrig zu halten, die (aus seiner Sicht) günstigen dagegen zu bewahren. Ich mußte zugeben, daß er seine Theorie überzeugend vorbrachte, er stützte sie, indem er von Landkarte zu Landkarte schoß, hypothetische Bewegungen von Armeen und Flotten umriß, demonstrierte, welche Rolle die Beschaffenheit kontinentaler Landmassen spielen würde und Statistiken über die industrielle und landwirtschaftliche Produktion zitierte, aber ich war nicht der Meinung, daß das die taktvollste Methode der Überredung darstellte.

Anscheinend teilte der König meine Gefühle. Obwohl er offenbar von dem gräßlichen Bild erschüttert war, das Ari von dem gezeichnet hatte, was seiner Zivilisation bevorstand, blinzelte er ihn an und fragte langsam: »Und was hat Edison gemacht, als Sie ihm das alles erzählt haben?«

»Oh, das haben wir natürlich nicht getan, Euer Majestät«, sagte Ari. »Wissen Sie, die Amerikaner *wählen* ihre Führer. Bei Edison haben sie das gerade eben erst hinter sich.«

»Der amerikanische Wahlvorgang ist mir bekannt«, sagte der König grimmig.

»Das ist gut; dann werden Sie einsehen, daß die Hauptaufgabe dieser Führer eigentlich darin besteht, gewählt zu werden, nicht etwa, das Land zu leiten, und deshalb machen sie das natürlich nie so richtig professionell. Ich konnte mit Edison nicht offen sprechen, verstehen Sie, denn er konnte unmöglich bereit sein, das, was ich ihm erzählt hätte, zu begreifen und danach zu handeln.«

»Ein interessanter Gesichtspunkt«, sagte der König und schaute der Rauchwolke nach, die aus seiner Zigarre strömte. »Und ...?«

»Nun, Leute wie Sie, Kaiser und so, sie werden von Geburt an zum Herrschen erzogen, und Sie wissen, daß Sie diesen Posten auf Lebenszeit innehaben werden, außer es kommt etwas dazwischen, zum Beispiel Bomben in Rußland, oder jemand wird geköpft, wie etwa Ihr Charles. Obwohl, wenn ich so darüber nachdenke, auch diese Leute hörten erst auf, Zaren oder sonstwas zu sein, als sie tot waren, nicht wahr, also läuft es auf das gleiche hinaus. Jedenfalls ist es einleuchtend, daß ein Erbmonarch natürlicherweise besser befähigt ist, Staatsangelegenheiten vom Standpunkt der Logik aus zu betrachten – wenn ich es so ausdrücken darf – und die Prinzipien der Metahistorie zu verstehen, die dem Wachstum und dem Verfall von Kulturen zugrundeliegen.«

Der König zog an seiner Zigarre, nahm sie dann aus dem Mund, schürzte die Lippen auf seltsame Weise und stieß ein Quantum Rauch aus, das die Form eines Rings annahm und eine Zeitlang in der Luft hing. »Das gelingt mir nicht jedesmal«, bemerkte er, dann wandte er sich Ari zu und sah ihn direkt an. »Mein lieber Mann, wenn wir Monarchen so scharfsichtig sind, wie Sie anscheinend glauben, warum kommen Sie dann mit dieser entsetzlichen Idee von einem Weltkrieg zu uns? Glauben Sie nicht, daß wir alles tun werden, was wir können, um ihn aufzuhalten? Und damit wären wir natürlich von Ihrem Standpunkt aus völlig unbrauchbar, wie ich das sehe.«

Ari gluckste und antwortete: »Meine Güte, nein. Ich hoffe wirklich, daß Sie erkennen werden, wie logisch das ist, was ich sage, und Ihre Verfügungen dementsprechend treffen, damit Sie Ihren Krieg hinter sich bringen, ohne Ihre Zivilisation völlig zu zerstören, denn das würde für uns eine viel ausgedehntere Verzögerung bedeuten, als ich mir vorstellen möchte, aber eine Möglichkeit, den Krieg abzuwenden, gibt es nicht. Schauen Sie«, sagte er und zeigte auf das Fenster. »Sehen Sie die Hügel da draußen, mit den weißen Gipfeln?«

Der König blickte in die angegebene Richtung und sagte: »Ja. Das sind übrigens die Pyrenäen, falls das von Bedeutung ist.«

»Tja, nun stellen Sie sich vor, da oben, auf einem dieser Berge, liegen ein paar große Steine, ziemlich viele davon, verstreut. Und sie liegen alle an einem der steilen Hänge, wenn Sie mir folgen können. Wenn sich nun einer dieser Steine löst und anfängt zu rollen, wird er in einen anderen hineinkrachen und ihn losreißen, und schon sind zwei unterwegs. Die treffen wieder einige der anderen, und recht bald haben Sie einen ganzen Haufen Steine, die den Berg herunterrollen, schneller und immer schneller. Und was immer im Weg liegt, eine Person, ein Tier, es könnte sogar ein Dorf sein, nun, das wird zermalmt. Und selbst wenn Sie die Steine sähen, vielleicht auf halbem Wege, und Sie *wissen*, daß sie das Dorf zermalmen werden, könnten Sie nichts dagegen tun. Und meine metahistorische Untersuchung Ihrer Situation auf diesem Planeten zeigt, daß die Steine sozusagen schon mehr als die Hälfte zurückgelegt haben und immer schneller werden.«

»Aber verdammt noch mal, Mann«, brauste der König auf, »Menschen und Nationen sind keine Steine! Wir sind denkende Wesen! Wir handeln aufgrund bewußter Entscheidungen, das sage ich Ihnen, und wir brauchen nicht ...« – an dieser Stelle packte ihn wieder der Husten, und Ari konnte sprechen, ohne die Unhöflichkeit zu begehen, ihm ins Wort zu fallen.

»Einzelmenschen können natürlich«, sagte Ari, »alle möglichen, unberechenbaren Verhaltensweisen zeigen, besonders die humanoiden Typen, und deshalb sind sie auch die interessantesten Rassen für metahistorische Studien. Ich meine, es ist nicht sehr reizvoll zu untersuchen, was eine Rasse von empfindenden Kristallen tun wird, nicht wahr? Sie verbringen die meiste Zeit damit, Gitterwerke zu bilden; sehr dekorativ, aber für den Metahistoriker bietet das nicht allzuviele Möglichkeiten, das kann ich Ihnen sagen. Aber die humanoide Mannigfaltigkeit summiert sich, insgesamt gesehen, zu einem völligen Determinismus, wenn ich es so ausdrücken darf. Der Kurs von Nationen und von Welten kann völlig exakt aufgezeichnet werden, so wie ich den Ihren aufgezeichnet habe. Hier haben Sie Rußland« – er tippte mit ausgestrecktem Zeigefinger auf die Karte – »hier Deutschland, dort Österreich-Ungarn, Frankreich, Türkei und so weiter, und Sie selbst haben sich überall ausgebreitet. Wenn man alles berücksichtigt, was ich vorher gesagt habe, werden Sie zwangsläufig eine höchst bemerkenswerte Katastrophe erleben, mit Millionen von Toten und Trümmern auf der ganzen Erde, und Sie können überhaupt nichts dagegen tun. Die Metahistorie zeigt das ganz deutlich, und wenn es nicht so wäre, wäre sie keine Metahistorie, nicht wahr?«

Der König wirkte bleich und müde. »Wir haben uns alle eingeredet, daß es nicht soweit kommen würde«, sagte er leise, »daß wir alles irgendwie ausbalancieren könnten – daß wir weiterhin Schiffe und Kanonen bauen könnten und sie nicht zu benützen brauchten, daß unsere Generäle immer ausgeklügeltere Pläne entwerfen könnten, daß ...«

»Nun, das ist die eine Seite«, unterbrach Ari ohne Rücksicht auf die Etikette. »Generäle und so. Wissen Sie, diese Leute haben von Natur aus einen Fehlerfaktor eingebaut. Ich meine, nehmen wir einmal an, Sie haben zwei Länder; Sie können sie A und B nennen, damit es klarer wird. Nun gibt es einen Streit zwischen den zweien, und die Generäle auf beiden Seiten machen ihre Pläne. Wenn wir nun annehmen, daß sie ziemlich genau gleich stark sind – ansonsten wäre es ja albern, einen Krieg anzufangen, nicht wahr? – nun, dann müßte sich wenigstens die Hälfte der Generäle irren.«

»Wieso?« fragte der König schwach.

»Nun, offensichtlich erzählt doch jede Gruppe von Generälen, die von A wie die von B, ihrer Regierung, daß die Pläne funktionieren werden, sonst würden Sie sich ja auf den Krieg gar nicht erst einlassen. Und da entweder die eine oder die andere Seite verliert, werden die Generäle auf der Seite der Verlierer widerlegt. Gewöhnlich ist es sogar noch schlimmer«, fuhr Ari nachdenklich fort, »weil sich oft sogar die Sieger nicht darüber im klaren sind, was geschehen wird, wie lange die ganze Sache dauert und so weiter. Sie haben das in Südafrika erlebt, soweit ich mich erinnere – Sie haben den Krieg zwar gewonnen, aber es war viel schwieriger als erwartet, also hatten sich Ihre Generäle zur Hälfte geirrt, und die Generäle der Buren völlig, und das heißt, daß dieses Gewerbe eine Trefferquote von nicht mehr als ungefähr fünfundzwanzig Prozent erzielt, wenn ich richtig gerechnet habe. Ich glaube, Sie wären nicht zufrieden, wenn Ihre Chauffeure oder Ihre Köche nur in der Hälfte der Fälle oder noch weniger richtig arbeiten würden, das ist also die Schwierigkeit, wenn man es mit Generälen zu tun hat, Sie verstehen.«

Der König dachte eine kleine Weile über diese Feststellung nach, dann raffte er sich zu der Bemerkung auf: »Von *der* Seite habe ich mir das noch nie überlegt. Es ist irgendwie furchtbar vernünftig, obwohl ich glaube, daß die Gehirne von Leuten wie Ihnen sehr viel anders funktionieren müssen als die unseren.«

»Danke, Euer Majestät«, sagte Ari, erfreut über das Kompliment.

»Es ist eine schreckliche Aussicht, die Sie mir da eröffnen«, fuhr der König fort. »Schrecklich – und ich fürchte, ich kann sie nicht so einfach abtun. Sie bestätigen, was ich schon in Ansätzen gefürchtet habe, und doch bieten Sie mir keinen Ausweg ...«

»Nun ja, es gibt eben keinen«, sagte Ari. »Das ist Metahistorie.«

Der König kaute mit düsterer Miene an seiner Zigarre. »Wenn es so sein muß, dann muß es eben sein. Gebe Gott, daß ich es nicht mehr zu erleben brauche.«

»Die Chancen dafür stehen ziemlich unentschieden«, sagte Ari und musterte ihn prüfend. »Wenn Sie ziemlich schnell damit anfingen, wie ich es empfehle, und was den Zielen der Bevölkerung Ihres Planeten genauso zustatten käme wie unseren eigenen, wie ich klarzumachen versucht habe, würden Sie den Ausbruch der Geschichte ziemlich sicher mitbekommen. Wenn Sie und Ihre Mitkönige die Sache noch ein paar Jahre hinausziehen, nun, dann muß ich Ihnen zustimmen, dann sind Sie wahrscheinlich ziemlich aus dem Schneider.«

»Was!« rief der König und erhob sich, bei seinem aristokratischen Akzent kam das Wort beinahe als »Väs!« heraus.

»Nun, dieser Husten und die Art, wie Ihr Gesicht die Farbe wechselt ... Vor einem Augenblick war es noch ganz blaß, und jetzt haben Sie eine häßliche Röte auf den Wangen. Aus dem, was ich mitbekommen habe, als die Ärzte von Mr. Hearst uns untersuchten, schließe ich, daß Sie ungefähr genauso funktionieren wie wir, ich würde also sagen, daß Ihr Herz in *sehr* schlechtem Zustand ist. Ungefähr ein Jahr, mit mehr können Sie nicht mit Sicherheit rechnen.«

König Edwards Gesicht hatte jetzt wirklich eine höchst überraschende Farbe, mehr ins Purpurne als ins Rote gehend, seine Augen quollen noch mehr heraus als vorher, und er begann Ari anzuzischen, offenbar ein Ausdruck des Zorns. Das ging in einen weiteren Hustenanfall über, und er sank erschöpft in seinen Stuhl zurück, sein massiger Körper hob und senkte sich, als er versuchte, dessen Stärke zu verringern.

»Meine Güte«, sagte Ari. »Hoffentlich habe ich ihn nicht aus der Fassung gebracht.«

»Ich glaube, du hast *uns* genug aus der Fassung gebracht«, bemerkte ich und sah dem sich windenden Monarchen zu, wie er um Atem rang. »Es würde mich nicht überraschen, wenn er hier auf der Stelle stürbe, und ich möchte gar nicht daran denken, was geschieht, wenn zwei Fremde mit einem König-Kaiser eine vertrauliche Besprechung haben und später mit seiner Leiche gefunden werden. Ich habe so eine Ahnung, daß die Folgen sehr bedauerlich wären.«

»Nun, das wollen wir sicher nicht«, sagte Ari. »Mal sehen, ob ich sie dabeihabe – ach ja, da sind sie ja.« Er zog einen kleinen Metallbehälter aus einer Tasche seiner Kleidung.

»Was hast du da?«

»Diese Dinger, die ich von Zeit zu Zeit nehme, weißt du. Ist ja gut und schön für euch junge Burschen, mit den Implantaten auszukommen, und für euch sind sie ja sicher auch recht gut; aber ich bin ein wenig älter als ihr, und bei mir würde da innen drin alles mögliche schieflaufen ohne eine kleine Extrabehandlung von Zeit zu Zeit, um tote Zellen und anderen Schutt wegzuräumen. Also nehme ich pro Reise ungefähr eine Kapsel, wenn ich mich irgendwie ausgelaugt fühle, und die schafft dann alles raus, was nicht hergehört.«

»Wird das bei ihm genauso funktionieren?«

Ari sah den König an, dessen Gesicht noch dunkler geworden war, und der jetzt kaum mehr fähig schien, überhaupt noch zu atmen; seine Fersen hämmerten auf den Teppich. »Nun, wenn nicht, ich kann mir nicht vorstellen, daß er – oder wir – dann schlechter dran wären. Hier, hilf mal mit.«

Ich stand hinter dem schwach zuckenden König und hielt seinen Kopf fest, während Ari ihm mit Gewalt eine Kapsel in den Mund schob. »... mmmm – was'n ...?« hörte ich ihn murmeln; er verkrampfte sich, entspannte sich dann. Ich fürchtete schon das Schlimmste, aber als ich mich neben Ari stellte, sah ich, daß König Edwards Gesicht eine normalere Färbung annahm, und daß seine verzerrten Züge sich glätteten.

Einen Augenblick später saß er aufrecht in seinem Stuhl, sah uns an und sagte: »Gütiger Himmel, was haben Sie gemacht? Was *war* das? Ich habe ...« – er legte eine Hand auf seine Brust und atmete tief ein – »seit Jahren nicht mehr so leicht atmen können; und ich spüre auch diesen komischen Schmerz hier nicht mehr ...«

»Nun, Euer Majestät, es tut mir leid«, sagte Ari verlegen. »Aber Sie schienen in unmittelbarer Gefahr zu sein, da dachte ich, ich sollte es versuchen ... Es ist nämlich etwas, was die älteren Leute wie ich auf die Reisen mitnehmen, die wir unternehmen; es spült Ansammlungen von Giften und Fetten und so weiter aus. Es dauert eine Weile, bis es voll wirksam wird ...«

»Wirklich?« fragte der König. »Ist das wirklich so? Dann hätte ich also von dieser Wirkung noch mehr zu erwarten?«

»Wenn Sie Steifheit in den Händen oder sonstwo verspürt haben, was ich mir denken könnte«, sagte Ari, »werden Sie merken, daß das in etwa einem Tag sehr viel weniger geworden oder sogar ganz verschwunden ist. Das gilt auch für Probleme mit den Augen und anderen Sinnesorganen, glaube ich.«

»Wirklich?« fragte der König. »Sagen Sie, können Sie vielleicht noch eines von den Dingern entbehren? Ich fühle mich im Augenblick unheimlich fit, aber es wäre schön, noch eine oder zwei Kapseln zur Hand zu haben, wenn die Wirkung von dieser hier morgen oder nächste Woche nachläßt.«

»Eher nächstes Jahr«, sagte Ari, »sie wird weiterwirken, bis das ganze Zeug vernichtet ist, das Ihr System während der letzten ... ganz gleich, wieviele Jahre es sein mögen, angesammelt hat. Es wird eine Zeitlang dauern, trotz des vielen Rauchens und Essens und so, bis Sie das alles wieder drinhaben, wenn überhaupt je. Aber ich kann Ihnen auch welche dalassen, sicher – hier, bitte.«

»Danke.« Der König sah sich die Kapseln in seiner Handfläche an, dann blickte er wieder zu Ari. »Ich bin natürlich dankbar. Aber sagen Sie, wieso kamen Sie, als Sie kurz vor meinem Anfall mit solch exemplarischer Gelassenheit über meinen Zustand gesprochen haben, nicht auf die Idee, die Anwendung einer solchen Kapsel vorzuschlagen?«

»Nun ja, wissen Sie, wir greifen nicht gerne ein«, sagte Ari sichtlich einigermaßen verlegen. »Wir sind geschult, bei den Ein ... bei Personen auf anderen Planeten nicht einzugreifen. Und besonders, wenn es um so etwas geht, wissen Sie – um einen Zustand, den Sie über Jahre hinweg aufgebaut haben. Es ist natürlich schwer zu verstehen, warum Sie es so haben wollen; ich möchte es sicher nicht, aber wenn Sie es auch nicht gewollt hätten, hätten Sie doch all die Dinge nicht getan, die dazu geführt haben, nicht wahr? Es war also wirklich nicht meine Aufgabe, etwas dagegen zu unternehmen und Ihre Absichten zu vereiteln, aber es war auch nicht gut möglich, Sie einfach so ersticken zu lassen, und Sie waren anscheinend kurz davor, wurden purpurrot, zuckten, rangen nach Atem und ...«

»Schon gut, schon gut«, unterbrach ihn der König unwirsch. »Das Erlebnis war an sich schon ausreichend farbig; es ist nicht notwendig, es mir noch einmal vorzuführen.«

»Schlimm genug«, fuhr Ari fort, »daß wir daherkommen und Sie über diese Sache mit dem Krieg aufklären – eigentlich sollten wir das auch nicht tun –, aber sich in etwas einzumischen, was Sie mit Ihrem eigenen Körper tun wollten, das ist wirklich ziemlich aufdringlich, und ich kann nur sagen ...«

»Wenn Sie sich jetzt dafür *entschuldigen* wollen, daß Sie mir das Leben gerettet und mich in einen Gesundheitszustand versetzt haben, dessen ich mich seit Jahren, vielleicht Jahrzehnten, nicht mehr erfreuen durfte«, sagte der König, »dann möchte ich Sie warnen; in diesem Fall werde ich richtiggehend unhöflich.« Er blickte uns noch einmal an und schüttelte langsam den Kopf. »Sie denken wirklich ganz anders als wir. Sei dem, wie es wolle, ich stehe in Ihrer Schuld. Ihren Vorschlag, die Nationen der Welt sollten sich schleunigst gegenseitig an die Kehle fahren, um Ihnen mit einigen wissenschaftlichen Fortschritten, die daraus entstehen könnten, einen Gefallen zu tun, finde ich, das muß ich Ihnen ganz offen sagen, widerwärtig kaltblütig – obwohl ich zugeben muß, daß unsere Welt dazu einige Parallelen vorweisen kann –, aber ich werde wenigstens dafür sorgen, daß Sie Gelegenheit bekommen, diesen Vorschlag zu unterbreiten. Als nächsten sollten Sie meinen Neffen Wilhelm besuchen, den Kaiser. Ich glaube, er könnte sogar noch mehr von Ihnen beeindruckt sein als ich. Wilhelm ist für eine königliche Hoheit ein origineller Kopf, und ich kann mir vorstellen, daß es ihm ganz guttut, wenn er auf jemanden trifft, der noch ungewöhnlicher denkt als er. Es dürfte nicht mehr als einen Tag dauern, um für Sie einen Empfang bei ihm zu arrangieren, Sie sollten sich also bereitmachen, übermorgen in Berlin zu sein.«

Er erhob sich, ging zum Fenster und beugte sich hinaus. »Ich rieche den Frühling in der Luft und das Meer«, sagte er. »Es ist lange her, seit mir das möglich war ... und die Berge – ich sehe sie deutlicher. Es ist, als wäre ich wieder jung ...

Nun, ich werde jetzt meinem Neffen avisieren, daß er einige sehr sonderbare Besucher empfangen soll und gut daran täte, sich höchst aufmerksam – denn das ist nicht eben seine Art – anzuhören, was Sie zu sagen haben; mehr kann ich nicht tun, oder wie?«

Der König rief zwei Adjutanten, von denen uns einer wieder mit unseren Freunden zusammenführte. Als wir sein Arbeitszimmer verließen, hörte ich, wie er dem anderen Anweisung gab, seinen Gästen mitzuteilen, er würde an einer geplanten Automobilfahrt an diesem Nachmittag nicht teilnehmen, und Mrs. Keppel zu benachrichtigen, daß er sie nach dem Mittagessen zu besuchen beabsichtige.

»Hör mal!« sagte ich, als wir den Gang entlanggingen. »Du hast uns soviel davon erzählt, wie sonderbar sich diese Herrscher aufführen. Ich meine, der deutsche Kaiser und der General im Ballettröckchen und so weiter – das ist alles in deine metahistorischen Voraussagen eingegangen. Wie verträgt sich das damit, daß sie angeblich vernünftiger sein sollen als Edison?«

»Die Metahistorie ist nicht dein Spezialgebiet, lieber Raf«, sagte Ari freundlich. »Die Persönlichkeit, die unendlich variabel ist, hat nichts zu tun mit den Kräften der Vernunft, die unabhängig davon existieren und funktionieren. Ich selbst bin im persönlichen Bereich immer gleich mit jedem gut Freund, es ist schon fast ein Fehler, und doch kann ich eine unerbittlich logische, geistige Maschine sein, wenn die Umstände es erfordern, daß ich die mir auferlegte Funktion erfülle. Und so ist es auch mit diesen Monarchen.«

SECHZEHN

Wells war beeindruckt von Aris sorgfältig aufbereitetem Bericht über unser Gespräch mit König Edward und von seinem Versprechen, eine Audienz beim Kaiser zu arrangieren.

»Sie sind wirklich raffiniert, das muß man sagen«, meinte er, »den alten Knaben so einzuwickeln. Ich hätte gedacht, er läßt Sie schinden oder so etwas, weil Sie sich als Abgesandte ausgegeben haben.«

»Seine Majestät ist, das ist ganz natürlich, ein höchst vernünftiger Mann«, erklärte Ari, »und war daher fähig, mit Vernunft an unser Problem heranzugehen. Ich rechne damit, daß es beim Kaiser nicht anders sein wird.«

»Was für eine hochgesteckte Hoffnung!« sagte Wells. »Hören Sie mal, ich komme besser mit Ihnen nach Berlin. Wenn Sie den Kaiser falsch anpacken, enden Sie wahrscheinlich in einer Festung, und dann sollte jemand bereitstehen, der Ihnen hin und wieder ein Würstchen durchs Gitter steckt.«

Oxford hatte sich während des Autoausflugs einen Stapel Zeitungen beschafft und sah sie jetzt schnell durch. »In den Londoner Zeitungen von gestern steht nichts«, bemerkte er. »Und ich finde auch nichts über Edison oder weiß der Himmel welches französische Wort für ›Weltraum‹ oder ›Astronauten‹ in den Schlagzeilen der französischen Zeitungen. Es hat den Anschein, als hielte Edison den Deckel drauf. Sehr vernünftig von ihm und gut für uns. Es wäre peinlich, wenn die Vereinigten Staaten uns mit Zetergeschrei verfolgten. Ich kann mir vorstellen, daß er sich die ganze Sache noch einmal überlegt hat.«

Trotz König Edwards ausdrücklicher Vorliebe für diesen Kurort war Biarritz keine besonders interessante Stadt, und nachdem wir ein paarmal herumgeschlendert waren, hatten sich seine Attraktionen bald erschöpft, wenigstens für mich. Als daher Oxford, Dark und ich am nächsten Nachmittag noch einen weiteren Promenadenbummel unternahmen – Wells war mit den Vorbereitungen für unsere Reise beschäftigt, Ari damit, das, was er dem Kaiser erzählen wollte, noch bis ins Detail auszuarbeiten, und Valmis dachte über die Bedeutung der Muster nach, die auf der Decke seines Schlafzimmers zu erkennen waren –, waren wir froh, als uns ein Automobil Zerstreuung bot, das neben uns anhielt, und dessen Fahrer uns dringend zuwinkte.

Der Fahrer lebte, wie sich herausstellte, davon, Touristen zu Ausflügen in die Umgebung zu fahren, und da der Preis, den er nannte, überraschend vernünftig schien und er fließend Englisch sprach – ich hatte mir noch nicht die Mühe gemacht, mir mit Hilfe des Kommunikators eine weitere Fremdsprache anzueignen, denn man hatte mir zu verstehen gegeben, daß jeder Monarch, den wir vielleicht kennenlernen würden, in unserer ersten Eingeborenensprache wohl bewandert sein würde –, gingen wir auf sein Angebot ein und stiegen in sein Fahrzeug.

Bald hatten wir die Stadt verlassen und fuhren eine gewundene Straße in die Berge hinauf. »Ich weiß nicht, was an alledem so interessant sein soll«, sagte Dark und blickte sich um.

»Von weiter oben hat man eine erstklassige Aussicht«, rief der Fahrer nach hinten.

»Der Bursche spricht für einen Franzosen ziemlich gut amerikanisch-englisch«, bemerkte Oxford. »Vermutlich hat er einige Zeit in den Staaten gelebt.«

Die ausgezeichnete Aussicht, die der Fahrer versprochen hatte, verwirklichte sich nicht. Statt dessen sahen wir, als wir um eine Biegung kamen, ein großes, geschlossenes Automobil mit herabgelassenen Jalousien neben der Straße stehen, es war vorne geöffnet, so daß der Motor freilag, und ein Mann beugte sich darüber, als wolle er die Maschine untersuchen.

»He, ich finde, wir sollten besser nicht anhalten«, sagte Oxford, als unser Fahrzeug bremste. »Ich habe gehört, daß es hier in den Bergen viele Banditen gibt, und das hier könnten ...«

»Ich muß aber anhalten und nachsehen, ob wir helfen können«, antwortete der Fahrer. »Gesetz der Straße.« Er fuhr neben den anderen Wagen heran, und wir stiegen aus. Dark ging hin zu dem Mann, der am Motor arbeitete, um ihm über die Schulter zu schauen, wie immer fasziniert von mechanischen Einzelheiten. Oxford und ich hatten nichts Besseres zu tun und schlossen uns an.

»Nun, wie funktioniert dieses Ding?« fragte Dark den Eingeborenen und stocherte mit seinem Schreibwerkzeug irgendwo herum. »Was geht denn nicht? Ist es das Ding hier? Ich sehe, daß da vielleicht etwas locker geworden sein könnte – soll ich vielleicht ...«

An diesem Punkt wurden wir durch das Geräusch eines anspringenden Automotors aufgeschreckt – ganz offensichtlich nicht desjenigen, den wir gerade untersuchten. Wir drehten uns um – Dark rief »Oh, verdammt!« – und sahen, wie das Fahrzeug, das uns bis zu dieser Stelle gebracht hatte, rasend schnell die Straße hinunterfuhr und bald um eine Kurve verschwand.

»He, was hat das zu bedeuten?« fragte Dark. »Wieso hat er ...« Er hielt inne, weil er, wie wir alle, eine Schußwaffe in der Hand des Automobilisten bemerkte, die der gezogen hatte und jetzt auf uns richtete.

»Ich kann Ihnen das erklären, meine Herren«, verkündete eine Stimme hinter uns, und wir drehten uns wieder um. Aus dem Inneren des Wagens trat, mit einer noch etwas größeren Waffe in der Hand, gerade Captain Thatcher, der Offizier der Marines, aus dessen Gewahrsam wir vor einer Woche entflohen waren.

»Jetzt sitzen wir in der Tinte, würde ich sagen«, murmelte Oxford düster.

»In den Wagen, ihr Männer!« sagte Thatcher und machte uns ein Zeichen mit seiner Waffe. Da wir keine wirklich brauchbare Alternative sahen, gehorchten wir ihm. Er blieb draußen und rief: »In Ordnung, Olson, kurbeln Sie an, und dann los!«

»Das habe ich gemacht, Captain, aber ich will verdammt sein, wenn mit der Kiste nicht wirklich was nicht stimmt!«

»Nun, dann reparieren Sie es um Himmels willen schnell! Es kann nichts Ernsthaftes sein; sie haben ja alles durchgesehen, ehe wir aufgebrochen sind.« Er wandte sich wieder uns zu.

»Ihr Leute wart nicht so raffiniert, wie ihr dachtet«, sagte er. »Einen wirklich hübschen Trick haben Sie sich da ausgedacht, mit der Bande und den Ausländern und so; reingeritten hat Sie aber ein Fischer, draußen im Hafen – er hat gesehen, wie Sie vom Wagen in das Brauereifahrzeug umgestiegen sind. Er kam erst viel später an diesem Tag an Land, deshalb kriegten es die Pinkertons erst aus ihm heraus, als es zu spät war, um Sie daran zu hindern, in See zu stechen. Aber wir verfolgten den Laster bis an den Pier – da ist er einem Polizisten aufgefallen, weil Ostermaier's mit den Saloons in dieser Gegend keine Geschäfte macht, und er fragte sich, ob bei so etwas Neuem nicht ein bißchen Schmiergeld für ihn rausspringen würde – und dann haben wir uns mit den Passagierleuten von der Dampferlinie unterhalten. Und stellen Sie sich vor, da hatte doch jemand in letzter Minute fünf Passagen gebucht, es schien also ziemlich klar, was Sie getan hatten – und glauben Sie nur ja nicht, daß Colonel Roosevelt nicht ein paar ganz phantastische Erklärungen abgeben muß, wenn er vom Schwarzen Kontinent zurückkommt, darauf können Sie sich verlassen!

Nun, dank Ihnen, meine Herren, hatte ich die besondere Ehre, in persönlicher Audienz vom Präsidenten der Vereinigten Staaten empfangen zu werden, und das passiert einem Captain der Marines nicht sehr oft, glauben Sie mir! Und Mr. Edison hat sich ganz klar und deutlich ausgedrückt. ›Captain‹, sagte er zu mir, ›wenn ein Mann einmal einen Fehler macht, bin ich ihm deshalb nicht böse. Sie bekommen also Ihre Chance, mir diese Leute zu holen – nehmen Sie sich ein paar Männer, die Ihnen helfen können, alles, was Sie brauchen. Aber bringen Sie sie von da zurück, wohin sie gegangen sind. Wenn nicht, nun, dann ist das ein zweiter Fehler, und da werde ich böse. Und der Mann, dem ich wegen dieses Fehlers böse bin, wird sich für den Rest seiner Dienstzeit persönlich um die sanitären Einrichtungen in der Kanalzone kümmern, auf der unterstmöglichen Ebene.‹ Sie sehen also, ich habe allen Grund, dafür zu sorgen, daß die Sache klappt – und der Präsident auch, das kann ich Ihnen sagen; er hat mich und Olson und Dyer, den, der Sie hier raufgefahren hat, auf einem schnellen Zerstörer nach Frankreich geschickt, mit ständig überhitzten Kesseln. Wir haben noch vor der PAVONIA angedockt und Sie dann bis hierher verfolgt, und jetzt, bei Gott, jetzt habe ich Sie! Die wichtigen jedenfalls«, sagte er und schaute uns an, als fiele es ihm schwer, das zu glauben. »Der Präsident legte größten Wert auf Sie beide, auf die anderen nicht so sehr – und für Mr. Lieutenant Colonel Oxford hier hat er noch eine Spezialbehandlung auf Lager. Tja, es hat ihm eben überhaupt nicht gefallen, was Sie getan haben, Colonel, und das möchte er Sie wissen lassen. He, Olson!« rief er. »Ist der verdammte Motor noch immer nicht in Ordnung?«

»Kommen Sie doch selbst mal her und sehen Sie sich das an, Captain! Er müßte eigentlich funktionieren, tut es aber nicht.«

Captain Thatcher sagte etwas, das in dem Wortschatz, den mir der Kommunikator eingegeben hatte, nicht enthalten war, und schlug die Tür zu. »Und kommen Sie mir nicht auf dumme Gedanken von wegen Weglaufen und so!« hörten wir ihn sagen. »Sobald auch nur ein Kopf aus der Tür gesteckt wird, hat er auch schon eine Kugel drin. Klar?«

In der Dunkelheit des geschlossenen Wagens konnten wir das Klirren hören, mit dem die zwei Männer den Motor untersuchten. »Ich glaube nicht, daß sie ihn in Gang bringen«, bemerkte Dark nach einer Weile.

»Warum nicht?« fragte ich.

»Na ja . . . als ich ihn mir ansah, glaubte ich, ein lockeres

Teil entdeckt zu haben. Ich wollte ihm also einen kleinen Schweißpunkt verpassen, damit es blieb, wo es war, verstehst du?« Er zog seine Schreibgerät/Werkzeug-Kombination heraus. »Und als unser Wagen einfach so davonfuhr, bin ich erschrocken und habe mehr Energie reingelassen, als ich beabsichtigt hatte. Ich glaube, dabei sind ein paar Teile miteinander verschmolzen, die sich eigentlich bewegen sollten.«

»Das ist ja reizend«, sagte Oxford. »Jetzt hat man uns nicht nur entführt, wir müssen auch noch zu Fuß hingehen, wo immer Thatcher uns hinbringen will, anstatt gefahren zu werden, es sei denn, er hat Lust, uns gleich das Licht auszublasen, um sich die Mühe zu sparen.«

»Das wird er sicher nicht wollen«, beruhigte ich ihn. »Mr. Edison scheint ziemlich dringend nach uns zu verlangen, und ich kann mir nicht vorstellen, daß er mit unseren Kadavern viel anfangen kann.«

»In Anbetracht dessen, was Edison wahrscheinlich mit mir anstellen wird, bin ich vielleicht besser dran, wenn Thatcher die Sache jetzt sofort erledigt.« Oxford lehnte sich zurück, in düstere Gedanken versunken, aber plötzlich hellte sich seine Miene auf, und er sagte: »Sagt mal, ich glaube, ich höre ...«

Die Tür wurde aufgezogen, Thatcher kletterte zu uns in den Wagen und schloß sie wieder, wobei er die Waffe auf uns richtete. »Ich höre einen Wagen den Berg heraufkommen«, sagte er. »Und jetzt macht keiner irgendwelche Scherze – keine Hilferufe oder so etwas. Edison möchte Sie lebend haben, aber ich kann mir vorstellen, daß es ihm auch noch genügt, wenn Ihnen ein Finger oder eine Kniescheibe fehlen. Und Sie möchten doch nicht das Blut irgendwelcher armer Franzosen an ihren Händen kleben haben, oder? Denn wenn ich anfangen muß, das hier abzufeuern, damit Sie sich ruhig verhalten, werde ich keine Zeugen zurücklassen.«

Schweigend hörten wir die Gänge des herannahenden Wagens knirschen, als er die Kurve unter uns nahm, dann den lauter werdenden Lärm seines Motors, als er sich unserem Fahrzeug näherte. Alle drei richteten wir uns auf, als das Geräusch sich veränderte, ein Zeichen, daß das Fahrzeug angehalten hatte; Thatcher warf wilde Blicke um sich und schwenkte leise knurrend seine Waffe.

Eine dröhnende Stimme fragte: »Was haben Sie denn für Schwierigkeiten, guter Mann? Vielleicht kann Ihnen mein Chauffeur helfen; ich werde ihn hinüberschicken. Ponsonby, holen Sie mir einen Klappstuhl; ich schaue nur zu gerne zu, wenn andere Leute Autos reparieren.«

Dark und ich sahen uns an. »Das ist doch ...«, sagten wir im Chor.

»Wer?« flüsterte Oxford, mit Rücksicht auf ein wildes Zucken von Thatchers Waffe. »Oh, warten Sie, Sie meinen doch nicht ...? Doch, nicht wahr?« Er deutete den Ausdruck unserer Gesichter richtig und wandte sich an Thatcher.

»Vielen Dank fürs Mitfahren, Captain, obwohl wir nicht sehr weit gekommen sind. Wir möchten uns jetzt verabschieden.«

»Ach ja, wirklich?« fragte der Marine gedehnt und zielte mit seiner Waffe zwischen Oxfords Augen. »Irgendwie bezweifle ich das. Sobald Sie eine Bewegung machen, werden Sie ein bißchen beschädigt. Und vielleicht nehme ich mir den Wagen dieses neugierigen Kerls einfach auch noch, um von hier wegzukommen.«

»Captain«, sagte Oxford, »der Herr, der sich so für unsere Panne interessiert, ist Edward der Siebente, von Gottes Gnaden König von Großbritannien und Irland und so weiter. Außerdem habe ich gehört, daß er auf solchen Ausflügen von einem zweiten Wagen begleitet wird, voll von bewaffneten und wachsamen französischen Polizisten, die – ich möchte sagen mit fast nervöser Bereitschaft – auf jedes Anzeichen von Gewalttätigkeit in der unmittelbaren Umgebung Seiner Majestät achten. Ihr Programm, uns abzuknallen und dann seinen Wagen zu stehlen, kommt mir daher undurchführbar vor.«

Thatcher hob die Jalousie an einem Fenster, blickte hinaus

und fluchte. Ehe er sie wieder herunterließ, sah ich zwei große, rote Autos, das hintere gedrängt voll, wie Oxford vorausgesagt hatte, mit mehreren brutal aussehenden Eingeborenen in blauen Uniformen und flachen, runden Mützen.

Ohne Thatcher aus den Augen zu lassen, griff Oxford langsam nach dem Türgriff und schob dann die Tür auf: »Wir haben mit dem König gespielt, Captain«, sagte er leise. »Wenn Sie nicht ein As haben, legen Sie Ihr Blatt wohl besser nieder und passen, okay?«

SIEBZEHN

Der König lud unsere Gruppe äußerst gnädig dazu ein, mit ihm nach Biarritz zurückzufahren, da es nicht so aussah, als könnte der Wagen irgendwann in naher Zukunft repariert werden. Oxford richtete es so ein, daß er, Dark und ich mit Seiner Majestät fuhren und Thatcher in einem nachfolgenden Wagen zusammen mit einer Anzahl französischer Polizisten; der unglückliche Olson wurde zurückgelassen, um den unbrauchbaren Wagen zu bewachen, bis man aus der Stadt Hilfe schicken konnte.

Sobald wir unterwegs waren, schaute der König Oxford scharf an. »Die ganze Geschichte kam mir irgendwie ein bißchen anders vor als eine Spritztour in die Umgebung«, bemerkte er. »Zum einen finde ich, daß man in einem geschlossenen Wagen von der Aussicht nicht so sehr viel hat – noch dazu, wenn die Jalousien heruntergelassen sind.« Sein Adjutant, der neben ihm saß – wir drei waren auf einer Polsterbank gegenüber aufgereiht, gezwungenermaßen gegen die Fahrtrichtung, da es sein Automobil war, schien das nur vernünftig –, warf uns ebenfalls einen fragenden Blick zu.

»Nun, die Sache ist wirklich sonderbar, Sir«, gestand Oxford und erklärte kurz die Umstände unserer Entführung.

»Meine Güte«, sagte der König und strich sich den Bart. »Das geht aber doch nicht, oder? Aber es ist verflixt peinlich – ich kann doch nicht gut eine Beschwerde einreichen lassen – es gehört sich einfach nicht, so etwas offiziell zur Kenntnis zu nehmen – andererseits werden diese Männer zweifellos versuchen, Sie bei Ihren Reisen zu behindern, wenn man es ihnen gestattet. Und ich habe allmählich das Gefühl, daß es ziemlich wichtig ist, daß Sie mit Ihren Plänen zum Kaiser gehen und was immer Sie hinterher vorhaben mögen ...«

Er zog eine Augenbraue hoch, als er mich ansah, woraus ich entnahm, er vermutete, wir hätten Oxford nicht die volle Wahrheit über unsere Absichten gesagt, und er selbst habe nicht vor, den Reporter ins Bild zu setzen.

»Wenn ich das Problem richtig sehe, Eure Majestät«, sagte der Adjutant, »braucht es gar keine besonderen Schwierigkeiten zu geben. Das französische Justizsystem ist, anders als das unsere, bewundernswert darauf eingerichtet, Unannehmlichkeiten für wichtige Persönlichkeiten ohne unnötige Formalitäten aus der Welt zu schaffen.«

»Na ja, ich möchte nicht, daß die Burschen guillotiniert werden oder so etwas Ähnliches«, sagte der König.

»Das ist sicher nicht nötig«, erwiderte der Adjutant. »Aber es gibt keinen Grund, warum die Polizei sie nicht ein paar Tage in Haft nehmen könnte, ohne daß darüber etwas in irgendwelche Akten kommt. Wahrscheinlich wäre sie auch noch hoch begeistert darüber; bisher hat niemand versucht, Sie zu ermorden, und ich kann mir denken, daß sich die Leute allmählich ein bißchen langweilen.«

Als wir im Quartier des Königs ankamen, stiegen die Insassen beider Wagen aus, der Adjutant ging hinüber und wechselte ein paar Worte mit den Polizisten. Sie waren in französischer Sprache, daher verstand ich sie nicht; Captain Thatcher erging es offenbar nicht anders, er achtete nicht auf das Gespräch, sondern starrte uns nur wütend an. Die Polizei hingegen schien genauestens zu verstehen, was gesagt wurde, was ja auch nicht anders zu erwarten war, schließlich waren sie Franzosen und beherrschten die Sprache daher perfekt; sie packten Thatcher und trugen den Strampelnden und Schreienden weg.

»Ich glaube, für Sie und Ihre Gefährten ist die Bahn nach Berlin jetzt frei, meine Herren«, bemerkte der König.

Damit hatte er recht, denn wir erlebten keine weiteren Schwierigkeiten auf unserer Bahnfahrt, erreichten die deutsche Hauptstadt am übernächsten Tag ungefähr in der Mitte des Vormittags und wurden schnell in ein Gebäude gebracht, das, wie man uns mitteilte, der Alte Palast hieß, ein Stück vom Zentrum der Stadt entfernt.

Unser Empfang hier stand in deutlichem Gegensatz zu der beinahe verstohlenen Art und Weise, mit der man uns in zwei geschlossenen Wagen vom Bahnhof hergefahren hatte. Man führte uns durch Tore in einen großen Garten, durch dessen Mitte ein langer Weg führte. Auf beiden Seiten davon standen viele Männer in farbenprächtigen Uniformen, die aufrecht gehaltene Schneidewaffen trugen – Wells beruhigte mich sehr, als er behauptete, diese hätten, zumindest in diesem Rahmen, eine rein dekorative Funktion – und Metallhüte mit einem Dorn an der Spitze aufhatten, was sich, wie mir schien, in Kriegszeiten als ganz nützlich erweisen konnte, weil sie einen Feind abschrecken konnten, der sich von oben auf sie herunterfallen lassen wollte.

Den Anweisungen der Personen folgend, die uns hergebracht hatten, gingen wir langsam zwischen den Reihen von Männern, die alle einen merkwürdig starren Gesichtsausdruck hatten, den ich nicht deuten konnte, auf eine Treppe zu, die den Abschluß des Weges bildete. Auf ihr stand eine große, weißgekleidete Gestalt, die in der Brustgegend vor glänzenden Metall- und Stoffstücken regelrecht funkelte. Wie Roosevelt und König Edward trug auch dieser Mann einen imposanten Schnurrbart, er unterschied sich aber darin, daß die Enden nach oben gezwirbelt waren und scharfe Spitzen bildeten, etwa wie auf den Metallhüten der Soldaten, aber ich hielt es kaum für möglich, daß sie einem ähnlichen Zweck dienten. Der Mann hatte eine kunstvoll verzierte Schneidewaffe in einem Behälter von seinem Gürtel hängen, seine rechte Hand ruhte auf ihrem Griff. Mit einiger Überraschung bemerkte ich, daß er seinen linken Arm ungeschickt dicht am Körper hielt, er schien auch ein wenig kürzer als der andere.

»Sehen Sie, er ist vorsichtig«, murmelte Wells mir zu. »Kein öffentliches Aufsehen um Ihre Ankunft, für den Fall, daß er sich entschließen sollte, Sie nicht anzuerkennen, hier jedoch gerade soviel Pomp, daß Sie sich anständig behandelt fühlen, falls es sich herausstellt, daß Sie es wert sind. Für solche Dinge hat er ein unheimliches Gespür: als Schauspieler und Theaterleiter wäre er sehr gut gewesen, kann ich mir vorstellen, wahrscheinlich besser als als Kaiser.«

Der Kaiser begrüßte uns herzlich, erklärte, daß er uns, da uns ja sein Onkel und Mr. Roosevelt, den er angeblich vor allen Menschen bewunderte, empfohlen hätten, mit großer Aufmerksamkeit zuhören würde, daß er sich aber verpflichtet fühle zu erklären, es sei schwer einzusehen, in welcher Weise Deutschland von Beziehungen zu einem anderen Imperium profitieren könne, es besitze ja schon alles, was für ein zivilisiertes Leben notwendig sei.

Er führte uns durch einige Teile des Palastes und wies uns mit offensichtlichem Stolz auf viele Möbelstücke, gewebte Wandbehänge, Gemälde und einen Überfluß an kleineren Gegenständen in Kästen oder auf Tischen hin; sie alle, erklärte er, seien von bester Qualität, und darüber hinaus seien viele auf eine Weise, die uns sehr interessieren würde, mit seiner persönlichen Geschichte und der seiner Familie verbunden.

»Hübscher Krug ist das«, sagte Dark und hob einen mit Darstellungen von Vögeln und Blumen verzierten Keramikbehälter auf, von dem der Kaiser uns erzählt hatte, daß ihn seine Truppen von einem Ort namens China mitgebracht hätten, anläßlich eines – aber vielleicht hatte ich das nicht ganz richtig verstanden – Aufstandes der Faustkämpfer.

»Stellen Sie ihn *hin*, Mann!« sagte der Kaiser. »Der ist Tausende wert! *Alles* hier ist ziemlich teuer, und ich wäre Ihnen dankbar, wenn Sie daran denken würden. Ich komme ja auch nicht auf Ihren Planeten und fummele an Ihren *objets d'art* herum, und ich sehe nicht ein, warum Sie glauben, Sie könnten das mit den meinen tun!«

Darks Tat war vielleicht ein Glück für uns, weil der Kaiser immer noch ein wenig vergrätzt war, als wir sein Arbeitszimmer erreichten, und darauf bestand, Oxford und Wells von unseren Gesprächen auszuschließen. »Was der deut-

©MITRUTNO '81

sche Kaiser und diese Männer von den Sternen einander zu sagen haben, ist ihre Angelegenheit, und nicht die Sache von Großbritannien oder den Vereinigten Staaten«, sagte er steif. »Sie, meine Herren, werden noch weiter im Palast herumgeführt, aber hüten Sie sich, etwas zu berühren!«

Auf diese Weise konnten wir es weiterhin vermeiden, unseren Freunden unsere wirklichen Absichten enthüllen zu müssen, ein Umstand, der mir lieb war, denn ich hatte immer noch das Gefühl, es fehle ihnen an der nötigen Weitsicht, um einzusehen, daß es notwendig war, die Vernichtung ihrer Zivilisation zu beschleunigen.

Auch der Kaiser stand dieser Vorstellung nicht gerade besonders positiv gegenüber, als Ari sie ihm unterbreitete. König Edward habe angedeutet, sagte er, daß wir Angelegenheiten von großer Folgenschwere mit ihm zu besprechen hätten; er habe nicht erwartet, mit ›schweinehündischem Unsinn‹ überschüttet zu werden.

»Der Friede in Europa ist gesichert«, sagte er und schritt dabei hinter seinem Schreibtisch auf und ab. »Ich habe die Garantien meines Vetters, des Zaren. Ich habe eine Vereinbarung mit dem türkischen Sultan; die Macht meiner Armee und meiner Marine sind so groß, daß jedermann den Unterschied zwischen der Hand deutscher Freundschaft und der gepanzerten Faust meines Kaiserreichs deutlich sehen muß!« Er hob mit flinken Handbewegungen seine bedrohlichen Schnurrbartspitzen an, wohl um seine Worte zu unterstreichen. »Man nennt mich Wilhelm den Friedensstifter, und ich versichere Ihnen, das hat gute Gründe!«

Trotzdem begann Aris Darlegung seiner These den Kaiser zu interessieren. Wells wie auch der König hatten uns gesagt, daß Wilhelm einen wissensdurstigen Geist besaß, und er war anscheinend gegen seinen Willen gefesselt, als Ari sich über die Metahistorie ausließ, erläuterte, was die Karten zeigten und im wesentlichen die gleichen Argumente vorbrachte wie bei König Edward.

»Das gefällt mir nicht«, stellte der Kaiser fest, als Ari fertig war. »Ich glaube nicht daran, kann es aber auch nicht völlig abtun. Ich weiß, was mein Blut mir sagt, ist das wahre Schicksal des deutschen Volkes, Europas, der Welt – aber Sie stellen alles auf den Kopf und lassen mich allmählich zweifeln ...« Er ging zum Fenster, blickte hinaus, dann wandte er sich uns wieder zu.

»Meine Herren, wir waren zu lange in diesem Zimmer, und mein Kopf ist weniger klar, als er sein sollte. Machen wir alle einen kleinen Spaziergang in der frischen Luft, sie soll einige der Spinnweben wegblasen, mit denen Sie mich eingewickelt haben! Ein paar Atemzüge von Gottes gutem Ozon, und wir werden das alles ganz anders sehen, nicht wahr? Wir Deutschen halten sehr viel von dem Lehrsatz, daß im gesunden Körper auch ein gesunder Geist wohnt!«

Ich sah, wie Dark einen scharfen Blick auf den linken Arm des Kaisers warf und verspürte ein flaues Gefühl in der Magengegend. Unser Kapitän, obwohl ein sehr fähiger Mann, war nicht so geübt wie Ari und ich, mit Personen von fremden Planeten taktvoll umzugehen, er neigte allzusehr dazu, Dinge zu sagen, die, wenn auch vielleicht wahr, erschrekkende Wirkungen hervorriefen.

Und so war es auch. Wir waren auf einem der Kieswege durch den Garten kaum um die erste Kurve gegangen und standen mitten in einer Baumgruppe, als er das Wort ergriff. »Hören Sie«, sagte er, »die Sache mit dem gesunden Körper – wie verträgt sich das denn mit Ihrem Arm da?«

Der Kaiser wirbelte herum und starrte ihn – und, wie ich leider bemerkte, auch uns übrige – zornig an. *»Was?!«*

»Ich habe bemerkt, wie Sie ihn halten, und Sie gebrauchen ihn auch überhaupt nicht, also kann er nicht allzuviel taugen, oder?«

Das Gesicht des Kaisers verzerrte sich ungewöhnlich stark, wodurch sein Schnurrbart eine ganze Reihe verschiedener bedrohlicher Formen annahm. »Das ist unerhört!« keuchte er mit leiser, heiserer Stimme, als ob ihm etwas in der Kehle steckte. »Schändlich! Barbarisch! Eine unerträgliche Unverschämtheit! Er schlug mit der rechten Hand auf den Griff der Schneidewaffe an seiner Seite und zog sie ein

Stück aus ihrem Behälter, gleichzeitig machte er einen Schritt auf Dark zu. Der Behälter behinderte ihn irgendwie in der Beinbewegung, er stolperte und sank schwerfällig auf den Weg nieder.

»Da, sehen Sie?« sagte Dark. »Wenn Sie diesen Arm richtig hätten gebrauchen können, hätten Sie jetzt höchstwahrscheinlich das Gleichgewicht nicht verloren.«

Der Kaiser stieß ein leises, unartikuliertes Heulen aus, während er versuchte, auf die Knie zu kommen. Ich wechselte einen leicht beunruhigten Blick mit Ari. Anscheinend waren die Monarchen, denen wir begegneten, recht leicht erregbare Leute, und ich fragte mich, ob seine Theorie über ihre mehr-als-normale Vernünftigkeit nicht einige Fehler hatte.

ACHTZEHN

»Hier«, sagte Dark, »nehmen Sie meine Hand. Sie haben ja nur eine, mit der Sie etwas anfangen können«, setzte er in einem schlecht gewählten Versuch hinzu, die Situation durch etwas Humor zu entspannen.

Der Kaiser knirschte mit den Zähnen und murmelte: »Nein – brauche ich nicht – lèse-majesté, die *Person* des Kaisers zu berühren, es sei denn, unter ganz bestimmten Umständen ...«

Als er wieder auf den Füßen war, schien sich sein Zorn gelegt zu haben, und er sah uns verwirrt an, anscheinend ohne auf den Kies zu achten, der an den Knien seiner Uniformhose haftete. »Ich kann mir nicht vorstellen, wie Sie, zum Teufel nochmal, auf die Idee gekommen sind, das zu sagen«, meinte er erstaunt. »Das war mehr als bloße Grobheit, mehr als bloße Beleidigung, mehr als alles, was ich je erlebt oder gehört habe. Der alte Bismarck hatte eine scharfe Zunge, oho, besonders, als ich ihn rauswerfen mußte, und ich habe bei der Inspektion meiner Güter schon einige recht derbe Gespräche mit aufrichtigen Bauern geführt – die möglicherweise durchaus die Gelegenheit genützt haben, gefahrlos einen Seitenhieb auf den Allerhöchsten anbringen zu können, aber das ist nebensächlich – aber nie, niemals ...« Der Kaiser verstummte und schaute Dark an, als begreife er zum erstenmal wirklich, daß er (und daher auch wir übrigen) Wesen waren, die außerhalb seines Erfahrungsbereichs standen.

»Nun, es tut mir leid, wenn ich irgendwie einen wunden Punkt erwischt habe«, sagte Dark, »aber ich bin wirklich der Ansicht, daß Maschinen richtig funktionieren sollten – das ist mein Beruf, verstehen Sie – und ich sage eben, was ich denke, wenn ich so etwas sehe, was nicht in Ordnung ist.«

»Der menschliche Körper«, sagte der Kaiser, »ist doch kein ... keine Dampfturbine oder ein Eisenbahnzug, wie Sie anscheinend andeuten wollen.«

»Aber keineswegs«, sagte Dark. »Etwas völlig anderes – was Treibstoff, Materialien, Steuersysteme anbetrifft, so ziemlich in jeder Beziehung anders. Aber eine Maschine ist er trotzdem, und ich finde es ziemlich nachlässig, eine Maschine so vergammeln zu lassen. Lachen die Leute Sie deshalb nicht aus?«

»Das tun sie nicht, das kann ich Ihnen versichern«, antwortete der Kaiser grimmig. »Jedenfalls nicht in meiner Anwesenheit oder wenn ein Mann es hören kann, der mir sein Schwert geweiht hat. Ich darf sagen, die Härten, die ich mir selbst aufgezwungen habe, um einen fähigen Reiter aus mir zu machen, trotzdem ...« – er schlug mit seiner gesunden Hand auf seinen linken Arm – »haben mir viel Respekt bei meinen Untertanen eingebracht. Die größte Stärke ist die Überwindung von Schwäche!«

»Wenn Sie meinen«, erwiderte Dark. »Aber ich finde, es wäre einfacher gewesen, es in Ordnung bringen zu lassen.«

Der Kaiser schloß kurz die Augen. »Ich kann mir nicht vorstellen, warum die Ärzte, die mich auf die Welt holten, ganz zu schweigen von ihren vielen Nachfolgern, die mich in meiner Kindheit mit ihren Heilmaßnahmen quälten, nie auf diesen Gedanken kamen«, sagte er.

In seinem Tonfall schien mir kein feststellbares Quantum von Aufrichtigkeit enthalten zu sein, aber Dark erwiderte entrüstet: »Das hätten sie aber, verdammt noch mal, tun sollen! Es wäre viel einfacher gewesen, das gleich am Anfang zu erledigen, als es jetzt der Fall wäre.«

»Es zu erledigen! Wollen Sie damit sagen ...« Der Kaiser verstummte und sah Dark gespannt an. »Wollen Sie sagen, Sir, Sie halten es für möglich, daß dieser ... dieser Zustand auf eine Ihnen bekannte Weise hätte korrigiert werden können?«

»Natürlich. Es ist ein Teil, das nicht funktioniert. Ihre Techniker hätten also nur herauszufinden brauchen, warum nicht, und es dann zu reparieren. Ist ja gut und schön, wenn man sagt, man sei stark, weil man die Schwäche überwindet und so weiter, aber Sie haben sich gerade eben die Knie ganz schmutzig gemacht, und ich frage Sie, lohnt sich das?«

Der Kaiser warf einen langen Blick um sich. »Ich bin doch anscheinend auf dem Grundstück meines eigenen Palastes, nicht auf dem Mond und auch nicht in Wolkenkuckucksheim, also muß ich mich so verhalten, als wäre das, was ich gehört habe, auch das, was wirklich gesagt wurde, und eine vernünftige Antwort darauf geben. Wir Hohenzollern leiden nicht unter Wahnsinnsphantasien, im Unterschied zu einigen Habsburgern und anderen, keine tausend Meilen von hier entfernt, die ich nennen könnte ... ich habe den Eindruck, Herr Dark, daß Sie irgendwie glauben, ich hätte aus eigenem Entschluß ...«

»Ach so!« rief Dark, »ich hab's! Natürlich: man weiß hier eine Menge Dinge noch nicht, die uns bekannt sind, *deshalb* müssen Sie mit solchen Sachen leben, weil Sie sie nicht ändern *können*. Meine Güte, welch ein Jammer! Ich nehme nicht an«, fragte er schüchtern, »nachdem Sie damit aufgewachsen sind und so, daß Ihnen noch etwas daran liegt, ihn wieder richtig arbeitsfähig zu machen? Ich möchte Sie ja nicht drängen, aber ich hasse es, wenn ich sehe, daß etwas nicht so funktioniert, wie es eigentlich sollte.«

»Mein Arm«, rief der Kaiser wütend, »wurde bei meiner Geburt ruiniert! Man hat ihn aus dem Gelenk gerissen, und als man ihn wieder an Ort und Stelle brachte, waren die Nerven und Muskeln zerstört!«

»Ich dachte mir schon, daß es so etwas sein könnte«, sagte Dark. »Man müßte als erstes die Nervenverbindungen wiederherstellen und dann Protein zuführen, um das Muskelgewebe aufzubauen. Ich glaube nicht, daß zu diesem späten Zeitpunkt mit den Knochen noch allzuviel zu machen ist, vielleicht kann man drei oder vier Zentimeter implantieren, aber ganz genauso wie den anderen Arm kriegt man ihn wohl nicht mehr hin.«

»Sie können das *machen?*« fragte der Kaiser im Flüsterton.

»Ja, sicher!« Dark machte ein überraschtes Gesicht. »Wir Kapitäne müssen alle möglichen Geräte instandhalten können, und dazu gehören natürlich auch die Leute im Team. Es hätte ja nicht viel Sinn, oder, wenn das Schiff in Ordnung wäre, aber die Mannschaft verbogene oder gebrochene Glieder oder sonst etwas hätte? Wohlgemerkt ...«, fügte er hinzu, »meine Werkzeuge und Geräte liegen größtenteils mit der WANDERER auf dem Meeresgrund, ich könnte Ihnen also keinen brandneuen Arm oder so etwas machen. Aber ich habe etwas in meinem Gepäck, was man einen Erste-Hilfe-Kasten nennen könnte, und damit müßte ich eine Notreparatur wie diese hier machen können. Wenn es Ihnen nicht zu mühselig ist, es dauert ungefähr drei von Ihren Tagen, würde ich sagen – und es wäre wirklich herrlich«, fügte er sehnsüchtig hinzu, »wieder in Übung zu kommen. Ich habe allmählich das Gefühl, ich roste ein, wenn ich nicht etwas zu tun bekomme.«

Ari und ich fanden es recht lustig, daß jemand, der Präzision so hoch schätzte wie Dark, in seinen Berechnungen so weit daneben lag. (Valmis nahm wie üblich nur wenig Notiz davon, was mit unserem Vorhaben geschah, er sah lieber von seinem Aussichtspunkt in einem Lokal aus, das ›Café des Westens‹ hieß, den Berlinern zu, wie sie ihren Geschäften nachgingen; er sagte, die Muster, die sie bildeten, seien anders als alle, die er bisher gesehen habe.) Es dauerte nicht drei Tage, um den Arm des Kaisers wieder aufzubauen, wie Dark so voll Selbstvertrauen behauptet hatte, sondern vier; ein Irrtum von dreiunddreißigeindrittel Prozent, weit mehr, als es einem ausgebildeten Ingenieur passieren sollte.

Auf Anweisung des Kaisers teilten wir Wells und Oxford nicht mit, was Dark mit ihm machte. Wir verbreiteten, daß sie ausgedehnte Gespräche über Themen von großer Tragweite führten, die keine weiteren Teilnehmer erforderten.

Wells zeigte sich etwas beunruhigt über die Lage der Dinge, wie er sie sah. »Ich lasse mich natürlich nicht durch die Fiktion des Nationalismus einfangen«, sagte er zu mir, als wir bei einigen Proben eines hiesigen Erfrischungsgetränks namens ›Schnaps‹ im Café des Westens saßen, wo wir uns mit Valmis getroffen hatten (der berichtete, daß es zur Unterstützung beim Erfassen der Muster recht wirkungsvoll sei), »aber ich muß schon sagen, es beunruhigt mich, daß Dark so lange mit dem Kaiser tête à tête ist. Ich möchte wirklich nicht daran denken, daß Deutschland alle möglichen Pläne für Langstreckenwaffen und Landpanzer oder solche Sachen bekommt, die es gegen England einsetzen könnte. Oder auch gegen Amerika, was meinen Sie dazu, Oxford?«

Oxford, dem es irgendwie gelungen war, so weit von zu Hause ein Glas seines geliebten Würzburgers zu finden, bemerkte milde: »Es müßte eine Kanone mit mächtig großer Reichweite sein, wenn sie uns Sorgen machen soll, denke ich mir. Zwischen uns und jedem Feind, der sich lohnt, liegen dreitausend Meilen Atlantik, und daher können wir es uns, glaube ich, leisten, unsere Kriege als sportliche Ereignisse zu betrachten, aus denen sich gute Zeitungsberichte machen lassen.«

Da ich mich an Aris bestimmte Voraussage erinnerte, daß alle Nationen in den kommenden Konflikt verwickelt sein würden, verspürte ich wieder ein schmerzliches Bedauern wegen der Heuchelei, die wir praktizieren mußten, und bestellte eine doppelte Portion des Schnaps-Stärkungsmittels, das sofort eine beruhigende Wirkung auf mich hatte.

»*Dark* würde doch so etwas nicht tun«, sagte ich. »Er ist so ehrlich, wie man nur sein kann, ehrlich wie ein ... was immer es hier gibt, was *sehr* ehrlich ist. Wenn er etwas von Langstreckenwaffen verstünde, was, wie ich sicher weiß, nicht der Fall ist, und dem Kaiser davon erzählte, was er nicht tun würde, nun, dann würde er König Edward das Gleiche erzählen, wenn der ihn danach fragte, und Edison und Geronimo und Mr. Hearst und Captain Thatcher und dem Mann, der so freundlich war, uns zu dem Brauereiwagen zu fahren, und Mr. Barrymore und der Dame, die er auf dem Schiff kennengelernt hat – Dark meine ich, nicht Barrymore, denn ich bin sicher, daß der nicht mit uns gefahren ist – und ...« – ich redete noch ein bißchen weiter und war sehr zufrieden mit mir, weil ich mich an so viele der interessanten Leute erinnerte, die wir während unseres erzwungenen Aufenthaltes auf diesem Planeten kennengelernt hatten. Aber Oxford wie auch Wells verloren das Interesse am Thema des Gesprächs und wandten sich anderen Gegenständen zu, besonders den abwechslungsreichen Abendunterhaltungen, die Berlin zu bieten hatte.

Sie machten sich auf, um dieselben zu erkunden, und ich begleitete sie dabei, aber ich kann mich nicht genau erinnern, was dabei passierte. In verschiedenen Lokalen sangen oder sprachen eine Reihe von Personen, männlich oder weiblich, vorbereitete Texte, was im allgemeinen freundliche Aufnahme fand, aber da das in der deutschen Sprache vor sich ging, die mir fremd war, versuchte ich gar nicht, mir eine Meinung über das zu bilden, was ich sah. Erfrischungen waren in reichem Maße erhältlich, und ich probierte mehrere Sorten davon. Die meisten waren recht gut, und ich beschloß, eine Liste der besten anzufertigen, verlor sie aber später und vergaß vielleicht auch, sie aufzuschreiben.

Als am nächsten Morgen, dem vierten nach unserer Ankunft in Berlin, Dark ins Quartier kam, das man mir im Palast zugewiesen hatte, war ich darüber nicht sehr glücklich, da ich wieder einmal unter übermäßiger Erschöpfung litt und Befürchtungen hegte, ob vielleicht ein Bestandteil der Atmosphäre dieses Planeten die Schutzwirkungen meiner Implantate zunichtemachte.

»Hier, du kommst jetzt besser mit!« sagte er. »Ich mache gerade die letzten Arbeiten am Arm dieses Kaisermenschen, und wenn er zu sich kommt, führt er sich vielleicht ein wenig auf.«

Ich folgte Dark widerwillig ins Arbeitszimmer des Kaisers, wo er seine Reparaturarbeit durchgeführt hatte. Der Kaiser lag bewußtlos auf einer Liege, sein Oberkörper war nackt bis auf den linken Arm, der, in eine Schutzhülle gewickelt, ausgestreckt auf einem niedrigen Tisch neben der Couch lag.

»Das meiste von dem Zeug hat ungefähr genauso gewirkt wie bei uns«, sagte Dark und schälte die Hülle herunter. »Ein bißchen mehr Narkose hat er gebraucht, aber die Gewebsmaterialien haben fast noch schneller gewirkt.« Tatsächlich, der Arm des Kaisers sah jetzt ziemlich normal aus, nur war er weit offen, und der Knochen lag frei.

Dark untersuchte die Höhlung mit einigen kleinen Instrumenten und erklärte sich zufrieden mit der Operation der Nerven und Muskeln, dann schloß er die Öffnung flink und versiegelte die Oberfläche.

»Das war vielleicht eine Arbeit«, bemerkte er, als er seine Gerätschaften in seinem Medizinkoffer verstaute. »Hoffentlich brauchen nicht zuviele von uns größere Reparaturen, solange wir hier sind; ich habe einige Dinge ziemlich aufgebraucht, und ich bezweifle, daß ich sie hier ersetzen kann, aber ich glaube, die Grundstoffe kann ich hier synthetisch herstellen. – Ah, jetzt kommt er zu sich.«

Der Kaiser regte sich, öffnete die Augen und setzte sich langsam auf. »Ach, ich bin ... o ja.« Er schaute Dark und mich triefäugig an, als müsse er sich bemühen, seine Augen scharf einzustellen.

»Gleich geht es Ihnen besser«, versicherte ihm Dark. »Die Wirkung läßt schnell nach.«

Der reparierte Arm des Kaisers hing schlaff an seiner Seite herunter, und er griff mit seiner rechten Hand danach, als wolle er ihn in eine bequemere Stellung bringen. Der linke Arm zuckte und schlug ihn mit dem unteren Teil hart gegen die Brust.

»Lieber Herrgott«, sagte er und schaute ihn an. Er öffnete und schloß die linke Hand und spreizte dabei die Finger, so weit es ging. Dann streckte er beide Arme vor sich aus und blickte mit weit aufgerissenen Augen von einem zum anderen.

»Es wird einige Übung brauchen, nachdem Sie ihn bisher nicht benützen konnten«, sagte Dark, »aber Sie werden sich schon daran gewöhnen, sobald Sie ihn ein wenig gebraucht haben. Ich fürchte, er ist immer noch ein klein wenig kürzer als der andere, nicht ganz zwei Zentimeter, und das Fleisch ist etwas fester als beim anderen, aber ich glaube, Sie werden merken, daß er gut funktioniert.«

Der Kaiser sagte nichts, er saß nur einen Augenblick lang da und blickte seine Arme an. Dann griff er nach einem weißen Hemd, das zusammengefaltet über der Lehne eines Stuhls hing, legte es sich mit einer geübten Bewegung seiner rechten Hand über die Schultern und schob seinen rechten Arm in den Ärmel. »Wenn Sie so freundlich wären ...«, sagte er zu Dark, dann hielt er inne. Mit beträchtlicher Mühe und mehreren Fehlversuchen steckte er seinen linken Arm in den Ärmel und zog das Kleidungsstück um sich. Er war jetzt ziemlich blaß.

Er legte die Hände auf die Vorderseite des Hemds in die Nähe des Kragens und begann, an einem Knopf und dem Loch, durch das er hindurch sollte, herumzufummeln. »Wenn ich Ihnen dabei ein wenig helfen soll ...«, begann Dark, aber der Kaiser fauchte: »Nein! Begreifen Sie nicht, daß ich jetzt zum erstenmal fähig bin, mit beiden Händen etwas so Einfaches zu tun, wie mein Hemd zuzuknöpfen?«

»Oder fähig sein werden, wenn Sie den Dreh einmal raushaben«, bemerkte Dark.

Der Kaiser brauchte fast eine volle Minute, um mit dem ersten Knopf fertigzuwerden, aber die anderen gingen schneller.

Als sein Hemd saß, wie es sich gehörte, stand er da und musterte uns feierlich. »Dank wäre bedeutungslos«, verkündete er ernst. »Ebenso wie Ehrungen oder Geld. Ich werde Sie nicht beleidigen, indem ich Ihnen das anbiete.« Ich wünschte mir sehr, Ari wäre dagewesen, er hätte besser als einer von uns das Feingefühl und die Huld in der Aussage des Kaisers würdigen können.

Der Kaiser ging zu seinem Schreibtisch und stellte sich dahinter. Sein weißes Hemd wurde von einem Sonnenstrahl erfaßt, der durch das Fenster kam, und er schien beinahe aufzuleuchten. »Seien Sie versichert, daß Sie sich den Dank von Wilhelm des Hohenzollern und seines Hauses erworben haben«, sagte er ernst. »Und vielleicht auch noch ...«

Er beendete seinen Satz nicht, sondern blickte auf seine linke Hand hinunter, die in einem Flecken Sonnenlicht auf dem Schreibtisch lag. Er hob sie ein wenig, zog sie zusammen und studierte den Schatten, den sie warf. »Mein Wort«, murmelte er. »Das ist ein recht gutes Kaninchen. Und wie macht man ... ja, so geht es, eine Gans, kein Zweifel. Und da kommt der böse Wolf und will sie fressen ... Entschuldigen Sie, meine Herren, ich ließ mich einen Augenblick lang ablenken.«

Er grübelte eine Zeitlang (wobei er seine Hände stillhielt), dann blickte er zu uns auf. »Obwohl Sie, Herr Dark, und ich während dieser letzten Tage mit anderen Dingen beschäftigt waren, sind die Worte und Argumente von Professor Doktor Ari nicht aus meinem Gedächtnis entschwunden. Ich habe mich bemüht, sie als Unsinn zu betrachten, aber das Wissen um die Kräfte der Geschichte, das er erkennen ließ, hat es mir unmöglich gemacht, sie einfach so abzutun. Ich kann das, was er sagt, nicht völlig akzeptieren – wenn ich das täte, würde es mir schwerfallen, weiterzuleben, selbst mit ...« – wieder warf er einen Blick auf seine linke Hand.

»Jedoch ist es sein und Ihr Wunsch, Ihre Theorien anderen Weltherrschern zu unterbreiten, und das kann ich Ihnen nicht verwehren. Es soll arrangiert werden, daß Sie nach St. Petersburg fahren und mit meinem Vetter, dem Zaren, sprechen. Ich weiß nicht, was dabei herauskommen wird, aber ...«

Er kam hinter seinem Schreibtisch hervor und ging langsam im Zimmer auf und ab. Als er sprach, war es so leise, daß ich es kaum hören konnte, als redete er eher mit sich selbst als zu einem Publikum. »Die Verachtung war das Schlimmste«, murmelte er. »Die elektrischen Behandlungen und so weiter ... sicher, das tat weh, wirklich weh, aber *sie* konnte es nicht ertragen, daß ihr Erstgeborener nicht vollkommen war, und ließ mich das früh und oft spüren ... Als

Papa in Versailles vor Großpapa niederkniete und ihm als Kaiser huldigte – der erste unserer Linie, soeben gekrönt im Kernland des Feindes, den er besiegt hatte! –, da begriff ich, daß *ich* eines Tages diese Krone tragen würde ... und daß mein Arm ein Zeichen des Schicksals war, meines eigenen und des Schicksals meines Volkes.« Obwohl seine Stimme lauter geworden war, schien er uns noch immer nicht direkt anzusprechen. »Die Kraft, Unglück zu überwinden – die Kraft, der Schwäche zu trotzen – die Kraft, für einen verdienten Platz an der Sonne zu kämpfen – die Kraft, ein halsstarriges Volk zu einem freudig gehorsamen Werkzeug des rassischen Willens umzuschmieden – diese Kraft gab mir mein verkrüppelter Arm! Er war Gottes Zeichen für mich, daß ER mich berührt hatte, wie Jakob in Peniel, als er ihm das Hüftgelenk ausrenkte, damit er nicht mehr Jakob sei, sondern Israel, und obsiegen möge ...«

Er ging jetzt nicht mehr auf und ab, sah noch einmal seinen linken Arm an und drehte die Hand langsam herum. »Und jetzt bin ich nicht anders als andere Menschen«, sagte er, wieder so leise, daß man ihn kaum verstehen konnte.

NEUNZEHN

Es war recht komisch, den Ausdruck auf den Gesichtern von Wells und Oxford zu sehen, als uns der Kaiser an diesem Nachmittag Lebewohl sagte; er kam zu jedem einzelnen von uns und umfaßte unsere rechten Hände mit seinen beiden. Sie antworteten geistesabwesend auf seine Wünsche für eine gute Reise nach St. Petersburg und auf den Ausdruck seiner Wertschätzung für die großen Nationen, die sie vertraten, oder aus denen sie jedenfalls kamen; während wir zu den Kutschen gingen, die uns zum Bahnhof bringen sollten, blickten sie, offenbar völlig verwirrt, immer wieder auf ihre rechten Hände.

»Haben Sie das auch gesehen, Wells?« fragte Oxford, sobald wir im Zug saßen und Berlin verließen.

»Und gespürt«, erwiderte Wells. »Ich finde es ziemlich unfair, daß Raf letzte Nacht versucht hat, Berlin trockenzulegen, und wir diejenigen sind, die die Halluzinationen bekommen. Nur«, fuhr er fort und schaute dabei Dark an, »ist es keine Halluzination, nicht wahr? Sie haben seinen Arm irgendwie in Ordnung gebracht, stimmt's, während dieser Gespräche, die Sie angeblich mit ihm führten? Oder haben Sie ihm einen neuen eingepflanzt, wie Frankenstein? Ich weiß nicht, ob Sie begreifen, was Sie da gemacht haben ... ich bin eigentlich nicht einmal sicher, ob ich es selbst begreife ...«

Dark zuckte verlegen die Achseln. »Nun ja, ich hatte den Eindruck, das sei etwas, was getan werden sollte, und so tat ich es eben. Was ist so schlimm daran? Schauen Sie, es hat ihn soweit aufgeheitert, daß er uns zu diesem Zarenmenschen weitergeschickt hat, und genau das will Ari, und dazu sind Sie mitgekommen, weil Sie es sich ansehen wollen, also ist doch alles gut ausgegangen, oder nicht?«

Weder Wells noch Oxford schienen damit völlig zufriedengestellt, aber anscheinend fiel ihnen auch weiter keine passende Bemerkung mehr dazu ein, und so schweifte die Unterhaltung ab.

Die Reise verlief fast genauso ereignislos, wie die Landschaft uninteressant war; beide zeigten sich hauptsächlich flach und konturlos. Einen Augenblick lang wurde es beinahe aufregend, als wir an der Grenze zwischen dem russischen und dem deutschen Reich die Fahrzeuge wechselten, was wir der Unfähigkeit der beiden Nationen zu verdanken hatten, sich zu einigen, wie weit die Räder eines Zuges in der Breite voneinander entfernt zu sein haben, und ihrer Entschlossenheit, innerhalb ihrer Grenzen in dieser Angelegenheit ihren eigenen Willen durchzusetzen.

Bei diesem Aufenthalt standen viele Passagiere auf dem Bahnsteig herum und wurden von russischen Beamten verhört, ehe man ihnen gestattete, zum nächsten Zug weiterzugehen. Da wir Briefe bei uns trugen, die verlangten, daß man uns frei passieren ließ, wurden wir nicht durchsucht und gingen ungehindert auf den wartenden russischen Zug zu. Hinter uns hörte ich einen Tumult, und als ich mich umdrehte, sah ich, wie Captain Thatcher und Sergeant Olson von aufgeregt schreienden Russen umringt wurden.

»Was ist denn da los?« fragte Wells – der, wie man sich erinnern wird, bisher keinen der beiden weitgereisten Marines kennengelernt hatte – und lief den Bahnsteig hinunter, um nachzusehen.

Als er zurückkam, sagte er: »Sie haben ein Paar Anarchisten gefangen – die Burschen wollten sich nach Rußland hineinschleichen, obwohl sie Pistolen bei sich trugen. So eine verdammte Dummheit – selbst wenn sie keine Anarchisten sind, müßten sie doch wissen, daß die Russen sie genau dafür halten werden, wenn sie bewaffnet sind.«

Oxford und wir vier anderen wechselten Blicke. Offenbar hatte Mr. Edison seine Pläne, uns wieder einzufangen, noch nicht aufgegeben.

Nikolaus Romanow, Zar aller Rußländer (ich hatte nicht

gewußt, daß es mehr als ein Rußland gab, aber so lautete jedenfalls anscheinend sein offizieller Titel), war bei weitem kein so eindrucksvolles Exemplar wir seine beiden königlichen Verwandten, die wir kennengelernt hatten. Er war ziemlich klein und schmächtig, mit einem Bart, der, anders als bei König Edward, anscheinend eher dazu dienen sollte, seine Züge zu verbergen, nicht, sie zu verschönern. Er hörte auch, nachdem wir die inzwischen wohlvertrauten Vorbereitungen hinter uns hatten und uns allein mit ihm in seinem Arbeitszimmer befanden – diese Kaiser verbrachten anscheinend viel Zeit hinter Schreibtischen –, viel weniger aufmerksam zu, was Ari zu sagen hatte.

»Das ist mir wirklich zu viel«, sagte er grämlich. »Ich weiß nicht, was Willi und Onkel Edward sich dabei gedacht haben, als sie mich baten, Sie zu empfangen. Andauernd sitzen mir die Duma, der Hof, die Bauern und die Armee im Nacken, und jetzt kommen Sie daher und reden von Krieg und so. *Ich* will keinen Krieg, und ich kenne auch niemanden, der einen will. Wir hatten vor ein paar Jahren einen mit den Japanern, und das war höchst unerfreulich, wirklich; beinahe hätte er das Ende der Monarchie bedeutet, und ich bin nicht gewillt, das zuzulassen, ganz gleich, was irgend jemand sagt. Nein, nein; das geht nicht, und es ist wirklich nicht schön vom Kaiser und vom König, Sie zu mir zu schikken, damit Sie mich auf diese Weise in Unruhe versetzen. Meine Familie und ich kommen hier heraus, um ein bißchen Frieden und Ruhe zu haben, und dann soll ich schon wieder auf Wesen von einer anderen Welt hören, die mir sagen, ich müsse aus einem Grund, den ich überhaupt nicht verstehe, einen Krieg anfangen. So geht man wirklich nicht vor, und ich bin überhaupt nicht erfreut.«

Dieses Gespräch fand an einem Ort namens Zarskoje Selo statt, ein Stück von Petersburg entfernt, wohin sich der Zar mit Frau und Kindern häufig zurückzog, um sich einer ihrer Meinung nach einfacheren Lebensweise zu erfreuen, als sie in der Hauptstadt zu verwirklichen war. Der Palast, den sie bewohnten, kam mir ziemlich aufwendig vor, aber Kaiser sehen diese Dinge zweifellos anders. Wells und Oxford waren nicht allzu angetan davon gewesen, von unseren Gesprächen ausgeschlossen zu werden, aber als der Zar hörte, daß der Kaiser, sein Vetter, die gleiche Bedingung gestellt hatte, bestand er darauf. »Ich selbst sehe zwar keinen Grund dafür«, hatte er gesagt, »aber Willi kennt sich in diesen Dingen aus, und deshalb richte ich mich am besten nach seinem Beispiel.«

Er bedauerte es jetzt offenbar deutlich, daß er sich überhaupt bereit erklärt hatte, uns zu empfangen; jedenfalls sah er uns äußerst unfreundlich an und schob Papiere auf seinem Schreibtisch hin und her, als wünschte er, daß wir gingen, habe aber noch nicht genügend Entschlossenheit gesammelt, uns dazu aufzufordern.

Ari wirkte allmählich ziemlich entmutigt, gab aber noch nicht auf. »Die Erkenntnisse der Metahistorie, Euer Majestät, lassen keinen Raum ...«

»Quälen Sie mich nicht mit Ihrer Metahistorie, Sir! Ich lasse mich in meinem eigenen Palast nicht verfolgen, nicht vom König, nicht vom Kaiser und auch sonst von niemandem! Es ist wirklich nicht fair ...«

Die Klage des Kaisers wurde unterbrochen, als sich die Tür des Arbeitszimmers öffnete und ein kleiner Junge eintrat, der auf ihn zustürzte und ungeduldig »Papa!« rief. Dann sah er uns und hielt inne. »Alle müssen aufstehen, wenn der Thronerbe hereinkommt«, verkündete er wichtigtuerisch.

»Aber wir stehen doch ohnehin«, sagte Dark, und das stimmte, da der Zar uns bisher zu nichts anderem aufgefordert hatte.

»Dann setzen Sie sich und stehen Sie dann auf!« verlangte der Junge. »Mir gefällt es, wenn Leute wegen mir aufstehen müssen.«

»Alexei«, sagte der Zar liebevoll und streckte die Hand nach dem Knaben aus. »Du weißt doch, daß du nicht hereinkommen sollst, wenn Papa geschäftliche Dinge zu besprechen hat. Es ist aber wohl nicht so schlimm; ich glaube, wir haben unser Gespräch beendet. Es war sehr freundlich von Ihnen, meine Herren, mich zu besuchen, aber ich darf Ihre kostbare Zeit nicht länger in Anspruch nehmen. Sie können ...«

An diesem Punkt rutschte der kleine Alexei bei dem Versuch, seinem Vater auf den Schoß zu klettern, ab und prallte mit dem Kopf gegen den Schreibtisch. Er schnaubte einmal vor Schmerz und Ungeduld, und aus seiner Nase begann Blut zu tröpfeln.

Das war mir als ziemlich normale Reaktion auf eine kleinere Verletzung bekannt, aber die Wirkung auf den Zaren überraschte mich. Er wurde bleich, riß den Jungen hoch, schoß hinüber zu einer Couch auf einer Seite seines Arbeitszimmers und brüllte dabei so laut, daß es außerhalb des Raumes zu hören war: »Schickt sofort nach Grigori! Grigori muß kommen! Der Zarewitsch ... O Gott ...« Seine Stimme brach. Er legte den Jungen vorsichtig auf die Couch und tupfte den anhaltenden Blutstrom hilflos mit einem Taschentuch ab.

Einen Augenblick später traten mehrere Personen ein, allen voran ein riesiger, haariger Mann in einem groben Gewand. Er schritt zur Couch, beugte sich über den Jungen und sprach in russischer Sprache beruhigend auf ihn ein. Als er an uns vorbeikam, streifte mich eine Wolke ranzigen Dufts, die, zusammen mit seinem Aussehen, den Schluß nahelegte, daß er aus irgendeinem Grund in letzter Zeit keine Möglichkeit gehabt hatte, sich zu waschen.

Der Zar trat zurück, mit einem Ausdruck deutlicher Erleichterung im Gesicht. Valmis, der ausnahmsweise einmal einen wachen Eindruck machte, schlenderte hinüber zur Couch und stellte sich neben den haarigen Mann, vermutlich der Grigori, nach dem man gerufen hatte, der sprach weiterhin auf den Jungen ein, streichelte dabei seine Stirn und sah ihn eindringlich an.

Einen Augenblick später versiegte der Blutstrom. Grigori wischte dem Jungen mit dem Taschentuch des Zaren die Blutspuren vom Gesicht, dann zerknüllte er es und ließ es fallen, den Jungen nahm er auf die Arme und ging, gefolgt von den Dienern, die mit ihm hereingekommen waren, aus dem Zimmer. Der Zar seufzte tief auf und sank in seinen Stuhl zurück.

»Was sollte das denn nun?« fragte Dark. »War das nicht ein bißchen viel Getue, nur weil ein Kind Nasenbluten hatte?«

Der Zar sah ihn düster an. »Ich muß Sie bitten«, sagte er, »für sich zu behalten, was Sie gerade gesehen haben. Es darf *nicht* bekannt werden, daß der Zarewitsch, der eines Tages an meiner Stelle regieren wird, an ...« Er seufzte. »Mein Sohn ... mit seinem Blut ist etwas nicht in Ordnung. Die kleinste Verletzung, ein Schnitt, ist gefährlich für ihn. Das Blut fließt dann und hört nicht mehr auf, oder es dringt unter die Haut und verursacht riesige, entzündete Blutergüsse. Die Ärzte können nichts tun, nur dieser heilige Mann, Grigori, den Gott uns geschickt hat, kann ihn retten. Es ist ein Jammer«, fuhr er, wieder in seinem früheren weinerlichen Tonfall fort, »daß er überall, wo er geht und steht, solch einen Rummel machen muß. Was er mit den Damen des Hofes anstellt, ist wirklich skandalös – und was noch schlimmer ist, einige von ihnen stört es anscheinend gar nicht! Aber die Kaiserin drückt beide Augen zu, und mir bleibt auch nichts anderes übrig. Es ist sehr unangenehm, Rasputin hier zu haben, aber für Alexei wäre es undenkbar, ohne ihn auszukommen.«

»Er macht das ziemlich gut«, sagte Valmis. »Nach dem, was ich sehen konnte, hat er den Jungen anscheinend dazu gebracht, sein Bewußtsein so weit zu entspannen, daß er die Kontrolle über die kleinen Adern übernehmen und sie veranlassen konnte, sich zu verengen und die Blutung aufzuhalten. Recht ordentliche Erfassung der Muster im Spiel, das muß ich sagen: hier habe ich so etwas noch nicht erlebt.«

Der Zar sah ihn verwirrt an. »Niemand weiß, wie Grigori seine heilende Wirkung zustandebringt. Das ist ein heiliges Geheimnis.«

»Nicht unbedingt«, sagte Valmis. »Es geht darum, die Muster zu sehen, verstehen Sie, und mit ihnen zu arbeiten. Jegliche Organisation von Materie hat ihre Muster, sei es eine einzelne Zelle, eine Galaxis oder etwas dazwischen. Sobald man die Muster einmal vollständig empfindet, ist man fähig zu integrieren. Wissen Sie, die Integration ist mein Spezialgebiet ...«

»Valmis«, unterbrach ihn Ari. »Ich kann mir nicht vorstellen, daß Seine Majestät ...«

»Einen Augenblick.« Der Zar hob die Hand und schaute Valmis ernst an. »Ich verstehe zwar nicht, wovon Sie sprechen, aber anscheinend behaupten Sie, etwas von der Krankheit meines Jungen zu verstehen. Das ist schwer zu glauben, aber ...«

»Nun, es folgt doch daraus. Zum Muster des Blutes gehört es, daß es gerinnt, wenn aus irgendeiner Punktur etwas ausläuft, damit die Wunde abgedichtet wird. Und wenn es das nicht tut, dann ist das Muster in irgendeiner Weise verschoben. Ihr Grigori arbeitet höchst eindrucksvoll, aber ich glaube, er geht die Sache nicht direkt genug an. Wo das Muster nicht stimmt, das ist im Blut selbst, würde ich sagen, entweder ist in den Zellen etwas zuviel oder es fehlt etwas.«

»So ungefähr haben es die Ärzte auch ausgedrückt«, sagte der Zar müde, »aber was nützt es, das zu wissen? Sie können jedenfalls nicht feststellen, was genau nicht stimmt.«

»Vielleicht sollte ich es mir dann einmal ansehen«, schlug Valmis vor. »Ich bin kein Medizintechniker oder so etwas, aber ich hoffe doch, daß ich es immer noch schaffe, ein einfaches Zellmuster in den Griff zu bekommen! Dark, könnte ich deinen Koffer mal für eine Weile benützen? Ich brauche den Betrachter, den du darin hast, um mir die Zellen genau anzusehen.«

Obwohl der Zar deutlich keine Ahnung hatte, worum es eigentlich ging, gab er Befehl, Darks Ausrüstung bringen zu lassen. Als sie kam und Valmis das Instrument herausgeholt hatte, das er brauchte, schob er auf dem Schreibtisch des Zaren einige Papiere beiseite, um Platz zu schaffen und breitete dann das zerknüllte, blutbefleckte Taschentuch aus, das Rasputin zurückgelassen hatte. Er stellte den Betrachter aus Darks Medizinkoffer darauf ein und untersuchte es eine Zeitlang genau, wobei er vor sich hinmurmelte. Als er fertig war, richtete er sich auf und sagte: »Ich glaube, das ist es. Es gibt eine Art von ... nennt man es hier ›Protein‹? – jedenfalls etwas, das das Zellmuster anscheinend braucht, und das nicht da ist. Ich möchte aber doch sichergehen ... Haben Sie eine saubere Nadel oder etwas Ähnliches bei sich, Euer Majestät? Ah ...«

Er ging zu einer Wandkarte und zog eine Nadel mit leuchtend farbigem Kopf heraus, eine von vielen, die dort steckten.

»Das ist das Dreiundzwanzigste Regiment!« rief der Zar einigermaßen erregt. »Sie können doch nicht einfach ...«

»Keine Angst, ich werde es an die richtige Stelle zurückstecken«, sagte Valmis. »Ich habe das Muster all dieser Nadeln deutlich im Gedächtnis – aber sehr gut ist es nicht. Ich meine, Sie brauchen viel mehr davon, da drüben auf der linken Seite, in der Nähe von Deutschland. Jetzt legen Sie Ihre Hand auf den Schreibtisch, Innenfläche bitte nach oben ... so!«

Der Zar fuhr zusammen und stieß einen scharfen Schrei aus, als Valmis eine Fingerspitze mit der Nadel anstach und den austretenden Blutstropfen mit einem Stück Papier ablöschte. Auch dies untersuchte er mit dem Betrachter.

»Wie ich es mir dachte«, sagte er einen Augenblick später. »*Hier* ist es da ...« – er zeigte auf den Blutfleck im Papier – »und *hier* nicht.« Er zeigte auf das Taschentuch.

»Sie haben die Ursache für die Krankheit meines Sohnes gefunden?« fragte der Zar erstaunt.

»Ja«, antwortete Valmis.

»Erstaunlich! Aber ... was nützt es, wenn wir das wissen? Der Fehler liegt im Blut; schön und gut, das ist uns schon bekannt. Aber deshalb ist er doch immer noch da, und ...«

Valmis achtete nicht auf ihn, er kramte in dem Medizinkoffer herum. »Dark, wo ist dieser Synthetisierer? Ich weiß nicht mehr, wie er aussieht ... Sag mal, ist er das, der mit den gelben Streifen im oberen Teil?« Er hielt einen kompliziert aussehenden Gegenstand hoch.

»Das ist er«, sagte Dark. »Hör mal, du solltest damit nicht rumspielen ...«

»Nörgle nicht!« gab Valmis zurück. »Das bringt mich beim Integrieren aus dem Konzept. Anscheinend begreifst du nicht, daß man bei der Integration nicht nur herumsitzt und Dinge erfaßt, obwohl das einen großen Teil ausmacht, aber manchmal muß man sich auch die Hände schmutzig machen, und das ist dann genauso Integrieren wie das andere, ich wäre dir also sehr verbunden, wenn du es vermeiden könntest, mich aus dem Tritt zu bringen.«

Nicht nur der Zar starrte Valmis jetzt mit offenem Munde an; Ari, Dark und ich waren fast genauso perplex. Wir hatten Valmis selten so voll Energie erlebt, wenn überhaupt jemals, und sicherlich nicht seit unserer überstürzten Ankunft auf diesem Planeten. Seine mystische, melancholische fixe Idee von dieser eingebildeten Realitätsverzerrung schien verflogen.

Er blickte von einer erneuten Untersuchung des Papiers und des Taschentuchs auf und sah unsere Blicke. Grinsend bemerkte er: »Ein ganz hübsches Problem ist das. Ich muß sagen, es tut mir unheimlich gut, mich in etwas verbeißen zu können. Es gibt viele Integratoren, die glauben, es lohnt sich nicht, sich mit etwas von dieser Größenordnung abzugeben, aber ich sage immer: Muster ist Muster, ganz gleich, wo man es findet, und es gereicht niemandem zur Ehre, auch nur die kleinsten zu ignorieren. Entweder Arroganz oder Faulheit, mehr ist das nicht.«

Er wandte sich dem Zaren zu. »Hören Sie, könnte ich von Ihnen vielleicht ein wenig Blut bekommen? Ungefähr ... was haben Sie denn hier für Maße? Soviel, wie diese Tasse hier fassen würde?« Er hielt ein Gefäß von mäßiger Größe aus Darks Koffer hoch. »Es tut nicht weh, das versichere ich Ihnen, und ich glaube nicht, daß Sie es überhaupt vermissen werden – Ihr System wird es in kürzester Zeit ersetzen. Sie brauchen nur diese Jacke auszuziehen und den Hemdärmel aufzurollen.«

»Ich verstehe nicht«, flüsterte der Zar. »Was wollen Sie ... was würden Sie denn damit anfangen?«

»Nun, das ist doch klar«, antwortete Valmis. »Ich werde es durch den Synthetisierer schicken, damit die Proteine, die Sie haben und Ihr Sohn nicht, aktiviert werden und Kopien von sich anfertigen können. Dann werden wir dem Jungen einiges davon injizieren, die Proteine fangen an, sich seine Blutzellen zu schnappen, nach einiger Zeit haben sie sie alle, und die neuen Zellen, die er produziert, sind dann so, wie sie sein sollen. Es ist eine recht umständliche Methode, das gebe ich zu, aber das Ziel wird durchaus erreicht. Wenn es Ihnen lieber ist, daß wir wegen des Blutes jemand anderen reinholen, ist das wohl ...«

»Nein!« Der Zar sprach entschiedener, als ich ihn bisher gehört hatte. Er starrte Valmis mit aufgerissenen Augen an, als er begann, seine Bluse auszuziehen. »Wenn das geschehen soll, dann wird mein Sohn *mein* Blut bekommen!«

ZWANZIG

Zu meiner Enttäuschung, und vermutlich auch zu der des Zaren, sagte Valmis, daß sein Prozeß nicht sofort Wirkung zeigen würde, wir müßten bis zum nächsten Morgen warten, um die Ergebnisse zu testen. Infolgedessen waren wir gezwungen, einen höchst spannungsgeladenen Nachmittag und Abend zu verleben. Der Palast war in Aufruhr, der Zar, bleich und trotzig, setzte sich über alle Einwände hinweg und ließ sich nicht davon abbringen, Valmis zu gestatten, den Knaben Alexei zu behandeln; die Zarin, eine sehr erregbare Dame, schwankte zwischen tränenreicher Hoffnung und zornigem (ebenfalls tränenreichem) Widerspruch; die Ärzte und Rasputin, ausnahmsweise einig, wehrten sich brüllend und krakeelend gegen die ganze Idee; und der Haufen der anderen, von den Stallmeistern und Generälen bis hin zu den Männern, die die Kutschen fuhren, sie alle zankten sich, protestierten, schrien, sangen, beteten, weinten, stürzten herum, flüsterten in Ecken, warfen sich auf Liegen und sprangen wieder auf, tranken große Mengen eines sehr wärmenden Zeugs namens Wodka und benahmen sich, kurz gesagt, wie Wahnsinnige.

Nach allgemeiner Übereinkunft hielten sie sich von unserer Gruppe strikt fern, ob nun wegen der Entscheidung des Zaren, uns zu vertrauen, oder weil sie uns als möglicherweise übernatürliche und gefährliche Wesen betrachteten, das wußte ich nicht. Rasputin warf uns einige häßliche Blicke zu, als er zufällig an uns vorbeischritt, machte aber keinerlei Annäherungsversuche. Ich war froh darüber, da er offenbar noch immer keine Gelegenheit gefunden hatte, sich zu waschen, und man seine Anwesenheit an einem Ort noch einige Zeit, nachdem er ihn verlassen hatte, wahrnehmen konnte. Es gelang uns, von den offensichtlich widerwilligen und verängstigten Dienern etwas zu essen zu bekommen. Das Mahl wurde von etwas Wodka begleitet, was mir willkommen war, denn ich entdeckte, daß seine wärmenden Eigenschaften viel von der Unbehaglichkeit und Spannung wegnahmen, die uns umgab.

»Wir sitzen ja Ihretwegen ganz schön in der Tinte, wenn das nicht funktioniert«, prophezeite Wells düster, während wir aßen. »Was ist Ihnen nur in den Sinn gekommen, sich bei dem Jungen einzumischen?«

»Nun«, verteidigte sich Valmis, »ich sah das Muster, und da ist mir eben der Gedanke gekommen, daß ich etwas dagegen tun sollte. Ich habe mich hier bisher ziemlich zurückgehalten, da es bestürzend ist, soviele verzerrte Muster zu sehen und sie nicht richtigstellen zu können – ganz so einfach ist es nicht, Integrator zu sein, denken Sie das ja nicht! – aber da war dieses eine, nicht wahr? Außerdem ...«, fügte er hinzu, »war der Zar fürchterlich schlecht gelaunt, und ich dachte mir, wenn ich dagegen etwas unternehme, würde ihn das vielleicht aufheitern, und wir könnten weiter über das ... nun, über das reden, worüber wir eben redeten.«

Wells atmete schwer. »Das ist durchaus möglich. Und wenn es nicht klappt, ist ›schlechte Laune‹ gar kein Ausdruck für seine Gefühle mehr! Der Mann hat nicht gerade viel Rückgrat, aber er ist ein fast absoluter Monarch, und wenn er schwer enttäuscht wird, werden wir das zu spüren bekommen, und zwar auf recht unangenehme Weise. Dem Himmel sei Dank, daß mein Testament auf dem neuesten Stand ist.«

»Oh, es wird schon funktionieren«, versicherte ihm Dark. »Sehen Sie nur, wie gut das mit dem Arm des Kaisers ausgegangen ist.«

»Ach ja, der Arm des Kaisers«, erwiderte Wells zerstreut. »Es wird schon zur Gewohnheit, daß Sie solche Sachen machen, nicht wahr? Ich nehme nicht an«, fuhr er fort, »daß Sie Gelegenheit hatten, mit dem König etwas Drastisches anzustellen, oder? Er war doch wenigstens nicht ...« Er brach ab und schaute Ari an, der plötzlich ein starkes Interesse für den Inhalt seines Tellers entwickelt hatte. »O nein«, sagte Wells leise.

»Nun ja, der Mann war am Ersticken«, sagte Ari. »Seien Sie doch bitte vernünftig, ja? Ich meine, es wäre uns furchtbar schlecht ergangen, wenn jemand hereingekommen wäre und Raf und mich vorgefunden hätte, und der König hätte tot am Boden gelegen; das sehen Sie doch sicher ein. Und wir haben auch nichts Drastisches gemacht, so wie Sie das sagen. Ich habe ihm nur so eine kleine Kapsel gegeben, etwas, was ich selbst nehme, damit mein System richtig arbeitet, und er braucht sich jetzt keine Sorgen mehr wegen seines Herzens zu machen.«

Wells stand vom Tisch auf. »Sie sind einfach zu viel für mich«, sagte er. »Die Marsianer, die ich erfunden habe, sind bei weitem nicht so sonderbar wie Sie, trotz der Tentakel und allem. Ich könnte Sie niemals richtig beschreiben, aber Shaw wäre vielleicht fähig, Ihnen Gerechtigkeit widerfahren zu lassen. Ich glaube, ich suche mir jetzt den Weg in mein Schlafzimmer und ruhe mich ein wenig aus. Ich bin wirklich *ziemlich* müde.«

Da der Palast in solchem Aufruhr war und man uns das Abendessen sehr spät serviert hatte, blieb nicht mehr viel zu tun übrig, und wir anderen begaben uns ebenfalls in die uns zugewiesenen Räume.

Ich wollte mich zur Ruhe legen, aber der Schlaf floh mich. Es schien klar, daß unsere Mission in Europa nicht so verlief, wie wir gehofft hatten. Aris Theorie, daß Erbmonarchen sozusagen der Gipfel der Rationalität seien, wurde meiner Ansicht nach durch die Erfahrung nicht bestätigt. Sie schienen genauso zu Mißverständnissen und Emotionen zu neigen wie andere Menschen, wenn nicht noch mehr. Und wenn das der Fall war, war es verständlich, daß sie die unerbittliche Logik seiner metahistorischen Argumente nicht genügend beeindruckte und sie daher wahrscheinlich die Vorteile nicht sahen, die eine Beschleunigung ihres unvermeidlichen Krieges mit sich brachte. Es sah also so aus, als könnte sich unser Unternehmen durchaus als erfolglos erweisen, und als müßten wir so lange auf den technologischen Fortschritt des Planeten warten, wie wir befürchtet hatten. Trotzdem würde der Krieg, ob er nun bald kam oder erst in einigen Jahren, der benötigte erste Schritt sein; sobald er in Gang war, sollten wir eigentlich einiges unternehmen können, was uns half, unser Ziel zu erreichen ...

Das war ein ziemlich öder Trost, und wie ich schon sagte, konnte ich gar nicht leicht einschlafen. Nach einiger Zeit stand ich auf und versuchte das Zimmer zu finden, in dem wir zu Abend gegessen hatten. Ich erinnerte mich, daß dort eine Flasche von dem Wodka gestanden hatte und glaubte, seine erfrischenden Eigenschaften könnten meine sorgenvolle Stimmung genügend lindern, um mir eine gute Nachtruhe zu gestatten.

Ich begegnete niemandem in den schwach erleuchteten Korridoren und Gängen, da die Stunde schon fortgeschritten war, obwohl ich Informationen dringend hätte gebrauchen können, denn nachdem ich die Flasche, nach der ich gesucht hatte, gefunden und von ihr gekostet hatte, stellte ich fest, daß ich den Rückweg nicht so ohne weiteres finden konnte.

Nach einiger Zeit befand ich mich, wie ich erkannte, in der Nähe des Arbeitszimmers des Zaren, dessen Tür ein Stück weit geöffnet war. Von drinnen konnte ich ein schwaches Licht sehen; als ich ein leises Murmeln hörte, trat ich näher heran, um zu sehen, ob ich den Weg zu meinem Zimmer erfahren könnte.

Als ich hineinspähte, sah ich den Zaren mit dem Rücken zu mir vor einem Kommunikationsinstrument ähnlich einem Telefon sitzen, in das er sehr eindringlich, aber so leise sprach, daß ich die eigentlichen Worte nicht verstehen konnte. Auf einer daran angeschlossenen Tafel sah ich ein flackerndes, schwarzweißes Bild, das ich mit zusammengekniffenen Augen als König Edward erkannte; die Lippen Seiner Majestät bewegten sich, aber ich konnte keines seiner Worte hören, offenbar wurden sie in den Hörer übertragen, den der Zar in der Hand hielt. Ich hatte so ein Gerät noch nie gesehen; vermutlich waren sie sehr teuer und wurden deshalb nur von den Wohlhabenden benützt.

Da der Zar ganz in sein Gespräch vertieft schien, wollte ich ihn nicht stören, sondern ging und nahm dabei nachdenklich einen Schluck aus der Flasche. Ich fragte mich, was er wohl mit König Edward zu besprechen habe und hoffte, daß es ein gutes Zeichen für unsere Ziele sei. Dieser Gedanke brachte mir einigen Trost, der Wodka ebenfalls, und als ich nach einigem Herumwandern mein Zimmer wiederfand, schlief ich schnell ein.

EINUNDZWANZIG

Als am nächsten Morgen, nach einer Stunde gründlicher Tests, die normalerweise mit der Sorge für den Zarewitsch betrauten Ärzte dem Zaren staunend mitteilten, daß sein Sohn keinerlei Spuren der Krankheit mehr zeige, fand ich es sehr sonderbar, daß die Reaktion darauf sich kaum von der unterschied, die die Entscheidung, sich auf diese unbekannte Behandlung einzulassen, tags zuvor hervorgerufen hatte. Es wurde genausoviel herumgelaufen, gebetet, geweint und so weiter; zusätzlich ließ noch jemand den ganzen Tag in Abständen eine Reihe von Kanonen abfeuern und beinahe ständig mehrere laute Glocken läuten. Die Russen schienen ein erschreckend leichtfertiges Volk zu sein, das seine Freude wie seine Bestürzung in extremer Weise kundtat.

Obwohl die Flasche Wodka mir geholfen hatte, eine Nacht lang tief zu schlummern, hatte ich mir irgendwie einen heftigen Schmerz in den oberen und hinteren Bereichen meines Kopfes eingehandelt, und dieses unheilvolle Zeichen einer Störung meiner Implantate führte zu einer ziemlich niedergeschlagenen wie auch, wegen des ständigen hohen Geräuschpegels, gereizten Stimmung.

Der Lärm nahm irgendwann in der Mitte des Tages noch zu, als auf Befehl des Zaren Rasputin unter höchst abscheulichem Geschrei aus dem Palast gejagt und nach St. Petersburg geschickt wurde. Er hatte, wie sich herausstellte, versucht, Valmis anzufallen und ihn beschuldigt, mit übelgesonnenen, übernatürlichen Wesen im Bunde zu sein und eine ungesunde Reinlichkeit seiner Person zu pflegen; und als man ihn mit Gewalt davon abhielt, wollte er sich mit einer oder mehreren Dienerinnen der Zarin paaren, die jedoch gegen dieses Vorgehen Einwände erhoben.

»Es war ein falscher Prophet«, sagte der Zar streng, während er zusah, wie die sich wehrende Gestalt in ihrer Robe von einer beträchtlichen Anzahl von Soldaten hinausbegleitet wurde. »Es gereicht mir zur Schande, daß ich ihn hier geduldet habe; nachdem ich das jetzt nicht mehr brauche, ist mein Hof von einem Makel befreit, den ich nicht hatte zur Kenntnis nehmen wollen. Gott sei Dank ist er uns jetzt aus den Augen.«

Ich stimmte dieser Ansicht von Herzen zu, da er das lärmendste Mitglied einer lärmenden Masse gewesen zu sein schien.

Die Ereignisse der nächsten Tage verfolgte ich nicht allzu genau, da ich, mit nur mäßigem Erfolg, versuchte, mich von meiner anhaltenden Übelkeit durch wohlüberlegte Verabreichung der Wodkaerfrischung zu befreien. Während das gelegentlich wirkte, war es nicht immer so, denn viele der Symptome, wie Empfindlichkeit gegenüber Geräuschen, Kopfschmerzen und ähnliches, kehrten nach einiger Zeit in vollem Ausmaß wieder, und wenn ich die Dosis erhöhte, schien das nur wenig oder gar nichts zu nützen.

Ich bekam jedoch mit, daß Ari über seine Fortschritte bei den Gesprächen mit dem Zaren ermutigt war. »Er ist vorsichtig, zweifellos«, sagte er mir, nachdem er ungebeten in mein Schlafzimmer gekommen war. »Er verrät nicht, was er vorhat, aber er ist ziemlich oft an diesem Bildtelefon und redet mit dem Kaiser und König Edward. Es muß sich darum handeln, daß sie sich beraten, was sie wegen ihres Krieges unternehmen wollen, obwohl ich nicht mithören darf, was ich unfair finde. Aber so sind eben die Königlichen Hoheiten.«

Am dritten Tag, nachdem die Ergebnisse von Valmis' Behandlung des Zarewitsch offenkundig geworden waren, wurden wir ins Arbeitszimmer des Zaren gerufen. Ich fühlte mich ein wenig besser, trotz der vorgeblichen Unfähigkeit der Diener, mich in den vorausgehenden vierundzwanzig Stunden mit Wodka zu versorgen, sie behaupteten, irgendwie sei der größte Teil des verfügbaren Stoffes auf unerklärliche Weise verschwunden, ich hoffte also, daß meine Implantate nach einer Phase der Störung nun doch wieder richtig zu arbeiten angefangen hatten.

»Ich habe ernste Nachrichten, meine Herren«, sagte der Zar. Ich bemerkte, daß sein Auftreten entschlossener war als bei unserer ersten Begegnung, und daß sich das in seiner Sprache widerspiegelte. »Ich schulde Ihnen viel, und bin aus diesem Grunde sogar so weit gegangen, den bemerkenswerten Vorschlag, mit dem Sie an mich herangetreten sind, sorgfältig zu erwägen, so verabscheuungswürdig er auch sein mag. Ich habe mich mit dem Kaiser und mit König Edward über Vorgehensweisen beraten, die im Lichte dessen, was Sie sagen, angemessen sein könnten, und Sie können versichert sein, daß diese Diskussionen im Laufe der Zeit bestimmte Ergebnisse zeitigen werden, die Sie vielleicht bedeutsam finden. Es gibt jedoch noch einen Punkt, der unmittelbar unsere Aufmerksamkeit erfordert. Rasputin hat offenbar seine Schwierigkeiten in ganz Petersburg herumerzählt, und sein höchst farbiger Bericht von Ihrer Anwesenheit hier ist dem Botschafter der Vereinigten Staaten zu Ohren gekommen. Mein Außenminister Isvolsky ist noch in derselben Stunde mit einer dringenden Botschaft von Präsident Edison zu mir gekommen, in der er verlangt, daß Sie und Mr. Oxford als Offizier unter schwerer Anklage in seine Obhut zurückgebracht werden.«

Er blickte stirnrunzelnd auf ein Blatt Papier, das er in der Hand hielt und sagte: »Diesen Punkt macht er höchst dringlich. Aber ich könnte es mit meinem Gewissen nicht vereinbaren, zuzulassen, daß Sie, die Sie so viel für mich getan haben, gegen Ihren Willen gefangengenommen werden. Andererseits kann ich, als Herrscher von Rußland, auch keinen so provozierenden Schritt unternehmen, wie es die ausdrückliche Weigerung gegenüber einer mächtigen Nation wäre, zu der wir gute Beziehungen haben. Daher müssen Sie verschwinden.«

»Wie sollen wir das anfangen?« fragte Dark unbehaglich. Ich fand ebenfalls, daß im Lichte dessen, was uns Wells über die autokratische Macht des Zaren erzählt hatte, das Wort ›verschwinden‹ einen unheilvollen Klang hatte.

Der Zar lächelte verbissen, als hätte er erraten, was in unseren Köpfen vorging. »Ich meine, von hier fortgehen, und zwar bei voller Gesundheit. Besonders ...«, fügte er trocken mit einem Blick auf mich hinzu, »da unser Wodkavorrat anscheinend erschöpft ist. Sie werden Rußland verlassen, und zwar so, daß meine Regierung offiziell nichts damit zu tun hat – normalerweise hätte ich Sie in einem Kreuzer der Marine weggeschickt, aber Sie werden verstehen, daß das in dieser Situation nicht in Frage kommt. In St. Petersburg wohnt jedoch ein spanischer Adeliger, Besitzer einer seetüchtigen Yacht und mir wohlbekannt. Mit ihm habe ich vereinbart, daß er Ihnen sein Schiff und die Mannschaft für eine schnelle Fahrt nach England zur Verfügung stellt, dort wird man Sie unauffällig empfangen und unterbringen, bis sich die Angelegenheit weiter entwickelt hat. Der König ist jetzt auf dem Weg nach Hause und hat mir versprochen, alle notwendigen Vorkehrungen für Ihre sichere Unterbringung dort zu treffen.«

»Werden Edisons Leute nicht ziemlich schnell rauskriegen, was vorgeht?« wollte Dark wissen.

»Das mag schon sein«, erwiderte der Zar, »aber er wird es nicht darauf anlegen, öffentliches Aufsehen zu erregen, sobald Sie einmal von hier fort sind, und ich kann wahrheitsgemäß behaupten, daß ich von jeder offiziellen Beteiligung frei bin. Und in Spanien wird er wegen der Yacht wahrscheinlich auch nicht protestieren, da die Amerikaner mit diesem Land schon einmal Krieg geführt haben und die Öffentlichkeit es nicht gut aufnehmen würde, wenn man ein totes Pferd schlägt.«

Als wir diese Nachricht unseren Freunden übermittelten, zusammen mit der Anweisung des Zaren, sofort zu packen, nahm Wells sie philosophischer auf als Oxford. »Jedenfalls komme ich nach England zurück«, bemerkte er, »und darauf hätte ich mich vor einem Tag oder so noch nicht verlassen.«

Oxford war nahe daran, verdrießlich zu werden. »Mir schmeckt das schon seit einiger Zeit nicht mehr«, sagte er. »Da läuft vieles, was mir nicht gefällt, und das hier ist ein wesentlicher Bestandteil davon. Wenn Sie all diesen Königen nichts anderes erzählt haben, als daß Sie gerne Ihre Hilfe haben möchten, um Ihr Schiff wieder in Gang zu bringen, was ist daran so geheim? Und wieso regen sich dann Ihretwegen alle so auf? Wenn wir schnellstens nach England gebracht und dort versteckt werden sollen, sieht das doch so aus, als wäre für den König mehr dahinter als das, was Sie sagen. Ich bleibe Ihnen treu, denn anscheinend habe ich im Augenblick keine andere Wahl, aber ich muß schon sagen, ich finde, daß Sie Wells und mir gegenüber nicht aufrichtig sind.«

»Das sind sie natürlich nicht«, sagte Wells milde, während er einige Kleidungsstücke sehr ordentlich in einen Behälter schichtete, den er gerade packte. »Das ist eines der Dinge, die mich ermutigen. Sie sind uns dadurch ähnlicher, nicht wahr?«

»Sie werden sicher verstehen«, sagte Ari besänftigend, »daß das, was zwischen uns und den Monarchen besprochen wurde, die so freundlich waren, uns ihre Aufmerksamkeit zu schenken, notwendigerweise vertraulich bleiben muß, und daß das, was Sie für verstohlene Heimlichkeit halten, in Wirklichkeit nur unumgängliche, diplomatische Höflichkeit ist. Ich bin sicher, daß das Ihr unangebrachtes Mißtrauen beschwichtigen wird.«

»Verstehen Sie jetzt, was ich meine?« fragte Wells. »Sie werden von Tag zu Tag menschlicher.«

Es dämmerte, als wir nach einer vergleichsweise kurzen Bahnfahrt St. Petersburg erreichten, und die Kutsche, die uns zum Hafenbezirk brachte, wo wir an Bord der spanischen Yacht gehen sollten, fuhr durch eine breite, von sanft glühenden Lampen erleuchtete Straße, die helle Teiche auf das Pflaster warfen.

Als wir uns einer dieser erleuchteten Zonen näherten,

warf Dark einen scharfen Blick auf eine im Licht deutlich sichtbare Gruppe von Menschen. »Mein Wort, da ist dieser Rasputin!« rief er aus. Als wir die Gruppe fast erreicht hatten, beugte er sich aus dem Fenster und rief spöttisch: »He, Mönch, schon gebadet? Das hat er natürlich nicht verstanden«, sagte er dann und lehnte sich wieder zurück, »aber ich nehme an, daß er den Tonfall recht gut mitbekommen hat.«

Ich schaute zurück und sah die riesige Gestalt in der Robe zornig hinter uns herstarren; auch die beiden Männer, die dabeistanden, konnte ich deutlich erkennen. »Wenn nicht«, sagte ich zu Dark, »werden Captain Thatcher und Sergeant Olson es ihm höchstwahrscheinlich erklären.«

Obwohl wir nach dieser Begegnung natürlich darauf gefaßt waren, verfolgt zu werden, geschah das, soweit wir sehen konnten, nicht, und wir erreichten den Ankerplatz der Yacht, gingen an Bord und stachen völlig ungehindert in See.

»Trotzdem, mir gefällt das nicht«, sagte Oxford, als wir an Deck standen und zusahen, wie die Lichter von St. Petersburg hinter uns kleiner wurden. »Thatcher und Olson sind hinter uns her, weil sie ihre Haut retten wollen, und Rasputin dürstet nach unserem Blut, weil wir ihn aus seinem kuschligen Bett im Palast geworfen haben.«

»Das ist wahr«, sagte ich. »Aber jetzt, nachdem wir aus Rußland heraus sind, können sie uns doch nichts mehr anhaben, oder?«

Als der nächste Morgen auf offener See grau und feucht anbrach, beglückwünschte ich mich, weil ich diese Bemerkung in Form einer Frage, nicht als definitive Feststellung gemacht hatte. Wäre das nicht der Fall gewesen, so hätte mich der Anblick eines großen, waffenstarrenden Schiffes, das die Flagge der Vereinigten Staaten trug und durch das Wasser rauschte, um uns den Weg abzuschneiden, ziemlich in Verlegenheit gebracht.

Eine laute Stimme, durch irgendeinen Mechanismus verstärkt, denke ich mir, tönte vom Schiff herüber und wies unsere Yacht an, die Fahrt einzustellen. Als sich unser Kapitän auf Oxfords Drängen weigerte, wurde sein Befehl wirkungsvoll durch einen Schuß außer Kraft gesetzt, der nicht weit vor uns eine bemerkenswerte Wasserfontäne hochjagte.

Das Kriegsschiff legte sich längsseits, und der Kapitän schrie hinauf: »Das ist Piraterie, Señor!«

»Nicht im geringsten, Don Diego, oder wie immer Sie heißen mögen!« dröhnte die Stimme vom Schiff. »Wir folgen den Befehlen des Präsidenten der Vereinigten Staaten und Oberkommandierenden der U.S. Marine, und für mich ist das genügend Legalität! Wir wollen Ihre Passagiere, und wir werden sie bekommen. So weit es mich angeht, sind Sie nur ein Überbleibsel, das wir bei Santiago Harbor zu versenken vergessen haben, und es macht mir nichts aus, diesen Fehler jetzt zu korrigieren, wenn Ihnen der Sinn danach steht.«

»Das ließe sich unter einem internationalen Gesetz nicht aufrechterhalten«, murmelte Wells.

»Und dieses Schiff hier ließe sich mit einer Vier-Zoll-Granate durch den Rumpf auch nicht halten«, sagte Oxford entmutigt. »Ich glaube, wir haben ausgespielt, Leute. Edison will uns haben, und jetzt hat er uns. Suchen wir unsere Sachen zusammen; jetzt werden sie uns jeden Augenblick holen kommen.«

Als wir von einer Gruppe von Seeleuten zum Kriegsschiff gebracht und an Bord gehievt wurden, war es betrüblich, aber nicht übermäßig überraschend für uns, von Captain Thatcher und Sergeant Olson begrüßt zu werden. Hinter ihnen stand Rasputin, der uns wölfisch angrinste und auf Russisch etwas fauchte.

»Er sagt, soweit ich sehen kann, sind Sie auch nicht so begeistert von Bädern, denn Sie haben lieber aufgegeben, als im Ozean eines nehmen zu müssen«, erzählte uns Olson mit einem höhnischen Grinsen.

ZWEIUNDZWANZIG

Unsere Rückreise über den Atlantik verlief schneller als die von Amerika hierher, da der Kapitän des Zerstörers sich nicht um die Bequemlichkeit seiner Besatzung und seiner Passagiere kümmerte, sondern nur darum, seinen Auftrag zu erfüllen, und wir näherten uns dem Hafen von New York fünf Tage nachdem man uns gezwungen hatte, an Bord zu gehen.

Obwohl wir bezüglich unseres Empfangs unter erheblichen Befürchtungen litten, war die Zeit dazwischen nicht ohne interessante Aspekte. Seltsamerweise wurden Thatcher und Olson, im sicheren Gefühl, ihre Mission erfolgreich abgeschlossen zu haben, recht freundlich und unterhielten sich offenbar gern mit Dark, der ihnen in vielem glich; sie plauderten anscheinend genußvoll über Erlebnisse bei Begegnungen an fernen Orten.

Rasputin schien, nachdem sein Rachedrust befriedigt war, nicht zu wissen, was er anfangen sollte, und verbrachte viel Zeit damit, allein auf dem Deck auf- und abzuschreiten. Nur Olson sprach russisch, und er war meistens mit Dark beschäftigt; jedenfalls mied die Schiffsbesatzung den bärtigen Mönch auffällig, da das Salz vom Meeresgischt und ein bestimmter Geruch nach Kohlenqualm, den die Motoren des Schiffes ausstießen, einen unvergeßlichen Beitrag zu seiner vorher schon stechenden, persönlichen Atmosphäre leisteten.

Es war kein richtiges Kameradschaftsgefühl – denn ich glaubte nicht, daß ich Rasputin jemals wirklich mögen würde –, sondern eher Langeweile, was mich dazu trieb, seine Gesellschaft zu suchen. Ari und Valmis waren meist in Melancholie versunken, genauso wie Wells und Oxford, und ich hatte keine Lust, meine möglicherweise für längere

Zeit letzten, vergleichsweise freien Tage damit zu verbringen, ihr Elend zu teilen. Zum Zeitvertreib holte ich den Kommunikator heraus, den ich praktisch nicht mehr benützt hatte, seitdem er uns vieren eine Beherrschung des Englischen vermittelt hatte, und stellte ihn darauf ein, in beschränktem Maße dieselbe Leistung für Rasputin zu erbringen.

Das konnte nicht mit voller Wirkung geschehen, da die Datenspeicher nur die begrenzte Menge von Englisch enthielten – völlig ausreichend für praktische Zwecke, aber natürlich nicht annähernd die vollständige Sprache –, die man ihnen eingegeben hatte, und überhaupt kein Russisch. Trotzdem, als Rasputin, anfangs widerwillig, mitmachte, war er innerhalb ungefähr eines Tages fähig, sich meistens verständlich zu machen, wenn auch ohne jede Eleganz, und eine ganze Menge von dem zu verstehen, was man zu ihm sagte.

»Was glaubst du, was ich kann in Uu Ess anfangen?« fragte er mich, sobald wir Gesprächsbeziehungen angeknüpft hatten. »Ich glaube, Mönchsgeschäft dort nicht sehr gut. Thatcher und Olson sagen mir, als ich helfen euch fangen, sie dafür sorgen, daß mir gut geht, aber ich nicht recht wissen. Ich so wütend auf euch, als Zarewitsch heilen und ich nicht können und Väterchen werfen mich raus, weg von gutem Essen und scharfen Frauen, daß mir alles egal, solange ich euch am Wickel kriegen. Aber jetzt Zeit für kühlen Kopf, und ich besorgt. Kann nicht in Heiliges Mütterchen Rußland zurück, sonst lassen mich Väterchen viele Male am Tag mit Knute schlagen, jeden Tag, weil ich seine Freunde verletzt. Ich glaube nicht, daß Sinn hat, ihm sagen, daß mir leid tut, du?«

Ich stimmte zu, daß der Zar wahrscheinlich nicht der Ansicht war, mit einer höflichen Entschuldigung sei der Fall angemessen erledigt, und deutete an, daß eine notwendige Voraussetzung für seinen Erfolg in den Vereinigten Staaten vielleicht eine Reform seiner äußeren Hygiene sein könnte.

»Waschen?« fragte er verwirrt. »Warum das? Dreck hat

MARVANO '81 ©

nichts zu tun mit *Seele*. Außerdem mögen Frauen Mann, der riecht wie Mann. Ha! Gräfin, Herzogin, alle werden schwach, wenn ich komme – ich außerhalb von Zimmer, und ihre Nase sagen ihnen, ich komme, und sie ganz schwach vor Verlangen. Ha!« Mir schien es, als habe er zwar die Wirkung richtig beobachtet, nicht aber die daran beteiligten Emotionen; und ich sagte ihm, daß das, jedenfalls nach dem zu urteilen, was ich in Anzeigen der Zeitungen gesehen hatte, die ich durchblätterte, in den Vereinigten Staaten nicht so funktioniere.

Schließlich erklärte er sich widerwillig bereit, sich baden zu lassen, und eine Gruppe johlender Matrosen spritzte ihn auf dem Achterdeck ab, wo er in dem kalten Gischt schreiend herumhüpfte. Nachdem man seine unaussprechliche Robe mit heißem Dampf aus den Boilern gebrüht und vor dem Feuerloch getrocknet hatte, hüllte er seine frischgereinigte Gestalt hinein und sagte: »Bei Gott, ich fühlen mich wie neuer Mensch! Alter Grigori weggewaschen wie in Blut des Lammes. Neuer Mann für Neue Welt, nicht? Du sagen, Damen mögen dort sauber: sie kriegen sauber. Geht genauso, sauber oder nicht.« Anscheinend war die äußere Wäsche nicht allzutief eingedrungen.

Als wir in den Hafen von New York einfuhren, sah ich eine große Maschine durch die Luft fliegen und den Kopf der symbolischen Statue umkreisen. »Was ist das?« fragte ich einen neben mir stehenden Seemann.

»Einer der neuen elektrischen Flieger von Wright«, antwortete er mir. »Fliegt Schaulustige um den Hafen herum; ich bin mal mitgeflogen, als ich vor ein paar Wochen hier auf Urlaub war. Macht kaum Lärm und geht wie der Wind, fast schneller als ein Zug. Wie ich höre, will man nächstens die Post damit befördern.«

»Wir sowas in Rußland auch sehr bald haben, ich wetten«, sagte Rasputin, der lässig neben mir an der Reling stand. »Bursche kommen zu Väterchen, ein, zwei Monate zurück, heißen Sikorsky, er ganz heißen Kragen wegen fliegende Maschinen, sagen, er haben brandneue Idee. Keine Flügel, sondern Drehding auf Dach, um Luft drinzuhalten. Wollen Geld zu bauen, und Väterchen sagen, er darüber nachdenken. Ich sagen ihm, Idee von Teufel, da er fallenlassen Ding, aber ich glaube, jetzt, wo Grigori nicht mehr da, er darauf eingehen. He, was für verdammt große Gebäude! Wenn da amerikanische Männer arbeiten, ich wetten, sie abends müde von Hinauf- und Hinuntersteigen, nix gut für Frauen. Keine Sorge Frauen! Hier kommt Grigori!«

Rasputin, den wir aus den Augen verloren, nachdem wir an einer Werft auf der anderen Seite des Flusses, gegenüber der Hauptinsel von New York angedockt hatten – soviel ich wußte, hatte man ihm einen Geldbetrag gegeben und ihn zu einem Bezirk der Stadt begleitet, wo ehemalige Landsleute von ihm wohnten –, war der einzige von unserer Gruppe, der unsere Ankunft so leichtnahm. Oxford, Wells und wir vier Forschungsreisenden dachten natürlich bedrückt daran, was auf uns wartete – Wells, obwohl an unserer Flucht nicht direkt beteiligt und eigentlich Mr. Edisons Autorität nicht unterstellt, konnte zumindest nicht erwarten, einigen unangenehmen Augenblicken zu entgehen; Thatcher und Olson waren sich ihrer Verantwortung, uns durch den letzten Teil der Reise zu bringen, grimmig bewußt.

»Jungs«, sagte Thatcher, als er uns zu einem großen, geschlossenen Wagen führte, »wir haben Sie so weit gebracht, und Sie sollen wissen, daß ich nicht die Absicht habe, Sie zwischen hier und Glenwood noch zu verlieren. Denn Sie können ruhig erfahren, daß wir wieder in unser kleines, graues Häuschen im Osten fahren, weil Mr. Edison der Meinung ist, daß Sie dort am sichersten aufgehoben sind. Natürlich wird es ein paar Veränderungen geben, so wird man das parkartige Grundstück mit elektrifiziertem Stacheldraht umgeben und nach Einbruch der Dunkelheit Hunde frei laufen lassen, und zu Ihrer Bewachung wird eine ganze Kompanie von Marines abgestellt, die gegen die Moros gekämpft haben und niemanden leiden mögen, der kein Marine ist. Aber das werden Sie gar nicht merken, Jungs, solange Sie im Hause bleiben oder sich am Nachmittag ganz sorglos auf der Veranda räkeln und tun, was man Ihnen sagt. Nun, das ist doch nicht so schlecht, dahin kann man doch zurückkehren, oder nicht? Also lassen Sie es sich nicht einfallen, irgendwelche schlauen Dinger zu drehen, wie Sie es schon gemacht haben. Ich mag euch Leute wirklich, und es wäre mir schmerzlich, wenn ich Ihnen mit dieser Fünfundvierziger, die Sie hier sehen, eine bleibende Verletzung zufügen müßte. Ich glaube, ich darf auch für Sergeant Olson sprechen.«

Olson versicherte, daß sein Standpunkt damit exakt ausgedrückt sei, und wir begannen unsere Reise in die Gefangenschaft.

Wells war recht interessiert an unserem Haus und glättete mit seinem gewinnenden Wesen die gesträubten Federn des Dienerpaares (das ist natürlich eine Metapher, die beiden waren, wie fast alle Angestellten auf diesem Planeten, Menschen und keine Vögel), das in dem Aufruhr nach unserem hastigen Aufbruch etwas schroff behandelt worden war.

Oxford ging mit Wells in ein leeres Schlafzimmer, um ihn dort unterzubringen, und wir vier nützten die Gelegenheit, uns privat zu beraten.

»Nun, hier sind wir wieder«, sagte Dark, »und wieviel hat es uns genützt, daß wir überhaupt weggegangen sind? Soweit ich sehe, haben wir nicht mehr erreicht, als daß wir riskieren, einen Schlag zu kriegen oder zu Tode gebissen zu werden, wenn wir beim Herumschlendern nicht sehr gut aufpassen.«

»Ich verstehe nicht, was du meinst«, erwiderte Ari. »Unsere Gespräche mit dem König, dem Kaiser und dem Zaren waren von größter Wichtigkeit. Vielleicht dauert es eine Weile, bis die Saat, die ich in ihrem Geist gesät habe, Früchte trägt, und es ist sicher ein Jammer, daß wir keine Gelegenheit hatten, noch andere Herrscher bekanntzumachen mit ...«

»Oh, hör auf damit!« sagte Dark heftig. »Diese Burschen dachten, an deiner tollen Geschichte hinge ein Schild: ›zu vermieten‹, und kein Mieter wollte sie haben; das haben sie doch deutlich genug zu erkennen gegeben! Finde dich damit ab, Mann! Sie haben keine Lust, einen Krieg anzufangen, nur weil du es sagst, ganz gleich, mit wieviel Metahistorie oder Meta-was-auch-immer du sie fütterst. Dein Spiel ist aus, Ari! Und es ist, verdammt nochmal, höchste Zeit, daß ich da mal eingreife.«

»Und wie willst du das machen, Kapitän?« fragte Ari kalt. »Wenn dir meine eigenen armseligen Bemühungen, Veränderungen im Verlauf der historischen Entwicklung eines Planeten zu bewirken, auch vielleicht nicht sehr eindrucksvoll vorkommen, kann ich mir trotzdem nicht vorstellen, wie ein ... ein Mechaniker es besser machen könnte. Und da wir gerade dabei sind«, fuhr er fort, Valmis und mir zugewandt, »vermutlich habt ihr beiden auch eure eigenen Vorstellungen, wie man das, worauf wir aus sind, bewerkstelligen kann. Vielleicht schleppst du, Raf, einen großartigen Plan mit dir herum, mit dem du uns noch nicht belästigen wolltest? Ja, so gefällt es mir, ein hübsches, forsches, verneinendes Kopfschütteln – das ist Kommunikation, sparsam in den Mitteln, aber doch exakt ein bewundernswertes Empfinden übermittelnd. Und du, Valmis, hast du erfaßt, wie man die Muster dieses Planeten zu unserem Vorteil nützen könnte? Laß es uns doch bitte wissen.«

Er und wir anderen waren überrascht, als Valmis sanft antwortete: »Nun ja, weißt du, vielleicht habe ich das wirklich. Mir scheint ...«

»Dein ›scheint‹ kann zum Teufel gehen, Sir!« sagte Ari. »Es ist absurd, daß du und Dark anscheinend glauben ...«

Obwohl mir dieser Austausch von Bissigkeiten ziemlich peinlich war, war ich nicht besonders glücklich, als er abrupt abgebrochen wurde, weil Captain Thatcher unser Wohnzimmer betrat; der Captain, jetzt wieder in voller Uniform, blieb an der Tür stehen, schaute hinter sich und sagte: »Hier sind sie, Sir. Ich werde Oxford und den Engländer herunterholen und sie auch hier hereinscheuchen.« Er salutierte und ging.

Mr. Edison kam ins Zimmer, stützte sich auf einen Stock, den er vor sich hinstellte und musterte uns mit unverhohlener Abneigung. Er wirkte älter als bei unserer letzten Begegnung, und die Linien in seinem Gesicht waren merklich tiefer eingegraben.

»Ich werde warten, bis Ihre Freunde hier sind, ehe ich Ihnen sage, was Sie tun werden«, sagte er ohne Einleitung oder Begrüßung und musterte uns weiterhin auf diese unfreundliche Weise.

Als Oxford und Wells in den Raum geführt – beinahe geschoben – wurden, nahm er von ihrer Anwesenheit durch ein Grunzen Notiz. »Oxford«, bemerkte er einen Augenblick später. »Ich habe nachgesehen und festgestellt, daß ich Sie nicht erschießen lassen kann. Jedenfalls nicht nach dem Gesetz. Aber ich rate Ihnen, lassen Sie es sich angelegen sein, mir mit diesen Leuten hier zu helfen, sonst können Sie wetten, daß Sie nach Gesetzeslücken suchen werden, um eine Möglichkeit zu finden, Anspruch auf ein Exekutionskommando zu erheben. Bei Ihnen, Wells, sieht es so aus, als könnte ich Ihnen nichts anhaben, was ich sehr bedauere. Aber Sie haben dieser Mannschaft geholfen, obwohl sie verflixt gut wußten, daß ich sie hierbehalten wollte, und wenn Sie vorhaben, irgendwelche Vortragsreisen in den Vereinigten Staaten zu machen, würde ich Ihnen dringend davon abraten. Ich wollte nie unbedingt Präsident werden, aber jetzt bin ich es, bei Gott, und ich werde nicht mit freundlichem Gesicht zusehen, wie man mich verhöhnt, seien es nun meine eigenen Leute oder Ausländer.«

Er drehte sich um und ließ seinen unheilverkündenden Blick erneut über Ari, Dark, Valmis und mich schweifen. »Jetzt zu Ihnen«, sagte er. »Ich habe nicht vor, mich mit solchen Leuten lange herumzustreiten. Sie wissen Dinge, die wir brauchen können, und Sie werden sie uns geben. Ende der Durchsage. Ich weiß nicht, was Sie sich eigentlich dabei gedacht haben, hier auszubrechen, aber jetzt werden Sie, verdammt nochmal, sitzenbleiben und Pläne zeichnen und genaue Angaben über alles machen, was Sie wissen, so lange, bis ich Ihnen glaube, daß Sie nichts mehr wissen. Wir brauchen das, was Sie haben, und wir werden es bekommen. Und wenn dazu rotglühende Zangen oder ein paar Experimente mit Stromdrähten an verschiedenen empfindlichen Körperstellen notwendig sein sollten, nun, ich glaube, das wäre mir nicht einmal so arg unangenehm.«

Seine Stimme war heiser und schrill geworden, und seine Lippen spannten sich straff über seine Zähne. Mein Unbehagen wandelte sich in Schrecken. Die Belastungen des Amtes hatten Edison offenbar stark zu schaffen gemacht, und er schien sich einem Zustand ausgeprägter Instabilität zu nähern. Ich fragte mich, was man tun könnte, um ihn zu beschwichtigen, aber mir fiel nichts ein, was vielleicht hätte Wirkung haben können.

»Wieviel haben Sie diesen Leuten erzählt, möchte ich wissen?« fuhr er in dem gleichen beunruhigenden Tonfall fort. »Das war mies, wirklich, so davonzulaufen um mitzuhelfen, daß uns diese andren Länder überflügeln, uns, die Leute, die Sie gastfreundlich aufgenommen haben ...«

»So war es doch überhaupt nicht«, sagte Dark entrüstet. »Wir haben ihnen doch nicht erzählt, wie man bestimmte Dinge macht; dazu sind wir nicht hingefahren. Es ist doch nur, daß Ari diese Idee hatte, er könnte sie dazu bringen, mit ihrem Krieg ein wenig früher anzufangen, damit er eher vorüber wäre und alles schneller ginge, verstehen Sie, damit ...« Edison, Oxford und Wells lauschten mit ehrfürchtiger Faszination, als Dark Aris Pläne erklärte, jeder schaute mit einem Gesichtsausdruck von Dark zu uns anderen, den ich nicht ganz ergründen konnte.

»Aber, sehen Sie«, vollendete Dark, »wir haben anscheinend nichts erreicht, und nun sind wir wieder hier.«

Edison war während dieses Vortrags in einen Stuhl gesunken. Der furchterregend gespannte Ausdruck auf seinem Gesicht hatte sich allmählich geglättet, und er wirkte nur noch äußerst müde. »Das war wirklich eine interessante Geschichte«, bemerkte er einen Augenblick später. »Soviel ich sehe, Oxford, Wells, war das für Sie auch eine Überraschung?«

»Ja, Mister President«, antwortete Oxford mit einem Ton in der Stimme, den ich noch nicht von ihm gehört hatte. »Wir ... es ... ja, man könnte sagen, daß es nicht ganz so ist, wie wir geglaubt hatten.«

Edison seufzte und schloß die Augen. »Mir ist, als käme ich aus einem Fieber«, sagte er. »Ich weiß nicht ... ich hatte mich so in den Gedanken verrannt, wir müßten diese Leute zwingen, uns Ideen zu liefern, daß er zur fixen Idee von mir wurde. Ich lasse doch keine Leute einsperren, jagen, entführen, wenn sie fliehen, nur damit sie für mich arbeiten; das ist doch nicht Thomas Alva Edisons Art, nein, keineswegs. Aber genau das habe ich getan, nicht wahr? Und so etwas war notwendig – so etwas wie diese gespenstische, kaltblütige Wahnsinnsidee, auf die diese Leute verfallen sind – damit ich das einsah. Oxford, machen Sie sich keine Gedanken über das, was ich vorher sagte! Ich glaube, Sie haben mir einen Gefallen getan, als Sie ihnen zur Flucht verhalfen. Und ich wünschte irgendwie, ich hätte es dabei belassen.«

Er wollte aufstehen, sank dann wieder in seinen Stuhl zurück und blickte mürrisch auf seinen Stock. »Aber trotzdem, Sie sind wieder da, nicht wahr? Und Sie wissen Dinge, die wir brauchen können, daran kommt man nicht vorbei. Und als Präsident bin ich gezwungen, zu tun, was ich kann, um dieses Wissen in die Hand zu bekommen, obwohl ich dazu gar keine große Lust mehr habe. Oxford, wenn Sie mir nichts nachtragen und bereit sind, Vergangenes vergessen sein zu lassen, glauben Sie dann, Sie könnten mir helfen, einen Weg zu finden?«

»He!« unterbrach Dark. »Na gut, wir wissen, worauf Sie scharf sind. Warum fangen wir dann nicht einfach an?«

»Dark!« rief Ari aus. »Das kannst du nicht machen! Das ist eine grobe Einmischung in eine planetarische Kultur!«

»Ich überlasse es dir und Valmis, über den moralischen Unterschied zu streiten zwischen dem Versuch, einen ganzen Haufen Leute in einen Krieg zu hetzen, eher als sie das selbst wollen, und der Bereitschaft, ein paar Tips für Sachen zu geben, mit denen sie vielleicht etwas anfangen können *und* die uns viel näher an den Tag heranbrächten, an dem sie uns helfen können, die WANDERER wieder raumtüchtig zu machen. Also«, sagte er, zu Edison gewandt, »was möchten Sie denn gerne wissen?«

Es wäre unfreundlich zu sagen, daß Edison ihn mit offenem Munde anstarrte, aber um sein Kinn war jedenfalls eine deutliche Erschlaffung erkennbar. »Nun«, erwiderte er langsam, »als erstes wäre bei den Flugmaschinen noch viel zu tun.«

»Ach ja, Schwerkraftrepulsion ist das, was Sie dabei brauchen; das habe ich diesen Wrights schon letztes Jahr gesagt, als wir sie trafen. Um Schwerkraftrepulsion zu bekommen, müssen Sie ...« Er stürzte sich in eine technische Beschreibung, der ich nicht folgen konnte; Mr. Edison schien dazu soweit in der Lage, um zu erkennen, daß die erforderliche Technologie und bestimmte, unbedingt notwendige Substanzen auf der Erde nicht existierten.

»Das kann ich mir vorstellen«, sagte Dark. »Schließlich, wenn Sie ein Gerät zur Schwerkraftrepulsion zusammenbauen könnten, selbst wenn man Ihnen zuerst zeigen müßte, wie man das macht, nun, dann würde ja für die WANDERER das gleiche gelten, nicht wahr? Und wir könnten uns die ganze Mühe sparen. Mal sehen – was wäre denn ein bißchen einfacher?«

Er arbeitete einen Entwurf für einen Standard-Raumanzug aus, sehr geschickt, wie ich fand, an verfügbare Materialien und Fähigkeiten angepaßt, aber da er keine klare Vorstellung von bestimmten Schlüsselprozessen bei der Produktion der erforderlichen keramischen und metallischen Stoffe für diese Art von primitivem Raumschiff hatte, die die Bodenschätze der Erde vielleicht zuließen, schien dafür keine unmittelbare Verwendungsmöglichkeit zu bestehen.

»Richtig«, sagte Dark glucksend. »Wenn man nicht in den Weltraum kann, was will man dann mit einem Raumanzug! Wohlgemerkt, er sieht ziemlich ungewöhnlich aus, und es besteht die Möglichkeit, daß er in Mode kommen könnte, dann ließen sich vielleicht eine ganze Menge davon verkaufen. Aber das ist es nicht, wonach Sie suchen, nicht wahr?«

Dem stimmte Mr. Edison zu, und das gleiche stellte er für die nächsten paar Ideen fest, mit denen Dark aufwartete.

»*Natürlich!*« rief Dark endlich. »Ich weiß nicht, warum mir das nicht gleich eingefallen ist, aber hier ist etwas, was Sie *wirklich* brauchen können. Ich habe immer noch Ruß im Auge von dem verdammten Zerstörer, mit dem Sie uns haben aufnehmen lassen, und ich erinnere mich, daß ich, gleich nachdem er mir reinflog, dachte, wie unnötig es doch ist, all dieses gefährliche Zeug zu verbrennen. Eine Energiequelle, das ist es, was Sie brauchen!«

Edison schien endlich Interesse zu zeigen. »Tja, nun«, sagte er. »Ich würde es schätzen, eine neue Energiequelle zu kennen, vor allem, weil ich in dieser Richtung auch meinen kleinen Beitrag geleistet habe.«

»Nun, dann wird Ihnen das recht zustatten kommen.« Dark fuhr fort, die Konstruktion einer Brennzelle zu skizzieren, wie man sie auf unserer Heimatwelt in abgelegenen Gegenden benützt, die nicht mit Energie aus dem Netz versorgt werden. Ich folgte seiner Beschreibung mit Interesse, da ich mich noch nie darum gekümmert hatte, wie die Sache zusammengesetzt war. Es schien recht einfach zu sein, und natürlich kam dabei ein sehr leistungsfähiges Produkt zu niedrigen Kosten heraus, das auf der Umwandlung von Wasserstoff in Energie beruhte.

Edison war ebenfalls fasziniert, obwohl er weniger erfreut aussah, als ich erwartet hätte. »Nur, damit ich es richtig verstehe«, sagte er. »Jedermann könnte eines von diesen Dingern zusammenklatschen, solange er fähig ist, Pläne zu lesen und mit Werkzeugen umzugehen, und ungefähr drei Dollar fünfundsiebzig zur Verfügung hätte, um zu kaufen, was er braucht, damit er anfangen kann. Und den Wasserstoff, den er benötigt, könnte er aus dem Wasser herausziehen. Und er könnte so ein Ding dazu verwenden, ein Auto anzutreiben oder ein Schiff oder eine Flugmaschine, eine Mühle, eine Drehbank, einen Dynamo, praktisch alles, was

Energie braucht? Und er brauchte nicht mehr als ungefähr einen Cent pro Tag aufzuwenden, um es zu benützen?«

»So ist es«, stimmte Dark vergnügt zu. »Ich glaube, für den Anfang ist das ganz schön.«

Edison warf ihm einen langen, bedächtigen Blick zu. »Ich will Ihnen etwas sagen«, meinte er. »Bei der ersten Erfindung, die ich je patentieren ließ, damals, neunundsechzig, da kannte ich die Telegraphie in- und auswendig, und es kam ganz von selbst, daß ich mir etwas ausdachte, was mit dem zu tun hatte, was ich kannte. Und ich habe etwas zusammengebaut, das gut funktioniert hat. Es war für die gesetzgebenden Körperschaften wie den Kongreß, und zwar eine Maschine, die so arbeitete, daß jedesmal, wenn eine Abstimmung anstand, jeder Abgeordnete nur einen Knopf zu drücken brauchte, und, ganz gleich, wie er stimmte, ja oder nein, es wurde sofort aufgezeichnet. Eine Sekunde, nachdem zur Abstimmung aufgerufen worden war, konnte alles ausgezählt sein und das Ergebnis verkündet werden, man brauchte sich nicht mehr stundenlang mit Zählappellen zu beschäftigen. Nun, ich zeigte dieses Gerät einem Kongreßkomitee – und die haben es glatt abgelehnt. Ein Abgeordneter war so freundlich, mich beiseite zu nehmen und mir zu sagen, warum. Anscheinend *brauchten* die Leute diese Zeitverschwendung! Das gab ihnen nämlich Gelegenheit zu sehen, woher der Wind wehte, ihre Entscheidung zu ändern, wenn sie stark verlieren würden oder zufällig anders stimmten als jemand, mit dem sie weiterhin gut Freund bleiben wollten und so weiter. Daher hätte ein Gerät, das einen so guten Eindruck machte, den ganzen Karren umgeworfen, und sie wollten es nicht haben.«

Er schaute zu Boden. »Genauso ist es damit. Beinahe kostenlose Energie für alle, morgen verfügbar, ist das nicht großartig? Keine Notwendigkeit mehr, Kohle, Benzin, Öl, Holz oder sonst etwas zu kaufen? *Und* keine Notwendigkeit mehr, die Bergmänner, die Ölleute, die Tankstellen und so weiter zu bezahlen. Meiner Rechnung nach würde es ungefähr sechs Wochen dauern, dann wäre das Land eine heulende Wildnis verhungernder Massen, die die kostenlose Energie dazu benützen würden, an Orte zu kommen, wo sie Nahrungsmittel stehlen könnten, um am Leben zu bleiben.«

Er erhob sich. »Meine Herren«, erklärte er, »ich habe das Gesetz gebrochen und bin mir selbst untreu geworden, nur um Ihnen Ihre Geheimnisse zu entreißen. Und dann haben Sie sie mir freiwillig gegeben – und sie sind Asche in meinem Mund. Nun, so geht es oft, so ist das – ich habe wohl vergessen, daß etwas, wofür man nicht schwitzen muß, nicht viel Spaß oder Gewinn bringt. Es gibt nichts umsonst, wie man so sagt. Die Sache, Sie hier gefangenzuhalten, um Ideen aus Ihnen herauszumelken, ist vorbei, aus, gestorben! Ich werde Ihnen einen anderen Vorschlag machen. Als geehrte außerirdische Besucher oder sonst eine verdammte Kategorie, in die ich Sie einordnen kann, werde ich dafür sorgen, daß man mich ermächtigt, Ihnen eine anständige Pension auszusetzen, von der Sie bequem leben können, solange Sie hier sind. Aber nur unter der Bedingung, daß Sie den Mund halten über so bedeutungslose Gefälligkeiten wie kostenlose Energie, perpetuum mobile und so weiter. Das können wir nicht verdauen, und wir würden ziemlich bald daran zugrunde gehen. Wir sind ein arbeitsames und erfinderisches Volk, und ich kann mir nicht vorstellen, daß irgendwelche leicht erworbenen Geschenke, die Sie uns machen könnten, es wert wären, das zu verlieren.«

Als er mit einem knappen Lebewohl gegangen war, blickte ihm Dark völlig verständnislos nach. »Der Bursche weiß wirklich nicht, was er will«, murmelte er.

»Ich hätte dir sagen können, daß deine Idee nicht funktionieren würde«, sagte Valmis selbstgefällig. »Edison hat sofort erkannt, daß das ein Problem der Muster ist, daß die Muster so sehr verzerrt würden, daß sie auseinanderfielen, wenn du eines deiner technischen Dinge so an den Mann brächtest, wie du das willst.«

Dark schlug Valmis vor, mit seinen Mustern etwas zu machen, was er wohl von den Seeleuten auf dem Zerstörer gehört haben muß.

DREIUNDZWANZIG

Aris Zuversicht, daß der Plan, den er wenigstens teilweise in Gang gesetzt hatte, schließlich doch noch zu Ergebnissen führen würde, war, so behauptete er, unerschüttert. »Er wird auf den König, den Kaiser und die anderen einwirken, weißt du, und sie werden nichts dagegen tun können. Ein bißchen werden sie sich wehren und sich Sorgen machen, aber am Ende werden sie es einsehen, und dann haben wir unseren Krieg. Warte nur ab!«

Wir sahen keine praktische Handlungsalternative, also folgten wir Aris Kurs. Das mußten wir ohne Oxford tun. Als er einige Tage nach Edisons Besuch von einer Fahrt nach New York zurückkam, wo er Wells verabschiedet hatte, der nach England fuhr, ließ er sich auf die Couch im Wohnzimmer fallen und sagte: »Leute, ich habe Neuigkeiten. Adieu, adieu, liebe Freunde, adieu, ja adieu. Ich kann nicht länger bei euch sein, bei euch sein. Lebet wohl, denn ich muß fort ...« – und so weiter.

»Sie wollen doch nicht etwa *weg*?« fragte Dark.

Oxford sah ihn scharf an. »In der Tat, genau das wollte ich soeben ausdrücken. Sehen Sie, Sie kommen wunderbar ohne mich aus – Mr. und Mrs. Bonacker sorgen für Sie, und Sie ziehen ja nicht länger durch die Welt auf der Suche nach jemandem, den Sie verschlingen können, also brauchen Sie auch niemanden mehr, der auf Sie aufpaßt. Und obwohl es interessant war – das leugne ich keinen Augenblick, ist es nicht meine normale Beschäftigung. Nachdem ich Wells also auf sein Schiff gebracht hatte, bin ich zum alten Pulitzer bei der ›World‹ gegangen und habe ihm einen Vorschlag gemacht, den ich schon seit einiger Zeit mit mir herumtrage. Und, kurz und bündig, er will mich dabei unterstützen.«

Obwohl es schon eine große Anzahl von Zeitungen gab,

die in fast allen nur vorstellbaren Abständen erschienen, von einem Tag bis zu drei oder vier Monaten, und die Nachrichten, Literatur, Ratschläge und Kommentare in Hülle und Fülle boten, war Oxford der Meinung gewesen, es sei Platz für eine weitere. Es sollte ein Wochenmagazin werden, das die Ereignisse seit der letzten Ausgabe im knappen, prägnanten Stil der Tageszeitungen zusammenfaßte, aber ausführlicher; zum weiteren Vorteil der Leser sollte der Stoff thematisch geordnet werden, so daß ein Abschnitt sich mit Angelegenheiten des Auslands beschäftigte, ein weiterer mit amerikanischer Politik und so fort. »Pulitzer ist ganz wild darauf«, sagte Oxford, »und ich werde nächste Woche anfangen, es zusammenzustellen. Ich kenne eine Menge Reporter, die ihre Augenzähne dafür hergeben würden, für so etwas zu arbeiten, und ich wette, ich kann eine Mannschaft zusammenkriegen, die alles schlägt, was sonst auf dem Markt ist. Ich muß mir aber noch einen Namen dafür ausdenken, etwas Zackiges. Möchten Sie nicht Ihre besondere Logik auf dieses Problem anwenden?«

Wir dachten eine Weile nach, hatten aber keinen brauchbaren Einfall; es war zu erwarten, daß wir mit den Feinheiten seiner Kultur nicht genügend vertraut waren, um eine große Hilfe zu sein. Aus Höflichkeit machte ich einen Vorschlag. »Mir scheint, als würde diese neue Zeitschrift Ihren Lesern viel Zeit sparen, vielleicht könnten Sie sie ›Sparen‹ nennen oder so ähnlich?«

Oxford meinte, er verstehe das nicht ganz so, aber da könnte der Keim einer Idee liegen. Er verabschiedete sich am nächsten Tag endgültig, und wir mußten allein abwarten, was bei Aris Plänen herauskam.

Von Zeit zu Zeit behauptete er, er sehe Anzeichen in den Zeitungen oder in den Nachrichtensendungen am Elektrodiffusor, daß die Ereignisse sich so entwickelten, wie er gehofft hatte. Besonders erregt war er, als von einem gemeinsamen Besuch des Kaisers, König Edwards und des Zaren bei den wichtigsten Nationen Europas berichtet wurde, worin er einen sicheren Hinweis auf Krieg sah, denn er meinte: »Man braucht diese Leute nur alle an einem Ort zusammenzubringen, dann fahren sie sich in kürzester Zeit an die Kehle.« Aber Monate vergingen, ohne daß sich die Spannungen in der Welt merklich gesteigert hätten.

Der erste Jahrestag unserer Ankunft auf dem Planeten verging, dann der von Mr. Edisons Wahl; wieder brach der Winter herein. Durch unsere lange Erfahrung mit dem interstellaren Raumflug waren wir an Untätigkeit gewöhnt, aber die Zeit schleppte sich doch hin, und wir begrüßten die Anschaffung eines verbesserten Elektrodiffusionsgerätes, das nicht nur Geräusche, sondern auch Bilder übertrug, in etwa wie das Telefon, das ich beim Zaren gesehen hatte. Dieses Instrument lieferte uns sehr viel Zerstreuung, wenn auch nicht von sehr tiefgehendem Inhalt. Mr. Barrymore schien darin sehr viel Zeit zu beanspruchen, und ich sah mit Interesse einige der Possen von Mr. Cohan, die er im Madison Square-Garten vorgeführt hatte.

Wieder kam die Jahreswende – jetzt schrieb man nach hiesiger Zählung 1910 – und weitere Wochen vergingen. Ich bemerkte, daß Valmis immer gereizter wurde. »Hör mal«, sagte er eines Tages zu mir, als der letzte Schnee auf unserem Rasen schmolz, »ich glaube, ich halte es nicht mehr lange aus, immer nur auf Aris Krieg zu warten. Er sagt zwar andauernd, daß es klappen wird, daß seine Berechnungen nur ein wenig korrigiert zu werden brauchen, aber ich glaube ihm nicht. Ich habe sogar schon daran gedacht, in Stasis zu gehen ...«

»Das wirst du doch nicht tun!« rief ich erschrocken. Von Zeit zu Zeit geschieht es, daß der Warp eines Forschungsschiffes gestört ist und eine Reise, die normalerweise in Wochen zu bewältigen wäre, sich in die Jahrhunderte erstreckt; als Vorsichtsmaßnahme gegen die daraus entstehenden Folgen werden die Forschungsreisenden mit Mitteln ausgestattet, mit denen sie sich für sehr lange Zeiträume in einen Zustand völliger Inaktivität versetzen können, so daß man sie, falls sie zufällig an einen Ort kommen, der von jemandem mit diesbezüglichen Fähigkeiten bewohnt ist, aufwekken kann, ohne daß sie merken, wieviel Zeit vergangen ist. Da niemand konkret weiß, ob dieser Vorgang in der Praxis erfolgreich funktioniert, betrachten Forschungsreisende die ganze Idee mit einer Angst, die an Aberglauben grenzt, obwohl die Vorschriften verlangen, daß jeder Kapitän die notwendigen Geräte mit sich führt, wie Dark es ja auch tat.

»Nun ja, eigentlich nicht«, sagte Valmis verlegen. »Es war nur, ich war so niedergeschlagen, daß es mir durch den Kopf ging. Aber ich habe jetzt eine viel bessere Idee. Schau mal, Ari hatte seine Chance, diesen Planeten dahin zu bringen, wo wir ihn haben wollen, und es ist anscheinend nicht viel dabei herausgekommen. Und Darks Idee, ihnen mit Gewalt technische Dinge aufzuzwingen – nun, was damit passiert ist, haben wir erlebt. Aber weißt du, ich habe meine eigene Spezialität, und ich glaube, das könnte der richtige Weg sein.«

»Und wie soll das gehen?«

»Nun, was diese Leute daran hindert, schnell genug vorwärtszukommen, um uns bei der WANDERER zu helfen, sind eigentlich ihre Muster. Ari rechnet mit einer plötzlichen Veränderung in den Mustern in Form eines Krieges. Und Dark scheiterte an der Tatsache, daß man in die Muster einer Welt nicht etwas einfügen kann, was nicht hineinpaßt. Aber sie verstehen wirklich nichts von Mustern, nicht so wie ich, und ich glaube, ich habe eine Möglichkeit gefunden, mit diesen hier etwas zu machen.«

Als er später den anderen seinen Plan vorlegte, waren sie skeptisch. Er wollte, wie es schien, öffentlich Vorträge halten und mit deren Hilfe sein Publikum dazu bringen, die Muster zu erfassen, die sich auf ihr Leben und auf ihren Planeten ganz allgemein bezogen, dadurch sollten Veränderungen in ihrem Bewußtsein entstehen und infolgedessen eine schnelle Umorientierung der Muster. »Wie ich es mit dem jungen Alexei gemacht habe«, erklärte er. »Ich habe die Proteine in seinen Blutstrom eingeführt, und sie haben alles verändert. Hier ist es genauso, sobald man einmal eine

Gruppe von Leuten hat, die zu erfassen lernt – breitet sich das aus und verändert alles.«

»Damals hast du meinen Medizinkoffer dazu gebraucht«, erinnerte ihn Dark.

Valmis reagierte auf diese Nörgelei mit Ungeduld. »Aber natürlich, wenn du es mit einem Mechanismus wie dem Körper zu tun hast, ist es doch einleuchtend, daß man andere Mechanismen braucht. Aber wenn es um den Geist geht, muß man mit dem Geist arbeiten. Sieh mal, Raf! Du kennst doch diesen Cohan, und soviel ich mitbekommen habe, weiß er im Unterhaltungsgeschäft Bescheid; glaubst du, er könnte mir einige Tips geben, wie ich ein Haus mieten könnte, wo ich sprechen kann und hoffen dürfte, eine ziemlich große Menschenmenge anzulocken?«

Keiner von uns anderen hatte wirklich Hoffnung für Valmis' Plan, aber ich ging auf seinen Wunsch ein und schlug vor, er solle nach New York fahren und Oxford aufsuchen, der könne ihn sicher mit Cohan zusammenbringen.

Wir brachten Valmis zum Bahnhof von Glen Head, er hatte ein von Mrs. Bonacker zusammengestelltes Essenspaket dabei, da er den Dreh, sich in öffentlichen Gaststätten Mahlzeiten zu bestellen, noch immer nicht heraushatte. Als der Hochbahnzug an seiner Tragschiene aus dem Bahnhof glitt, sagte Dark: »Heute abend wird er ganz niedergeschmettert wieder hier sein, der arme Kerl, aber wenigstens hat er einen Ausflug gehabt.«

Valmis' Rückkehr gestaltete sich anders, als Dark vorausgesagt hatte. Er schritt lebhaft herein, summte ein Lied, das ich vom Elektrodiffusor her kannte, ließ seinen Hut quer durch das Zimmer segeln und sank mit einem breiten Grinsen in einen Stuhl.

»Cohan hat dir also gesagt, wie du einen Saal mieten kannst?« fragte Ari.

»Einen *Saal* mieten?« wiederholte Valmis verächtlich. »Ich will dir eines sagen, diese Idee liegt ganz unten bei den Restposten und der verbilligten Ausschußware. George M. sagt, das ist etwas für seelenvolle Damen, die das Neueste auf dem Gebiet der Theosophie verkünden wollen, oder für Leute mit Diapositiven vom Heiligen Land, aber nicht für ein brandheißes Projekt wie das eures ergebenen Dieners!«

»Was ... was hat er denn dann vor?« fragte Ari schwach.

Valmis zog eine große Zigarre heraus, biß das Ende ab, zündete sie an und zog genußvoll daran. »Havana Perfecto«, bemerkte er zwischen den Zähnen. »Fünfzig Cent das Stück, nicht weniger. George M. hat mir eine Handvoll davon gegeben, so einer ist das. Er hat gleich gesehen, daß die Vortragsmaschine nichts für mich war – no, Sir! Man kriegt nicht jeden Tag einen Burschen, der garantiert von einem anderen Planeten und frisch von einer Besuchsreise bei den gekrönten Häuptern von Europa kommt und bereit ist, die Weisheit von Jahrtausenden von sich zu geben, und George M. will dafür sorgen, daß ich eine richtige Show kriege. Er sorgt für *alles*; er legt fest, wann und wo ich auftreten werde, wie ich mich kleiden soll – er will, daß ich den Overall von der WANDERER trage, er sagt, ein Mann in einem dreiteiligen, taillierten Nadelstreifenanzug zieht nicht, wenn es um Philosophie geht – und er möchte, daß ich einen Teil meines Materials niederschreibe, damit er es aufpolieren und dafür sorgen kann, daß es auch ankommt.«

»Und wieviel wird dich das alles kosten?« fragte Dark. Unsere Pensionen von Mr. Edison waren für unsere Bedürfnisse und einigen Luxus großzügig bemessen, aber eine wirklich beträchtliche Extraausgabe konnten sie nicht abdecken.

»Kosten? Mich kosten?« Valmis warf den Kopf zurück und lachte. »Keinen einzigen Simoleon kostet mich das. George M. bezahlt mich dafür!«

Während der nächsten paar Wochen war Valmis die meiste Zeit abwesend, er nahm den Morgenzug nach New York, um sich mit Mr. Cohan zu besprechen, und kehrte erst am Abend zurück. Gelegentlich blieb er sogar über Nacht in einem Hotel in der Stadt. Wie es sich schon nach seinem ersten Treffen mit Cohan abgezeichnet hatte, machten seine Sprache und sein Verhalten allgemein bestürzende Veränderungen durch. Er redete wie ein Eingeweihter von Theateraufführungen, Restaurants und Kabaretts, die von Schauspielern besucht wurden, bot oft an, uns Ratschläge in bezug auf Wetten bei sportlichen Ereignissen zu geben, obwohl wir diese Art von Unterhaltung überhaupt nicht genauer verfolgten, und unterhielt uns mit einem riesigen Fundus von Anekdoten über Personen, die wir nicht kannten. Eine Ausnahme in seinem uns ansonsten fremden, neuen Bekanntenkreis war Rasputin, der sich anscheinend eines wachsenden, wenn auch weitgehend unangenehmen Rufs in New Yorks blühender Kinokolonie erfreute. »Ein raffinierter Bursche ist das«, bemerkte Valmis wohlwollend. »Er kommt beim Film voran und macht einen netten Haufen Kleingeld, indem er für die Werbung Seife anpreist. Er hat da ein Bild von sich, so wie er in Rußland war, und das lassen sie neben einem neuen laufen, und aus seinem Mund kommt eine Sprechblase, auf der steht: ›Das hat Ebony-Seife aus mir gemacht – was könnte sie aus Ihnen nicht alles machen?‹«

»Ich glaube«, bemerkte Ari später, »daß Valmis sich da in einem Muster verfängt, das er gar nicht bemerkt.«

Vor seinem ersten öffentlichen Auftreten blieb Valmis einige Tage lang völlig fern, nachdem er uns Zeit und Ort, wo wir uns einfinden sollten, um es mitzuerleben, mitgeteilt hatte. Am vereinbarten Tag begaben wir uns ins Theaterviertel von New York. Es war, wie ich feststellte, mindestens eineinhalb Jahre her, seit ich diesen Teil der Stadt aus der Nähe gesehen hatte, und mir fielen einige Veränderungen auf. Man sah kaum mehr von Pferden gezogene Fahrzeuge, und die vielen Motorwagen liefen viel ruhiger, als ich es in Erinnerung hatte, ebenso die Hochbahnen, die jetzt, wie ich mitbekam, auf den Turbinenmotor umgestellt worden waren, der bei Reisen zwischen den Städten allgemein verwendet wurde. Über uns zog eine große Flugmaschine langsam ein Reklameband über den Himmel, auf dem preiswerte Luftreisen an einen Ort namens Florida angeboten wurden.

Bei einem Filmtheater sah ich mit Interesse ein großes Plakat, das denen, die sich hineinwagten, versprach:

DIE WILDEN STREICHE
DES VERRÜCKTEN MÖNCHS
Ein neuer Tonfilm
mit JOHN BARRYMORE
als ›Grigori der Große‹
Eine GOLDFISH-LASKY-RASPUTIN-Produktion
Drehbuch: GREG RASPUTIN
Regie: GREG RASPUTIN
Technische Beratung: GREG RASPUTIN

Das Auditorium, das uns Valmis angegeben hatte, ein sehr prunkvoller Raum, war gedrängt voll, obwohl es ein Arbeitstag und nachmittags war. Wir fanden unsere Plätze und setzten uns erwartungsvoll, obwohl wir Bedenken bezüglich Valmis' Vorgehen hatten, stolz, daß so viele sich herbemüht hatten, um unseren Gefährten zu sehen.

So waren wir verwirrt, als er nicht erschien, nachdem der Vorhang aufgegangen war. Eine Dame kam heraus und sang, begleitet von einem Orchester gleich unter der Bühne, ein langes Lied, das sich anscheinend auf die Tatsache stützte, daß die Worte ›Mai‹ und ›frei‹ auf ähnliche Laute enden. Ihr folgte ein Mann, der einen Hund eine Reihe von Dingen machen ließ, die ich für unwahrscheinlich gehalten hätte, hätte ich sie nicht selbst gesehen, und dann von zwei bärtigen Männern, deren Gespräch, obwohl für mich unverständlich, beim Publikum große Begeisterung hervorrief.

»Was soll das alles?« flüsterte ich Ari zu. »Hat uns Valmis etwa an den falschen Ort geschickt?«

»Vielleicht«, antwortete Ari, »soll diese Ansammlung von kuriosen Dingen die Folgen des Bemühens zeigen, zu leben, ohne Muster zu erfassen. Die beiden letzten, Weber und Fields, könnten durchaus das Prinzip völliger Anarchie und völligen Chaos' in einem gesetzlosen Universum demonstrieren.«

»Ich weiß nicht, was es bedeutet«, warf Dark dazwischen, »aber der Ausdruck der Eingeborenen dafür ist ›drei-dee‹.«

Nachdem zwei weitere Leute herausgekommen waren und sich eine Zeitlang gegenseitig in die Luft geworfen hatten, schob man ein Plakat mit der Aufschrift: DER ERSTAUNLICHE VALMIS – DER MANN VON DEN STERNEN auf die Bühne.

»Aha«, sagte Dark, »jetzt kommen wir endlich zur Sache. Ich bin neugierig, was wohl diese Leute mit einem Vortrag über Muster anfangen werden, nachdem man sie mit all diesen anderen Nummern aufgeputscht hat.«

Das Orchester setzte mit einer flotten Weise ein und Valmis schlenderte in seinem weißen Overall, von einem Scheinwerfer angestrahlt, auf die Bühne. Ich sah überrascht, daß er einen leichten Spazierstock trug und hoffte, er habe sich nicht verletzt.

Er nahm eine lässige Pose ein, lehnte sich auf den Stock und begann, im Takt zur Orchestermusik zu *singen*. Später konnte ich eine Abschrift des Liedtextes von ihm erhalten, obwohl er beteuerte, jede Reproduktion ohne Erwähnung der Tatsache, daß der Text Copyright 1910 by Co-Val MusicCorp. wäre, sei streng verboten.

Wenn du in der Badewanne singst, im Regen gehst,

trällerte er mit hoher, nasaler Stimme,

Denkst du nach, ob Schmerz, ob Freude du verstehst?
Warum sind Ost und West sich feind und kommen nie zusamm'?
Warum ist süß der Honigseim? Voll Kraft des Baumes Stamm?
Nun, Leute, ich bring frohe Kund', die Lösung wird es sein:
Macht euren Geist doch einfach leer, und laßt die Muster ein!

An dieser Stelle wurde das Tempo der Musik schneller, und er vollführte eine Reihe komplizierter Schritte, bis er schließlich um den Spazierstock rotierte, während er weitersang.

Die Muster sind's! Die Muster!
Im Leben der Kaninchen, bei Weihnachtsbaum und Stern.
Bei Fuchs und Reh, in Eis und Schnee, von nah und auch von fern.
Die Muster sind's, die allüberall walten.
Sie sind unzerstörbar, sie bleiben erhalten.
Wenn du sie erkennst, kannst du sie gestalten.
Durch die Muster ist alles genauso, wie's ist ...

Ich mußte zugeben, die Melodie ging ins Ohr, und da Valmis nachfolgende Verse mit immer phantasievolleren Schritten begleitete, wurde die Vorführung vom Publikum gut aufgenommen.

Als er abging – als nächstes folgte ein Individuum, das die Absicht verkündete, die Gedanken jeder beliebigen Person im Publikum zu erraten –, verließen wir unsere Plätze und begaben uns in einen Bereich hinter der Bühne, worum uns Valmis vorher gebeten hatte.

Wir fanden ihn in einem kleinen Raum vor einem Spiegel, wo er eine farbige Substanz von seinem Gesicht entfernte.

»Ist es nicht gut gelaufen?« fragte er. »Ich glaube, nach der ersten Strophe hatte ich sie wirklich, und sobald ich einmal beim Refrain angelangt war und diesen Step um den Stock tanzte, da fraßen sie mir aus der Hand, was, George?«

Jetzt sah ich, daß Mr. Cohan auf einem Stuhl in der Ecke des Zimmers saß. Er nickte beifällig und versicherte Valmis: »Die waren ganz weg, Junge. Du mußt nur gegen Ende auf die Zeit achten, du hättest beinahe den Stock unter dir rausgetreten und wärst auf den Hintern gefallen.«

»Na ja«, sagte Valmis, »glaubst du nicht, eine komische Einlage könnte sich gerade an dieser Stelle recht gut machen? Ich weiß nicht, es brächte vielleicht einen Hauch von ...«

»He!« Dark ging mit langen Schritten zu Cohan hinüber. »Sie sollten unserem Freund hier eine Chance geben, etwas Tiefgründiges unter die Leute zu bringen, richtig? Und was soll es dann, daß Sie eine Tingeltangelnummer aus ihm machen?«

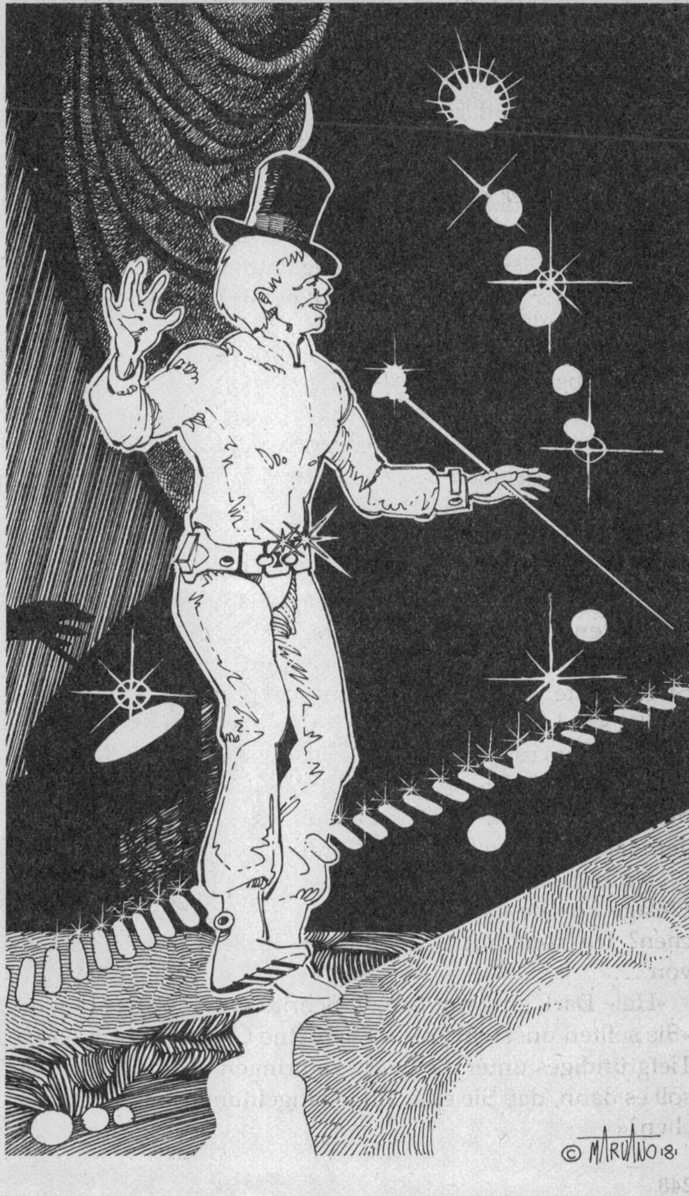
© MARUANO ·81·

»Das kann ich Ihnen verraten«, erwiderte Cohan und blickte zu dem Kapitän auf, der ihn überragte. »Ich habe ein wenig darüber nachgedacht, nachdem Valmis zu mir kam, und ich hatte einfach nicht den Eindruck, daß ihm irgend jemand zuhören würde, wenn er es so machte, wie er vorhatte. Deshalb habe ich etwas ausgearbeitet, womit er wenigstens ein Publikum rankriegen konnte. Und sagen Sie mal«, fügte er hinzu und funkelte Dark zornig an. »Was fällt Ihnen eigentlich ein, Tingeltangelnummern runterzumachen? Können Sie sich vorstellen, wofür Leute wie Sie sonst gut sind?«

VIERUNDZWANZIG

Danach wußten wir, glaube ich, alle, was die Zukunft für uns bringen würde, obwohl die tief eingewurzelte Furcht, von der ich gesprochen habe, uns sehr lange davon abhielt, uns dieser Zukunft zu stellen.

Obwohl Valmis darauf bestand, das Engagement zu Ende zu führen, zu dem ihn Mr. Cohan verpflichtet hatte, hatte er keine Lust mehr, weiterzumachen, als ihm das Mißverhältnis zwischen seiner Absicht und der Wirklichkeit seiner Aufführung klargeworden war. Er verbrachte viel Zeit in seinem Zimmer, wo er trübsinnig eine Sammlung signierter Fotografien von Theaterleuten anstarrte, die er sich an die Wand gehängt hatte, und seufzte.

Mit ständig geringer werdender Überzeugung suchte Ari alle Zeitungen nach Signalen für den herannahenden Krieg durch.

Dark wollte in der Beschäftigung mit mechanischen Dingen Erleichterung finden; er nahm an mehreren Automobilrennen teil und schlug sich recht wacker. Im letzten Teil dieses Abschnitts unterstützten ihn Sergeant Olson als Mechaniker und Captain Thatcher als Manager, da sie beide aus dem Marinecorps ausgeschieden waren. Aber für einen Kapitän, der von seinem Forschungsschiff abgeschnitten ist, sind Preise bei Autorennen nur ein Linderungsmittel, heilen können sie nicht; und je mehr Zeit verging, desto tiefer wurde seine Niedergeschlagenheit.

Ich genoß meine Ausflüge zur Schenke von Roslyn sehr, trotz einer gelegentlichen Wiederkehr meiner Erschöpfung, aber selbst sie ließen mich nicht vergessen, daß wir waren, wo wir eigentlich nicht hingehörten, und wenig Aussicht hatten, wegzukommen ... zumindest innerhalb unserer normalen Lebenserwartung.

So zeichnete sich das Wort ›Stasis‹, obwohl es keiner von uns aussprach, in meinem Geist immer deutlicher ab, und, wie ich jetzt weiß, auch im Geist meiner Gefährten.

Die Ereignisse dieser Zeit brachten gelegentlich interessante, sogar sehr aufregende Momente für uns mit sich. Zum Beispiel werde ich niemals die Katastrophe der TITANIC vergessen, wie wir sie auf dem Farb-Elektrodiffusor sahen. Die Szene, wie das große Schiff, tödlich getroffen von einem Stück schwimmenden Eises, langsam unter die Meeresoberfläche glitt, war unheimlich und eindrucksvoll und stand in dramatischem Gegensatz zu den herumschießenden Bewegungen der Rettungsflotte aus Wrigth-Fliegern und Sikorsky-Ornithoptern, die von den amerikanischen und europäischen Küsten sofort nach Ankunft der Nachricht von der Bedrängnis, in der sich das Schiff befand, losgeschickt worden waren. Nachdem man alle Passagiere und die Besatzung weggebracht hatte, blieb ein einzelnes Luftschiff der Elektrodiffusionsgesellschaft zurück, beleuchtete die Szene mit Scheinwerfern und übertrug sie, bis mit einem plötzlichen Aufkochen des Ozeans der unglückliche Dampfer verschwand. Wir waren alle erschüttert, weil wir uns daran erinnerten, wie die WANDERER auf genau die gleiche Weise verschwunden war – vor inzwischen vier Jahren.

Im selben Jahr sahen und hörten wir die unerwartete Rede von Präsident Edison, in der er seinen Entschluß verkündete, nicht für eine zweite Amtszeit zu kandidieren, da er den Wunsch habe, an seine Arbeit zurückzukehren. »Es tut sich mehr, als ich je zu träumen wagte«, erklärte er, »und ich will der Welt zeigen, daß ich fähig bin, daran teilzunehmen.«

Mr. Roosevelts triumphale Rückkehr ins Amt war auch eine Erinnerung an unsere ersten Tage hier, als wir noch so große Hoffnungen gehegt hatten.

Eines Nachmittags im Juli 1914 stürzte Ari in höchster Begeisterung in mein Zimmer. »Spät kommt er, aber er kommt!« verkündete er. »Ich hörte gerade am Elektrodiffusor, daß jemand den Erben des österreichischen Thrones in Europa erschossen hat, und genau durch so etwas werden sie in Gang kommen. Warte nur, es wird Ultimaten und Mobilisierungen und ich weiß nicht was noch alles geben, und dann: *bumm!*«

»Na, das ist ja sehr schön«, sagte ich, ohne wirkliche Begeisterung aufbringen zu können, denn ich hatte schon viele derartige Augenblicke mit Ari erlebt. Und natürlich hatte ich recht damit, das Attentat hatte, wie bei solchen Krisen üblich, keine anderen Folgen als die Standardkonferenzen von Regierungsoberhäuptern und einige politische Neuorientierungen.

Ungefähr ein Jahr später berichteten aus irgendeinem Grund die Zeitungen, Oxfords Magazin und der Elektrodiffusor sehr ausführlich darüber, daß Zar Nikolaus einen gewissen Wladimir Uljanow zum Ministerpräsidenten des Demokratischen Russischen Reiches gemacht hatte; nach dem Kommentar der Elektrodiffusion, sonderbarerweise von Rasputin gesprochen, der sich anscheinend über weite Teile der Kommunikations- und Unterhaltungsindustrie ausgebreitet hatte, war das ein Anzeichen für politische Veränderungen von großer Tragweite.

»Ein historischer Tag, meine Damen und Herren«, hörten wir ihn sagen, während auf dem Bildschirm eine Ansicht des Winterpalasts in St. Petersburg zu sehen war. »Wladimir Iljitsch kniet jetzt vor Väterchen – all das mit Sibirien ist jetzt vergessen, verdammt! – und huldigt ihm. Auf der Plattform kann ich sehen den Kaiser von China, den deutschen Kaiser, König Edward. Jetzt läuten Glocken in Kathedralen – das Krachen, das Sie hören, ist einundzwanzigschüssiger Salut von Schlachtschiff POTEMKIN. Wenn das vorbei ist, ist Zeichen, das Heiliges Mütterchen Rußland umgewandelt, ganz legal und durch Abstimmung – in demokratische Monarchie! Hier Greg Rasputin, bringen Ihnen Szene, die ich *nie* zu sehen erwartet!«

Ari schaltete das Gerät aus und betrachtete es verdrießlich. »Alles geht weiter, und uns läßt man draußen. Es gibt allmählich Augenblicke, weißt du, in denen ich meinen Glauben an die Metahistorie beinahe verliere. Ich kenne sie in- und auswendig, und alles, was ich jemals darüber gelernt habe, sagt mir, daß inzwischen ein Krieg stattgefunden haben *müßte*, selbst wenn ich mich verkalkuliert habe in der Ansicht, daß ich etwas tun könnte, um ihn schneller auszulösen. Aber verdammt, es ist, als wären wir gar nicht hier, als wären wir Geister oder so etwas und niemand wollte uns zuhören oder uns in irgendeiner Weise beachten. Es ist fast genug ...«

Trotzdem schoben wir die Entscheidung noch einmal zwei Jahre auf, sahen die Monate in einem, wie es uns vorkam, immer schneller werdenden Tempo kommen und gehen und wurden dabei selbst immer weniger aktiv.

Valmis war es, der unsere Gedanken an einem strahlenden Herbsttag offen aussprach. »Verdammt, wir könnten genausogut in Stasis *sein*, so nützlich, wie wir für uns, die anderen oder die WANDERER sind. Dein Krieg kommt *nicht*, Ari, und das bedeutet, daß niemand weiß, wann dieser Planet so weit ist, daß man uns helfen kann. Ich weiß nicht, was schiefgelaufen ist – vielleicht hatte dieser Ford recht damit, daß Metahistorie Metaquatsch ist – aber auf jeden Fall ist sie eine Sackgasse. Und das gleiche gilt für so ziemlich alles, was wir anderen versucht haben. Wenn wir nicht einfach herumsitzen wollen, bis wir verdorren, bleibt uns nur noch übrig, uns dem zu stellen und so lange in Stasis zu gehen, wie eben nötig.«

Unsere Proteste waren ein halbherziges Ritual, denn jeder von uns war für sich schon vor einiger Zeit zu dem gleichen Entschluß gekommen, aber keiner hatte bisher gewagt, danach zu handeln.

Als der Entschluß einmal gefaßt war, setzten wir melancholisch unseren Stolz drein, ihn schnell und zügig in die Tat umzusetzen. Wir berieten uns mit Oxford und bekamen eine Audienz bei Präsident Roosevelt (der die Wähler im Jahre 1916 davon überzeugt hatte, daß seine nächste Amtszeit, wenn man es richtig sah, keineswegs seine vierte sein würde). Beide hatten es bestürzend eilig damit, uns beizustimmen, daß Stasis eine gute Lösung wäre.

»Sie legen sich also einfach schlafen«, sagte der Präsident herzlich, »und wir lassen Sie aufwecken, wenn wir so weit sind, daß wir Ihnen auf den Weg helfen können, bei Godfrey! Wohlgemerkt, nicht früher; wir möchten nicht, daß Sie sich noch länger die Füße in den Bauch stehen und irgendwelche Kriegspläne schmieden, nicht wahr?«

Er war einverstanden, in einer Ecke eines Militärfriedhofs an einem Ort namens Arlington eine Stasiskammer nach unseren Angaben bauen zu lassen. »Warum auch nicht«, murmelte Ari trübsinnig. So, wie die Sache läuft, wird er sonst auch nicht viel gebraucht.«

Oxford erklärte sich bereit, mit Hilfe von Wells eine Organisation ins Leben zu rufen, die uns während der Dauer der Stasis – vielleicht über Jahrhunderte hinweg – überwachen und sicherstellen würde, daß man uns aufweckte, wenn die Zeit gekommen war. Sowohl die Methode, in Stasis zu gelangen, wie der Vorgang des Aufweckens waren sehr einfach, es war also wenig wahrscheinlich, daß die notwendigen Instruktionen im Laufe der Jahre verstümmelt wurden.

Bald kam die Zeit für uns, das Haus in Glenwood auf Nimmerwiedersehen zu verlassen. Wir verabschiedeten uns von Mr. und Mrs. Bonacker, denen wir das Haus in Anerkennung ihrer fast genau zehn Jahre langen Dienste vermacht hatten und nahmen den Zug nach New York.

»Hör mal!« sagte Dark. »Warum schieben wir die Sache nicht noch einen Tag oder so auf und sehen uns ein letztesmal in Europa um? Da gab es ein paar ganz hübsche Stellen, und die Flieger können einen innerhalb eines Tages rüberbringen. Das wäre doch ein Spaß, oder nicht?«

Aber da unser Entschluß nun mal gefaßt war, waren wir anderen uns einig, daß es zermürbend wäre, die Ausführung zu verschieben, und wir begaben uns nach Washington und von dort aus am nächsten Morgen zu der Kammer, die in Arlington für uns vorbereitet war.

Wir stellten die Geräte zur Induzierung der Stasis auf und

machten sie betriebsbereit, dann verstauten wir die Wiederbelebungsinstrumente an einer auffälligen Stelle, um zu vermeiden, daß sie übersehen wurden, wenn die Zeit kam. Wir trafen alle Vorbereitungen, die möglich waren, ehe wir die Kammer abdichteten, und blieben einen Augenblick an der halb geöffneten Tür stehen. Es war ein klarer Tag, der Himmel war tiefblau, und in der Luft lag ein Hauch von Frost; von ferne hörten wir eine Glocke mehrmals schlagen.

»Elf Uhr«, sagte Dark, der die Schläge zählte. »Nun, da hast du ein Stückchen Muster, Valmis. Elfte Stunde des elften Tages im elften Monat. Wenn wir so vernünftig gewesen wären, das vor sieben Jahren zu tun, wäre es auch noch das elfte Jahr des Jahrhunderts gewesen. Nun, bringen wir es hinter uns – wir konnten mit diesem Ort nicht das geringste anfangen, je eher wir also von hier wegkommen, desto besser.«

Er zog die Tür zu und dichtete sie ab.

FÜNFUNDZWANZIG

Alle Informationen, die wir über die Stasis erhalten hatten, versicherten, daß das Vergehen der Zeit subjektiv nicht feststellbar sei, die Zeit zwischen dem Eintritt in diesen Zustand und dem Verlassen würde nur wie ein Lidschlag empfunden. Wie ich schon erklärt habe, war das hauptsächlich Theorie, nur begrenzt durch Experimente gestützt, da Freiwillige, die überprüfen sollten, ob diese Wirkung auch für einen über mehrere normale Lebensspannen hinausgehenden Zeitraum gültig sei, sich nicht melden wollten.

So rechnete ich damit, mir zu dem Zeitpunkt wenn ich erwachte, irgendwie bewußt zu sein, daß eine Anzahl von Jahren gekommen und wieder vergangen war, aber es stellte sich schließlich doch heraus, daß die Theorie stimmte. Als ich meine Umgebung wieder wahrnahm, kam es mir fast so vor, als hätte ich das Echo der elf Uhr schlagenden Glocke noch im Ohr.

Licht durchflutete unsere Kammer, und ich blickte auf, neugierig, was für eine Art von zukünftigem Menschen uns wohl aufgeweckt hatte. Ein erschrockenes Frösteln überlief mich, als ich in den beiden Gestalten, die jetzt unter uns standen, eine unheimliche Ähnlichkeit mit Wells und Oxford entdeckte. Die beiden waren Männer in fortgeschritteneren Jahren, aber den Gesichtszügen und der Haltung nach fast identisch mit ihnen. Die Kleidung, die sie trugen, war zwar wesentlich anders geschnitten, aber doch den Kleidungsstücken des zwanzigsten Jahrhunderts nahe genug, um einen auf eine bizarre Idee zu bringen.

War es möglich, so fragte ich mich, daß die ›Schlafenden Raumfahrer‹ Gegenstand eines Kults geworden waren, als ein Jahrzehnt dem anderen, ein Jahrzehnt dem nächsten in die Vergangenheit folgte? Waren Oxford und Wells die

Gründer eines erblichen Priestertums geworden, die ihre Gene durch die Jahre an ihre Nachfolger weitergaben? Daraus würde dann folgen, daß die vorgeschriebenen, rituellen Gewänder sich an denen der ursprünglichen Priester oder Hüter orientierten. Wenn das der Fall war, verhieß es wenig Gutes, fand ich, denn die Ebene des Aberglaubens, auf die es hindeutete, ließe sich nicht mit der Technologie vereinbaren, die wir brauchten. Ich war nicht gerade in sorgloser Stimmung, als ich mich aufrichtete und meine Gefährten ansah.

»Wells? Oxford?« fragte Dark. »Was, zum *Teufel,* wollen Sie hier? Wir wollten uns gerade eben ... ja, eigentlich dachte ich sogar, wir hätten schon ... und wieso tragen Sie diese komischen Kleider?«

»Schön, euch wiederzusehen, Leute«, sagte der ›Oxford‹. »Strecken Sie sich doch ein wenig und stehen Sie dann auf! Nach so langer Zeit sind Sie vielleicht ein wenig steif.«

»Sie meinen, wir waren schon in Stasis?« wollte Dark wissen. »Aber wer sind Sie dann, und wie lange ist es her? Welches Jahr haben wir denn jetzt überhaupt?«

»Neunzehnhundertdreiunddreißig«, antwortete der ›Wells‹ – und da begriff ich natürlich, daß es sozusagen nicht ›ein Wells‹ war, sondern Wells selbst!

»Wie schön!« sagte Dark bedrückt. »Haben Sie vor, uns alle fünfzehn Jahre aus der Stasis zu holen, um uns zu sagen, wie spät es ist? Wirklich sehr freundlich von Ihnen, aber das ist bestimmt nicht nötig. Es ist schlimm genug, sich einmal in diesen Zustand zu begeben, und dann erst immer und immer wieder.«

»Sie brauchen nicht mehr in die Stasis zurück«, erklärte Oxford. »Höchstens, wenn Ihr Warp-Antrieb auf dem Heimweg aussetzen sollte, und ich glaube nicht, daß er das tut, denn wir haben ihn ziemlich gründlich kontrolliert. Die Leute der Wrights haben einige Veränderungen an den Flächen zur Atmosphärensteuerung vorgenommen, die Sie, glaube ich, auch ganz brauchbar finden werden.«

Wenn wir nach unserer Stasisperiode steif waren, merkten wir, glaube ich, nichts davon. Wir waren sofort auf den Beinen, umringten die beiden Erdenmänner und bombardierten sie mit Fragen.

Oxford und Wells machten uns bald klar, daß, obwohl während der gesamten fünfzehnjährigen Periode unserer Stasis, ganz zu schweigen von den unmittelbar vorhergehenden Jahren, ein Krieg ausgeblieben war, weltweit Wissenschaft und Technologie in großem Maßstab aufgeblüht waren, zusammen mit vielen sozialen und politischen Veränderungen, und daß man aus diesem Grunde in den letzten paar Monaten die WANDERER hatte finden, heben und instandsetzen können.

»Wissen Sie, alle haben sich beteiligt«, erzählte Wells. »Wissenschaftler und Techniker kamen von überallher, um zu helfen. Einige höchst wertvolle Beiträge erhielten wir von den neuen Universitäten in Afrika, und Einstein kam persönlich von Berlin herüber, um dafür zu sorgen, daß die Berechnungen für den Warp-Antrieb richtig durchgeführt wurden. Oh, es war ein internationales Unternehmen, das kann man wohl sagen.«

»Nun, das war wirklich anständig«, meinte Dark. »Aber hören Sie mal, wie kommt das? Ich meine, vorher ... nun ... kaum jemand war dazu zu bewegen, uns zu beachten, man hat uns einfach irgendwie beiseite geschoben, bis uns nichts anderes mehr übrigblieb, als uns eine Zeitlang selbst aus dem Verkehr zu ziehen. Wie kommt es also, daß jetzt so ein großer Ansturm erfolgt, um uns zu helfen?«

»Und ich wäre sehr dankbar«, fuhr Ari einigermaßen scharf fort, »wenn Sie mir erklären könnten, aus welchem Grunde die Prinzipien der Metahistorie auf Ihrem Planeten nicht anwendbar waren. Was Sie uns erzählen, ist nach allen Regeln der Metahistorie unmöglich, und ich bin absolut nicht sicher, ob Sie uns nicht aus irgendwelchen persönlichen Gründen irgendeine Phantasiegeschichte erzählen.«

»Kommen Sie mit nach draußen!« sagte Oxford sanft. Wir folgten ihm und Wells aus unserer Kammer ins Sonnenlicht. In einiger Entfernung konnten wir in der klaren Luft die Stadt Washington sehen. Viele der Gebäude erkannte ich, aber es gab jetzt weitere, manche schimmerten weiß und waren von anmutiger Form, andere hatten ein wenig von der Beschaffenheit des Regenbogens. Hoch über uns raste ein längliches Ovoid über den Himmel; etwas näher am Boden schossen bunte Maschinen, jede mit einem sichtbaren Passagier, lautlos, anscheinend im Spiel, nach oben und stießen wieder herab.

»Gut«, sagte Ari einen Augenblick später. »Es ist so, das sehe ich. Sie sind also wirklich weit gekommen. Aber wie? Wir haben uns solche Mühe gegeben ...« Er hielt inne, anscheinend ein wenig verlegen bei der Erinnerung an die Methode, mit der er versucht hatte, den Fortschritt der Erde zu beschleunigen.

»Sie haben viel getan, wissen Sie«, sagte Oxford. »Ich glaube nicht, daß man jemals alles nachvollziehen konnte, aber Sie haben eine ganz hübsche Spur von Überraschungen hinterlassen. Ich verstehe nichts von der metahistorischen Lehre, aber berücksichtigt sie zum Beispiel nicht auch, was mit einem Mann geschieht, der sein ganzes Leben lang ein größenwahnsinniger Krüppel war, und der dann ganz plötzlich kein Krüppel mehr ist? Oder mit einem Vater, von dem die Angst genommen wird, daß sein Sohn jeden Augenblick sterben kann? Zieht die Metahistorie nicht in Betracht, daß es vielleicht hie und da eine kleine Wirkung haben kann, wenn man solchen Leuten eine ganz neue Vorstellung davon gibt, wie das Leben sein kann?«

»Die Natur der Metahistorie ist es, sich mit Wahrscheinlichkeiten ständig steigender Verfeinerung abzugeben«, erwiderte Ari. »Daher sind die unentrinnbaren Tendenzen eindeutig festgelegt.«

»Nun, vermutlich waren Ihre Wahrscheinlichkeiten recht wenig verfeinert«, gab Oxford zurück. »Und wenn Sie diesen Krieg wirklich wollten, warum in aller Welt sind Sie dann hingegangen und haben dem König, dem Zaren und dem Kaiser erzählt, wie er sein würde? Sahen Sie denn nicht, daß die sich die Kronen einrennen würden, um ihn zu vermeiden?«

»Ich habe mich auf ihre Vernünftigkeit verlassen«, sagte Ari.

Wells wie auch Oxford warfen den Kopf zurück und lachten.

»O je!« rief Wells entzückt aus.

»Sie meinen«, sagte Valmis langsam, »daß das, was Ari getan hat, um die Lage zu verändern, genau entgegengesetzt gewirkt hat? Ich wußte doch, daß es einen Grund hatte, warum wir uns nicht in die Angelegenheiten anderer Planeten einmischen sollten.«

»Das war ein Teil davon«, sagte Oxford. »Aber die Hauptsache, ich glaube ... die große Wirkung, die Sie hatten, das war einfach die Tatsache, daß es Sie gab. Sobald wir alle wußten, daß es noch andere Welten gab, daß es anderswo Leute gab, die uns doch ziemlich ähnlich waren, nun, als uns das bewußt wurde, sahen wir hier alles aus einem ganz neuen Blickwinkel, verstehen Sie? Zehntausend und mehr Jahre lang war es uns unbenommen geblieben, unsere Nachbarn, den Menschen im Haus nebenan oder im nächsten Land als jemand *anderen* anzusehen, als Fremden und wahrscheinlich als Feind. Dieser Planet war alles, was es gab; und es gab genügend Raum für Argwohn und Eifersucht, und um Leute aufgrund der entfernten Möglichkeit in den Kopf zu schießen, daß sie einem vielleicht lästig werden könnten. Aber das gilt nicht mehr. Es hat einige Zeit gedauert, aber als Sie auftauchten, verlor man an solchen Dingen irgendwie die Lust. Zum erstenmal überhaupt bekamen die Leute eine klare Vorstellung davon, was es heißt, ein Mensch zu sein und auf einem Planeten im Weltraum zu leben.«

»Wir brauchten also keine Kriege, um weiterzukommen«, fuhr Wells fort. »Innerhalb von ein paar Jahren, nachdem Sie da hineingingen« – er deutete auf die dunkle Kammer hinter uns –, »brach ein neues Zeitalter für Naturwissenschaft, Literatur und Kunst an, und es gab Fortschritte in der

Wirtschaft und der gesellschaftlichen Entwicklung wie noch nie, und seitdem rast das weiter wie verrückt.«

»Nun, ich hätte Ihnen Starthilfe geben können, aber Edison meinte, ich solle darüber den Mund halten«, bemerkte Dark mürrisch.

»Sehen Sie denn nicht, daß er recht hatte?« rief Wells aus. »Absolut recht. Er sah schließlich ein, daß allein die Vorstellung zählte, daß etwas machbar war, und es nicht darum ging, die Pläne als Geschenk zu bekommen. Er hat die Elektrodiffusion nicht dadurch erfunden, daß er das Hörgerät zerlegt hat, das Sie ihm gaben, Raf – er hat *gesehen*, hat begriffen, was da war, und dann hat er die Lösung gefunden, wie Elektrodiffusion gemacht werden mußte. Und genauso war es auch bei den Wrights und den anderen – sobald sie einmal erfuhren, was für Sachen Sie hatten, sobald sie wußten, daß es etwas Großes zu erreichen galt, nun, da konnten sie anfangen und es tun. Und bei Gott, wir haben es einfach getan!«

»Daher«, sagte Ari einen Augenblick später, »unterstützt man uns also aus Dankbarkeit für unsere völlig unfreiwilligen Dienste – unsere Stümperei und unsere Unwissenheit, um nichts zu beschönigen – und bringt uns auf den Weg, und zwar mit Hilfe eines beträchtlichen Teils Ihrer Bevölkerung. Der Gedanke ist nicht leicht zu akzeptieren.«

»Wenn ich damit hinter das Steuer der WANDERER komme, macht es mir überhaupt nichts aus, wenn ich ein bißchen wie ein Narr dastehe«, erklärte Dark.

Valmis war ziemlich bleich, und ich fragte mich, ob er sich immer noch Vorwürfe machte, weil er vor zehn – nein, vor fünfundzwanzig Jahren seinen sogenannten Wahrscheinlichkeitsversetzer benützt hatte. Wenn er weiterhin an dieser Täuschung festhielt, würde er zwangsläufig ein wenig erschüttert sein durch Oxfords und Wells' Beschreibung der Veränderungen, die wir bewirkt hatten.

Wir verbrachten noch eine weitere Woche auf der Erde, den größeren Teil davon mit einer Reise um den Planeten, da

MARVANO '81 ©

man der Meinung war, wir sollten sehen, wie er sich in unserer Abwesenheit weiterentwickelt hatte.

Am ersten Abend nach unserer Erweckung speisten wir mit Präsident Roosevelt – nicht unserem alten Bekannten, der vor ungefähr acht Jahren tragisch verunglückt war, als der Start einer Mondrakete, bei dem er zusah, in einer spektakulären Explosion scheiterte, sondern ein Vetter von ihm – der darauf bestand, uns zu einer ausgedehnten Besichtigung des Weißen Hauses dort und auf dem Gelände herumzuführen, in einem Tempo, das uns ziemlich ermüdete. »Onkel Ted hatte recht«, rief er uns über die Schulter hinweg zu. »Das tatkräftige Leben, das ist es – in diesem Beruf kann man furchtbar schnell einrosten, wenn man nicht in Bewegung bleibt.«

Die Nachricht von unserer Erweckung war geheimgehalten worden, bis sie erfolgt war, ja, sogar fast bis zum Zeitpunkt unseres Aufbruchs nach Europa am nächsten Tag. Auf diese Weise entgingen wir einem Ansturm von Reportern und Elektrodiffusionsleuten, konnten aber in den schlanken Wright-Flieger, der uns über den Ozean trug – kaum mehr als Abkömmling der elektrisch angetriebenen Libellen zu erkennen, die über der ›Titanic‹ hin- und hergeschossen waren –, einen Arm voll Zeitungen mitnehmen, die über das Ereignis berichteten.

Sie waren interessant zu lesen, da sie nicht nur Nachrichtenmeldungen boten, sondern auch etwas, was Oxford ›Denkstücke‹ nannte, und andere literarische Versuche.

Einer davon fiel mir auf, ein Gedicht von einer Person namens Seeger. Die ersten Zeilen:

»Wir treffen uns mit dem Leben
*an einem fernen Planetenuntergang.«**

---

* *»We have a rendezvous with Life*
At some still-distant planetfall.«
Wortspiel mit »planetfall« (Sonnenuntergang), das von dem Außerirdischen falsch interpretiert wird.

schienen mir anzudeuten, daß die Erde ein Unternehmen im Weltraum plante, das unsere Völker miteinander in Verbindung bringen sollte. Ich war mir nicht sicher, ob das eine gute Idee war und nahm mir vor, wenn wir nach Hause kamen, dem Forschungsdirektorium zu sagen, es sei vielleicht ratsam, vor dieser unberechenbaren Rasse auf der Hut zu sein.

Von der Weltreise habe ich nur wenige klare Eindrücke behalten, da ein Empfang mit schwindelerregender Schnelligkeit auf den anderen folgte. In London wurden wir von König Edwards vor kurzem gekröntem Nachfolger Georg V. begrüßt, der eine bemerkenswerte Ähnlichkeit mit Zar Nikolaus hatte, und von dem Poeta Laureatus Sir Rupert Brooke, der uns zu Ehren eine ziemlich schwülstige Ode gedichtet hatte. Einen Teil davon schrieb ich mir auf, weil ich nicht glaube, daß die Bewohner irgendwelcher anderer Planeten Verse über Forschungsreisende geschrieben haben, und weil ich fand, es lohne sich, das Gedicht als Kuriosität aufzubewahren, besonders, da es anscheinend von einer Personifikation des Planeten handelte.

LEBEWOHL DER ERDE AN DIE MÄNNER
VON DEN STERNEN

Wenn ihr nun geht, behaltet eins im Sinn:
Daß eines fremden Sterns Planet
auf ewig eure Welt sei; ein Gewinn
auf dieser reichen Erde für euch steht,
weit größer, als wir je zu hoffen wagten …

In diesem Tenor ging es noch eine Zeitlang weiter.

In St. Petersburg empfing uns Zar Alexei, jetzt ein recht strammer, junger Bursche, sehr freundlich; er erinnerte sich kaum noch an Valmis' Eingriff in seine Gesundheit, habe aber von seinem seligen Vater oft genug davon gehört, sagte er.

Es war ein trauriger Gedanke, daß im Verlauf dieser fünfzehn Jahre so viele von denen dahingegangen waren, denen wir, wie es uns schien, erst vor kurzem begegnet waren; wir freuten uns, daß Kaiser Wilhelm, jetzt ziemlich weißhaarig, persönlich am Flugplatz anwesend war, als wir in Berlin landeten. Wir begleiteten ihn in einem offenen Fahrzeug, das anscheinend keine Räder hatte, durch die Straßen der Stadt; der Kaiser erzählte uns, es schwebe auf einem Kissen aus Luft, was Dark unwahrscheinlich vorkam. An einer Stelle, wo die Menge dicht war und unser Wagen daher etwas langsamer wurde, schoß ein dunkelhaariger Mann aus der Menge hervor, schob dem Kaiser einen Gegenstand in die Hand, rief etwas und zog sich wieder zurück. »Ha!« bemerkte der Kaiser. »Nicht schlecht. Er sagte, er wolle es Ihnen als Andenken geben – es wäre ein schöner Gedanke, daß sein Name und sein Werk zu anderen Welten reisten.« Er reichte uns das Ding, damit wir es uns ansehen konnten. Es war ein detailliertes, wenn auch lebloses Portrait in farbiger Tusche von uns vieren, anscheinend strahlte von unseren Köpfen ein starkes Licht aus, das auf eine Darstellung des vor uns liegenden Planeten fiel.

»Ich habe seine Arbeiten gesehen«, bemerkte der Kaiser. »Er macht Illustrationen für ein paar kitschige Magazine, die meine Enkel lesen. Nun, man darf wohl sagen, daß Sie die einzigen Forschungsreisenden sind, die einen echten Hitler für ihre Privatgalerie besitzen.«

Der Sultan der Türkei, der Präsident von Indien, der Kaiser von China ... diese Würdenträger, ihre Länder und ihre Städte, in meiner Erinnerung sind sie jetzt alle nicht mehr als ein Wischer. Wir kamen, wurden begrüßt und der Menge gezeigt, und dann fuhren wir weiter. Tag für Tag.

Ich weiß noch, wie ich Wells, dem man die Anstrengung der Reise auch anmerkte, fragte, wie es möglich sei, daß angesichts der Veränderungen in der Welt, die er beschrieben hatte, so viele der alten, politischen Gebilde unangetastet geblieben waren.

»Es bestand keine Notwendigkeit, sie zu ändern«, sagte er mir. »Als alle anfingen zusammenzuarbeiten und zu begreifen, daß wir alle auf den gleichen Planeten Platz haben mußten, nun, da ist die Entwicklung einfach an der alten Geschichte mit Revolutionen und Unabhängigkeit und so weiter vorbeigegangen. Seit die Regierungen auf die Bedürfnisse ihrer Leute reagieren, sind die Formen und die Grenzen nicht mehr so wichtig, und die Leute sind es absolut zufrieden, Dinge dieser Art zu lassen, wie sie sind, und sich mit anderen zu beschäftigen, die sie wirklich interessieren.«

Der letzte Teil unserer Reise führte über denselben Wasserstreifen, den die WANDERER bei ihrer endgültigen Landung überquert hatte; voll Erregung sah ich die Küstenformation von San Francisco vor uns auftauchen. Dann, als das Flugzeug vor der Landung eine Schleife drehte, konnte ich unter uns eine vertraute, glänzende Gestalt erkennen.

»Da unten ist die WANDERER!« brüllte Dark. »Bei Gott, das ist sie, schnittig wie eh und je, und bereit, uns nach Hause zu bringen!«

Und so war es auch. Es gab keine offizielle Zeremonie, nur einen hastigen Abschied von Wells und Oxford. »Es war eine schöne Zeit, Leute«, sagte Oxford. »Ich hätte sie nicht missen mögen. Aber ... Sie haben nicht vor, zurückzukommen, oder?«

Wir versicherten ihm, daß wir keinerlei derartige Absichten hegten.

»Gut«, bemerkte er und trat zurück, damit wir an Bord der WANDERER gehen konnten. »Ich finde irgendwie, einmal war genug. Also dann!«

Mit diesem letzten, kryptischen Beispiel eines irdischen Gespräches brachen wir auf.

Als die Kugel hinter uns zusammenschrumpfte, blau und weiß vor der Dunkelheit des Weltraums funkelnd, bemerkte ich, daß Valmis und Ari wie ich zurückschauten, mit nicht ganz eindeutigem Gesichtsausdruck. Dark spähte nach vorn und von einer Seite zur anderen; er murmelte verdrießlich: »Wenn sie alles gemacht haben, was sie gesagt haben, dann weiß niemand, was uns alles unvermutet zustoßen kann, ehe wir in den Warp kommen.«

»Raf«, fragte Ari, die Augen immer noch auf die Erde gerichtet, »hast du schon angefangen, deinen Forschungsbericht zusammenzustellen?«

»In gewissem Sinne schon«, erwiderte ich. »Ich habe jedenfalls so ziemlich alles aufgeschrieben, was passiert ist. Aber ...«

»Genau«, sagte Ari. »Obwohl das Aufzeichnen dein Ressort ist und keiner von uns sich anmaßen würde, dir zu sagen, wie du es machen sollst, bleibt doch die Tatsache bestehen, daß eine vollständige Aufzeichnung gewisse Probleme für alle Mitglieder dieses Teams mit sich bringen würde. Während unseres ausgedehnten Aufenthalts ist soviel passiert, was in den Augen von überarbeiteten Bürokraten im Direktorium einen Aspekt annehmen würde, der selbst für die gemäßigten ...«

Ich fragte mich allmählich, ob sich Ari da nicht auf einen Satz eingelassen hatte, den er unmöglich zu Ende bringen konnte, und der daher weitergehen würde, bis er sich erschöpfte, aber Dark unterbrach ihn.

»Du meinst, wir sitzen in der Tinte, wenn es bekannt wird, daß du versucht hast, einen Krieg anzuzetteln, daß du einen ihrer Herrscher über seine normale Zeit hinaus am Leben erhalten hast, daß ich den Arm dieses Kaisermenschen gerichtet und getan habe, was ich konnte, um ihre Technologie auf den Kopf zu stellen, und daß Valmis sie mit seiner Musterstepnummer unter den Tisch gesungen hat, richtig? Nun, das erzählen wir ihnen einfach nicht, verstehst du? So einfach ist das.«

»Ich könnte mir denken«, sagte ich, »daß der normale Kompressionsprozeß beim Redigieren ...«

»Du frisierst es also? Gut«, sagte Dark. »Wau! – Das war ein verdammt großes Ding, das da eben vorbeigekommen ist, kein Irrtum! Überall haben Lichter geblitzt. Mein Wort, diese Burschen haben wirklich etwas auf die Beine gestellt, während wir außer Gefecht waren.«

»Meine Meinung ist«, bemerkte Ari, »daß die Bemerkungen von Mr. Oxford und Mr. Wells, obwohl gut gemeint

©MARVANO

und voller Wertschätzung, weit am Ziel vorbeigingen und eine gewisse, primitive Voreingenommenheit verrieten, die für Kulturen der Ebene Vier typisch ist – obwohl sie anscheinend tatsächlich ziemlich rasch auf Ebene Sieben hinaufgekommen sind. Deshalb sind jegliche bescheidenen Übertretungen der Vorschriften, die wir uns vielleicht haben zuschulden kommen lassen, als eigentlich wirkungslos für die planetarische Kultur anzusehen, und es ist daher kaum der Mühe wert, sie der Aufmerksamkeit des ...«

»Des was?« fragte Valmis und wandte sich von der immer kleiner werdenden Kugel ab, die in der hinteren Sichtluke zu erkennen war. »Verstehst du denn nicht, es ist nicht das Direktorium, zu dem wir zurückkehren, sondern ein anderes. Eines, das nicht existiert hat, bis ich vor fünfundzwanzig Jahren den Versetzer betätigt habe. Vielleicht merkt niemand von uns einen Unterschied, vielleicht nicht einmal die Leute selbst, aber er ist vorhanden. Ich habe es getan, um uns das Leben zu retten, und wenigstens sitzen wir jetzt hier und können uns Gedanken darüber machen ...«

Dark, Ari und ich waren uns normalerweise bei keiner auftretenden Frage einig, aber die mißbilligenden, gelangweilten und über das Maß hinaus geduldigen Blicke, die wir auf Valmis richteten, waren einander wesensmäßig sehr ähnlich.

»Dort unten habe ich vor fünfundzwanzig Jahren«, sinnierte Valmis, »eine feige Entscheidung getroffen. Ich habe uns davor bewahrt, an dieser Stelle abzustürzen, die du ausfindig gemacht hast, Dark – in Sibirien, nicht wahr? Und wir sind gelandet, haben all diese Leute kennengelernt und all diese Dinge gemacht, und ich habe dieses recht hübsche Lied geschrieben – obwohl ich vermutlich niemals irgendwelche Tantiemen zu sehen bekommen werde. Und – alles hat sich so gewendet, wie wir es erlebt haben, und den Leuten da unten geht es anscheinend nicht schlecht, nehme ich an. Aber wißt ihr, es hätte eine Welt gegeben, fast genau wie die da, in der im Jahre 1908 ein Raumschiff auf die Tunguska-Region gestürzt und wahrscheinlich explodiert ist wie ein Meteorit, und dort hätte es keine Forschungsreisenden gegeben, die mit Roosevelt und Oxford und Wells gesprochen und den Kaiser und den Sohn des Zaren und so weiter geheilt haben. Die Leute dort hätten ihren Weg selbst finden müssen, versteht ihr das nicht? Und es zerreißt mir beinahe das Herz, wenn ich darüber nachdenke. Daß ich den Versetzer benutzt und wir all die anderen Dinge getan haben ... wißt ihr, wir hätten es nicht machen sollen. Denn sie hatten ein Recht auf ihr Schicksal; wir können sie durch unsere Einmischung nur eingeschränkt haben. Für den Rest meines Lebens wird mich die Frage verfolgen ...«

Er warf einen Blick zurück auf den letzten, blauweißen Schimmer in der alles umfassenden Dunkelheit.

»Was hätte nicht alles aus ihnen werden können – ohne uns?«